DÖRLEMANN

Penelope Mortimer

Bevor der letzte Zug fährt

Roman

Aus dem Englischen
von Kristine Kress

DÖRLEMANN

Die englische Originalausgabe »Daddy's Gone A-Hunting«
erschien 1958 bei Michael Joseph, Ltd., London.

Die Arbeit der Übersetzerin wurde im Rahmen des Programms
»Neustart Kultur« aus Mitteln der Beauftragten der Bundesregierung
für Kultur und Medien vom Deutschen Übersetzerfonds gefördert.

Dieses Buch ist auch als Dörlemann eBook erhältlich.
eBook ISBN 978-3-03820-908-9

Umschlaggestaltung: Mike Bierwolf
Umschlagbild: Art Kovalenco/Shutterstock
Porträt von Penelope Mortimer auf Seite 5: © Ida Kar,
National Portrait Gallery, London
Satz: Dörlemann Satz, Lemförde
Druck und Bindung: FINIDR, Český Těšín
ISBN 978-3-03820-120-5
www.doerlemann.ch

Penelope Mortimer

I

Ruth Whiting stieg aus, sobald der Zug hielt. Sie hatte ihre Einkäufe beisammen, seit die Bahn am Friedhof vorbeigefahren war, die schmuckvollen Tüten und dezenten Schachteln aus Knightsbridge. Sie hatte an der Tür gestanden, das Ticket in den Handschuh gesteckt, die Pakete mit den Schlaufen und Griffen nach oben auf dem Sitz, sodass sie keine Zeit verlieren würde. Ramsbridge war die Endstation. Selbst wenn sie überraschend im Wagen eingeschlossen worden wäre, hätte keine Gefahr bestanden. Wäre sie in Eile gewesen, hätte sie die Pakete vielleicht für einen wackligen Sprung auf den Bahnsteig zusammengerafft. Sie war nicht in Eile. Sie stand einfach nur da in diesem staubigen, einsamen Wagen, vor der vorüberziehenden Kulisse aus Abraumhalden, schwarzen Ziegeln und Reklame für Mazawattee-Tee und Virol-Malzextrakt, und versuchte, Ordnung zu halten.

Diese spezielle Fahrt, nachdem sie die Kinder wieder ins Internat verabschiedet hatte, war immer unerträglich. Auf dem Weg nach London war der Waggon noch voll, die beiden Jungs füllten ihn mit ihren Beinen und Füßen, den in den Ferien aufgeschürften Knien und den neuen schweren Schuhen, ihre Körper, klein und über diese langen, knochigen, seltsam gekleideten Extremitäten gekrümmt, steckten in Blazern, die ihnen entweder zu klein oder zu groß waren. Ihre Hände lagen unschlüssig im Schoß, zu schwach, um ein

Bonbon auszuwickeln oder die Seiten der erbaulichen Comics umzublättern, die sie ihnen besorgt hatte. Das Gespräch war hektisch, zusammenhanglos und für alle drei eine Strapaze. Alles war auf den Moment der Trennung ausgerichtet, den Augenblick, in dem der andere Zug, größer, schneller und grausamer als dieser hier, in das dunstige Sonnenlicht hinter Waterloo hinausgleiten würde und zwei Insektenarme winkten, bis sie ruckartig nach drinnen gezogen wurden.

Bis der Zug außer Sicht war, würde Ruth ihre Hand erhoben halten, nicht winkend, sondern als ob sie einen schüchternen, unbeholfenen Segen erteilte. Wenn sie sich danach umdrehte, kehrte sie in eine Welt ohne Disziplin und Ziel zurück. Das war der Grund für ihre vielen Einkäufe. Auf der Rückfahrt besetzten die Pakete den stillen Waggon, das leere Auto; sie mussten ausgepackt und eingeräumt werden, sie waren eine Garantie auf die Zukunft.

Sie war die Erste auf dem Bahnsteig, dem Klackern ihrer hohen Absätze folgte das müde Schlurfen der wenigen Pendler, vier oder fünf vorzeitig gealterte Geschäftsmänner, die aus Sparsamkeit, gesundheitlichen Gründen oder Feigheit entschieden hatten, dass es vernünftig wäre, jeden Tag hundertfünfzig Kilometer weit zu fahren. Sie passierte die Schranke – das Handgelenk mit einer charmanten, fast koketten Geste ausgestreckt, um das Ticket zur Entnahme aus dem Handschuh darzubieten, ›ja, sie sind gut losgekommen‹ murmelnd, ›ja, wird komisch sein ohne sie‹ –, ehe das abgehalfterte Glied heruntergezogener Trilbyhüte und alter Armeeregenmäntel die zischende Lokomotive entlanggekrochen kam. Sie war im Auto und auf dem Weg, bevor sie aus dem Bahnhof tröpfelten, die Augen gegen die schwache, ungewohnte Sonne zusammengekniffen, und sich mit bleichen Gesichtern bang nach ihren Frauen umsahen, die mit etwas Glück gekommen waren, um sie abzuholen.

Erst als sie von der Hauptstraße abgefahren war, rutschte Ruth in ihrem Sitz ein wenig nach unten, lockerte ihren Griff ums Lenkrad und seufzte. Es war Herbst. Der lange, quälende, frustrierende Sommer war vorbei: der Sommer der nassen Socken und der von Salz und Sand versteinerten Turnschuhe; der Sommer der Gummistiefel und Monopolyrunden, der im Regen stehen gelassenen Fahrräder und des ständigen, stechenden Kaugummigeruchs; der Sommer der Unzulänglichkeit. Er begann mit Erdbeeren, die wie Juwelen aus feuchten Blättern und Strohhaufen herausgeklaubt wurden, und endete mit erbittertem Streit darüber, wer die Stangenbohnen, hart und braun wie altes Leder, schnippeln musste. Und jetzt war es vorbei. Die Kinder, der Sommer, fort.

Die Straße kletterte zwischen kupferrot und purpurn leuchtenden Buchen steil nach oben. Die Luft war rauchig, füllte die Brust mit dem bitteren Geschmack verkohlten Holzes.

Was bleibt? Was ist übrig für morgen?

Angela. Angela ist noch da. Warum denkst du nicht an Angela?

Selbst Rex war fort, dankbar zurückgekehrt zur Arbeit und seiner Londoner Wohnung, nach dem Monat der Qual und der Langeweile, auch bekannt als sein Urlaub. Es war mitten in der Woche, und nie schaffte er es, die Kinder zum

Zug zu bringen. Er machte es gut, indem er sie am Abend davor anrief. Wenn sie die verdrehten Augen sah, das übertriebene Lächeln, das angestrengte Hochwinden und Zusammensacken an der Wand, als wären sie von einem tödlichen Stromschlag getroffen, dann wusste sie genau, dass Rex seinen Witz über die Hausmutter erzählte, sie davor warnte, zu viel zu essen, und sie daran erinnerte, dass er sie, Ruth, angewiesen hatte, jedem von ihnen zehn Schilling zu geben, die sie nicht verlieren sollten. Manchmal verschwand nach so einem Telefongespräch der Ältere, Julian, und verbrachte eine qualvolle halbe Stunde damit, Wiesenkerbel auszurupfen und die Hühner zu triezen. Das, alles davon, war vorbei.

Sie zitterte und fragte sich, ob Angela daran gedacht hatte, Feuer zu machen. Endlich brachte sie sich dazu, an Angela zu denken, die den ganzen Tag alleine gewesen war, die jetzt darauf wartete, dass sie nach Hause kam. Sie versuchte, sich darüber zu freuen, dass Angela da sein würde. Sie versuchte, dankbar zu sein. Sie konzentrierte sich bewusst auf das Bild von Angela, wie sie Feuer machte, ihr langes Haar über die Schulter fließend, während sie vor dem Rost kniete und ihre grazilen Finger anmutig Stück für Stück die Kohle nahmen und diese auf den pyramidenförmig aufgeschichteten Holzstöcken arrangierten, als legte sie ein Mosaik. Ihr langer, schmaler Körper in schwarzen Jeans und dunklem Pullover auf dem Kaminvorleger zusammengekauert, beinahe unscheinbar. Das Bild wurde lebendig. Das Gewicht der Einsamkeit hob sich. Sie fuhr schneller. Es gab immer noch Angela zu umsorgen, die das Feuer genau zur rechten Zeit entfachte.

Nach einer kurzen Weile begann sie zu singen, leise, leicht schief. Wenn die Jungs im Auto sangen, blieb sie still. Wenn sie allein war, ging sie alle Lieder durch, die sie in der Schule gelernt hatte, *Drink to Me Only, The Lass of Richmond Hill, Men of Harlech.* Gelegentlich sang sie Kirchenlieder oder, wenn es eine besonders lange und einsame Fahrt war, das ganze *Te Deum.* Manchmal zählte sie – Männer mit Hunden, Männer mit Bärten, gescheckte Pferde – und erreichte dabei schwindelerregende Punktestände gegen sich selbst. An diesem Abend sang sie, um sich Mut zu machen, und konnte über dem immer höher steigenden Motorengeräusch kaum den Klang ihrer Stimme hören.

Oben auf dem Hügel öffnete sich die Landschaft zu einem flachen Plateau aus Stechginster, Brombeersträuchern und Adlerfarn, durchzogen von schmalen Straßen ohne Zäune. Hier oben war die Luft schwer vom Frost. Es war noch nicht dunkel, trotzdem schaltete sie das Standlicht ein und wurde langsamer, als zwanzig Meter vor ihr ein Motorrad in die Straße einbog, beschleunigte und wild aufröhrend auf sie zukam. Sie registrierte einen Jungen, der einen gewaltigen Schal um den Hals geschlungen hatte, ein Mädchen mit wehendem Haar auf dem Sozius, die Arme im Dufflecoat eng um die Taille des Jungen geschlungen. Während sie an ihr vorbeischossen, öffnete das Mädchen den Mund, verbog sich gefährlich und winkte. Als Ruth sich umdrehte, verschwand das rote Rücklicht gerade in der Ferne, tauchte in den Wald, war fort.

Also hatte Angela doch kein Feuer gemacht. Das Haus würde leer sein.

Sie bog an der Kreuzung ab und fuhr langsam den holprigen Weg hinunter. Die Lichter aus dem Haus der Tanners drangen durch die hohe Eibenhecke, zwei Autos parkten in der Auffahrt. Die Tanners hatten Besuch. Sollte sie anhalten und klingeln, sich in das schummrige, unordentliche Wohnzimmer wagen, zu den gleichgültigen Fremden?

»Ich habe gerade meine Tochter getroffen …« Sie konnte schon ihr kleines Lachen hören, etwas zu beflissen, zu sehr betonend, dass es als Witz gemeint war. »Auf dem Rücksitz einer Vespa an mir vorbeirasend. Nein, ich habe nicht die leiseste Idee, wer der Fahrer war. Ein junger Mann aus Oxford, nehme ich an.« Das sollte heißen, Sie wissen ja, wie diese Teenagermädchen sind, einfach nicht zu kontrollieren. Jemand würde sie desinteressiert fragen, wie alt Angela sei, und sie würde sagen: achtzehn, und jemand anders, wahrscheinlich eine Frau, würde sagen: Nein, auf gar keinen Fall könne sie eine achtzehnjährige Tochter haben, und Richard Tanner würde sagen: Oh ja, die Zeitungen waren voll davon damals.

In all den Jahren ihrer Ehe – ein langer Krieg, in dem ein Angriff, so er nicht erfolgte, stets drohte – hatte sie eine meisterhafte Geschicklichkeit erworben. Verletzungen konnten vermieden, dem Unglück entkommen werden, indem man weglief. Gefühle von Schuld und Feigheit wurden überwunden mit Hilfe von Träumen, Spielen und dem sanften Klang ihrer eigenen Stimme, die sie beriet und tadelte, wenn sie im Haus herumwirtschaftete. »Arme alte Mum«, hatte sie Julian zu Angela sagen hören, »sie wird ein bisschen bekloppt.« Sie war immer noch jung und ihr nach außen gewöhnliches

Leben erfüllt von tiefer Fantasie und voller Verstecke – unter den gleichförmigen Tagen befand sich ein Irrgarten aus Heimlichkeit und List und Hoffnung.

Sie würde nicht zu den Tanners gehen. Sie hatte dem verführerischen Impuls widerstanden, sich zu zeigen, zu versuchen, mit anderen Menschen in Kontakt zu kommen. Sie schaltete energisch einen Gang hoch und fuhr weiter, ein heiteres kleines Lächeln um den Mund, als erwartete sie, am Ziel der langen Fahrt willkommen geheißen zu werden.

2

Auf dem Küchentisch lag ein Zettel von Angela.

Tony ist vorbeigekommen, und wir sind nach Ramsbridge und stürzen uns dort ins Vergnügen *– hoffe, das ist in Ordnung – Aufschnitt ist im Kühlschrank – brauchst nicht warten – Alles Liebe, A. BITTE WENDEN*

Gehorsam drehte Ruth das Blatt um.

Daddy hat angerufen – bitte Rückruf vor 7. Tony sagt Danke für den Tee – hoffe, die Jungs sind gut losgekommen – Alles Liebe, A.

Atemlos vor Eile und Bedeutsamkeit. Wer Tony war, woher er gekommen war und warum, sollte Ruth nichts angehen. Und doch schrie die Botschaft, dass es sie sehr wohl etwas anging, dass ihre Anerkennung gebraucht wurde, aus jedem Alles Liebe, aus der Notwendigkeit, die ganze Seite mit großer, nachdrücklicher Schrift zu bedecken. Der Aufschnitt und die Hoffnung, dass die Jungs gut losgekommen sind, waren Kontaktversuche, so hoffnungslos und wild wie die winkende Hand, der stumme Schrei, als sie mit hundert Kilometer die Stunde am Horizont verschwand.

Ach ja. Ich denke, es geht ihr gut. Bestimmt geht es ihr gut.

Sie legte den Zettel auf den Küchentisch und zog langsam ihre Handschuhe aus. Oben schwang quietschend eine Tür in den Angeln. Der Wasserhahn tropfte. Sie war sich nicht sicher, ob sie tatsächlich gesprochen oder einfach ihre Gedanken gehört hatte. Sie ging zum Küchenschrank, holte Gin und Wermut heraus und schenkte sich einen Drink ein.

»Sie fing an, alleine zu trinken. Sie begann, mit sich selbst zu sprechen. An dem Abend, als ihre Tochter mit einem jungen Mann namens Tony unterwegs war …«

Sie stand schnell auf und begann, ihre Päckchen auszupacken, Tweed für ein neues Kleid, Handtücher namens Sie und Er, Strümpfe, zwei Pyjamas, eine Seife. Als Letztes wickelte sie vorsichtig eine Spieluhr aus.

Es war ein Geschenk für Jane Tanners Baby. Sie hatte ihre Melodie, seltsam traurig und zögerlich, in den Tiefen des Spielzeugladens klimpern hören, in den sie gegangen war, um Ersatzteile für Julians Metallbaukasten zu besorgen. Ein strenges kleines Mädchen mit einer dicken runden Brille hatte die Kurbel gedreht.

Es war ein hübsches Ding, in Form einer Wiege und mit Glitzerfolie, Silberpapier und Spitze dekoriert. Das kleine Mädchen bewegte die Kurbel seiner unnachgiebigen Erscheinung zum Trotz mit Behutsamkeit.

»Was ist das? Die Melodie, meine ich.«

Das Mädchen hatte aufmerksam zugehört, die Kurbel erst langsam, dann schneller drehend. Die Melodie blieb melancholisch und süß, eine Klage ohne Bitterkeit.

»Ich *glaube*, es ist *Bye, Baby Bunting*. Aber sicher bin ich mir nicht.«

»Möchtest du sie haben?«

»Sie können sie nehmen, wenn Sie wollen. Ich bin nämlich schon sieben. Etwas alt für so etwas.«

Also hatte sie die Spieluhr gekauft, für Jane Tanners Baby, wie sie dachte. Jetzt hielt sie sie, vom Seidenpapier befreit, in der Hand und drehte vorsichtig an der Kurbel. Die Melodie setzte mitten im Takt ein, ein Insektenrequiem, trostlos, dünn wie Luft.

Bye, Baby Bunting

Daddy's gone a-hunting …

Wie das kleine Mädchen drehte sie die Kurbel in verschiedenen Geschwindigkeiten, dann hielt sie plötzlich inne und lauschte dem letzten Ton nach, gespannt und aufmerksam, versuchte, ihn zu fassen zu kriegen. In der Wiege aus Papier und Spitze lag ein erbsengroßer Zelluloidkopf in sanftem Schlaf. Er war an die Bettdecke geklebt und hatte keinen Körper. Die ganze raffinierte Konstruktion wog in ihrer Hand nicht mehr als eine Streichholzschachtel.

Als das Telefon klingelte, nahm sie das Spielzeug mit in den Flur und hielt es in der Hand, während sie den Hörer abnahm.

Die Stimme schoss sofort los. »Hallo? Hallo?«

Sie setzte sich, stellte die Spieluhr auf den Tisch und fühlte die Spitze zwischen Daumen und Zeigefinger. Natürlich ist das keine echte Spitze, sagte sie sich, vielleicht irgendein Kunststoff. Obwohl das eindeutig kein Plastik ist. Das ist Baumwolle, und alles zusammen wahrscheinlich in Japan gefertigt.

»Hallo? Ruth, hörst du mich? Hallo?«

»Ja, Rex, ich höre dich.«

»Hat Angela dir keinen Zettel hingelegt? Ich habe um Rückruf gebeten.«

»Tut mir leid. Ich bin eben erst nach Hause gekommen, und der Zettel war auf dem Küchentisch. Ich bin gerade erst zur Tür rein.«

»Du warst verdammt lange unterwegs. Ich hab bis sieben im Apartment gewartet. Hast du den Zug um halb fünf nicht erwischt?«

»Doch, aber der hatte Verspätung, und das Auto ist nicht angesprungen.«

»Was ist mit dem Auto?«

»Vielleicht war es zu kalt oder so.« Sie nahm die Spieluhr und drehte sie um. Sie war aus Deutschland.

»Ich hab morgen eine Behandlung um halb sechs, und danach nehmen mich die Craxtons mit raus. Wir sind also zu einem späten Abendessen da. Ist das in Ordnung?«

»Du willst damit sagen, die Craxtons bleiben übers Wochenende.«

»Ja.« Eine kurze Pause und dann, bleiern: »Irgendwelche Einwände?«

»Nein.«

»Dann hast du jemanden zum Reden. Das willst du doch immer, oder nicht?«

Sie sagte nichts. Wenn man die Wiege ganz gerade hielt, konnte man sie mit einer Hand spielen.

»Sonntagvormittag könnten wir die Tanners auf einen Drink einladen.«

»Ja. Angela ist mit einem Jungen namens Tony aus.«

»Was für ein Junge?«

»Weiß ich nicht. Also, ich weiß nur, dass er Tony heißt und ein Motorrad hat.«

»Ja, hat sie dir denn nicht mehr erzählt?«

»Nein. Ich war nicht da.«

»Soll das heißen, sie ist mit irgendeinem Jungen abgezischt, ohne dir was zu sagen?«

»Nein. Sie hat mir Bescheid gesagt. Sie hat einen Zettel geschrieben. Sagte ich doch gerade.«

»Ja, und wer ist jetzt dieser Junge? Willst du damit sagen, du kennst ihn nicht?«

Sie schloss die Augen, presste ihre Knie fest zusammen. »Nein, Rex. Ich kenne ihn nicht. Hattest du viel zu tun?«

»Sehr viel.«

Wie viele Schneidezähne, wie viele Eckzähne mochte er untersucht haben, fragte sie sich, wie viele behutsame Abtragungen von faulendem Knochen, wie viel Herumbohren auf dem Nerv, wie viele blutende Löcher nach einem tüchtigem Schuss Pentathol von Craxton? Sie schluckte, öffnete ihre Augen und rückte nervös auf ihrem Stuhl nach vorne.

»Na, das ist doch schön. Dann sehen wir uns morgen. Bis dann.«

»Geht es dir gut?«, fragte er unbehaglich.

»Ja. Ja, mir geht es gut.«

»Du bist ganz allein, wenn Angela unterwegs ist, oder?«

»Ja.«

»Warum gehst du nicht rüber zu den Tanners?«

»Ich glaube, ich gehe ins Bett. Ich bin furchtbar müde.«

»Es ist erst halb acht. Du kannst doch unmöglich um halb acht ins Bett gehen.«

»Warum nicht?«

Sie legte schnell auf, bevor er antworten konnte. Warum

nicht? Warum nicht? Ihr Herz raste, ihre Beine zitterten. Sie nahm die Spieluhr und ging zurück in die Küche. Das Seidenpapier war durch den Luftzug aus der offenen Tür vom Tisch geweht worden. Sie zog die Vorhänge zu und goss sich einen neuen Drink ein. Wie sie so mit ihrem Kinn in die Hand gestützt dasaß, dachte sie, dass sie bereits zügellos aussehe. In Wahrheit war ihre Miene sanft, nachdenklich; sie saß geduldig da, adrett in ihrem dunkelgrauen Kostüm und den geputzten Schuhen; ihre Stimme war anfangs kaum zu hören.

»Sie hasste ihn, ihren Mann. Das ist natürlich nicht ganz wahr.« Dann folgte eine lange Pause. Die Verzweiflung darüber, aufzugeben, sich in der Leere gehen zu lassen, war fast zu viel. Sie wollte den Kopf auf den Tisch legen und weinen, aber der Klang von Schluchzern war beängstigender als der Klang von Worten. Wie albern oder grausam Worte auch sein mochten, sie waren eine Form der Kommunikation, sie waren menschlich. Vielleicht wäre es weniger gefährlich, wenn sie sich vorstellte, dass jemand bei ihr war. Anfangs war es schwierig, weil sie nicht wusste, wen sie sich vorstellen sollte; der Zuhörer waberte, war weder Mann noch Frau, verschwand dann völlig und war nur noch ein leerer Stuhl, die weiße Farbe gleißend im harten Licht. Wenn sie den Stuhl nicht ansah, war es leichter.

»Natürlich mussten wir heiraten«, sagte sie. »Oh, das wusstest du nicht?« Sie fuhr mit dem Fingernagel das Muster der Resopalplatte entlang. Ihre Stimme war schüchtern, zögernd. »Vermutlich hätten wir trotzdem glücklich werden können. Aber wir waren es nie. Ich glaube, wir hassten uns.«

Diese unsagbaren Dinge laut auszusprechen, erschütterte sie jedes Mal. Sie waren ihre Geheimnisse, schon so lange wasserdicht verschlossen, dass sie kaum noch als Wahrheit zu erkennen waren. »Angela wurde sechs Monate nach unserer Hochzeit geboren. Das weiß sie natürlich nicht. Ich wollte nicht heiraten. Ich wollte Angela nicht. Wir mussten heiraten. Es gab keine andere Wahl.«

Sie zog die Spieluhr zu sich heran, hielt sie zwischen ihren Händen. »Ist sie nicht hübsch? Ich glaube, ich werde sie doch nicht Janes Baby geben. Es ist sowieso noch nicht alt genug, um die Kurbel zu drehen. Wenn ich nach Ramsbridge fahre, kaufe ich ihr eine Puppe. Einen Teddy oder so was.«

Sie seufzte leise, als wäre sie gelangweilt. Ihre Beine hatten aufgehört zu zittern, sie fühlte sich recht ruhig. »Ich weiß auch nicht«, fuhr sie vertrauensselig fort, »warum wir nichts dagegen unternommen haben. Na ja, eigentlich weiß ich es schon. Es ist uns nicht in den Sinn gekommen. Mein Vater hat gesagt, wir müssten heiraten. Nein, wir haben es nicht mal erwähnt. Ich hätte gar nicht gewusst, was man da tun kann. Rex wusste es bestimmt, aber er hat nichts gesagt. Ich glaube, wir haben es für selbstverständlich gehalten. Ich weiß es nicht mehr. Es ist neunzehn Jahre her. Ich hatte lange Haare, weißt du. Doch, wirklich, in Zöpfen.«

Sie lächelte offen und lehnte sich in ihrem Stuhl zurück. Ihre Stimme war jetzt die vollkommen normale, fröhliche Stimme einer Frau, die sich mit einer Freundin unterhält. »Soll ich noch einen Drink nehmen? Oh, das ist erst mein dritter, die Gläser sind fürchterlich klein. Rex war mal anders. Wusstest du, dass er früher Gitarre gespielt hat? Ich habe ein Foto, da war Julian noch ein Baby …«

Sie griff nach ihrer Handtasche. Ihre Hand fiel herab, zog sich langsam über die Tischplatte zurück, glitt auf ihren Schoß. Der leere weiße Stuhl strahlte im Licht; der Wasserhahn tropfte, die Tür im oberen Stock schwang wieder in ihren quietschenden Angeln. Sie saß ganz schlaff da, eine hübsche, gepflegte Frau, starr vor Angst, lautlos tropften Tränen auf das adrette graue Kostüm.

3

Am nächsten Morgen wurde sie von Angst geweckt; dann von der Erkenntnis, dass die Kinder weg waren; dann vom Geräusch von Wasser, das lautstark in ein Waschbecken plätscherte. Sie öffnete die Augen und erinnerte sich daran, dass sie nicht allein war.

»Angela?«

»Hallo.« Die Stimme war gedämpft, aber freundlich.

»Hattest du einen schönen Abend?«

Energisches Poltern, nach einer Weile gefolgt von »sehr«.

»Was habt ihr gemacht?«

»Wir haben in diesem heruntergekommenen Laden in der King Street Kaffee getrunken. Danach waren wir auf dem Jahrmarkt.«

»Wie war es?«

»Unfassbar teuer.« Angela kam aus dem Badezimmer und frottierte ihr Haar mit einem der neuen Handtücher. Aus irgendeinem Grund hatte sie beschlossen, vor dem Frühstück ihre Haare zu waschen. Wenn sie, selten genug, ihr Zimmer aufräumte, tat sie es um Mitternacht, und war sie allein, trank sie literweise Kakao zum Mittagessen.

»Hattest du überhaupt Geld dabei?«

»Nein. Tony hat bezahlt. Kann ich mir deinen Kamm leihen?«

Sie setzte sich vor die Frisierkommode und begann, die Knötchen in ihrem Haar zu entwirren, das Gesicht schmerzverzerrt.

»Ich weiß ja nicht, warum du es nicht kurz trägst«, sagte Ruth.

»Weiß ich«, sagte Angela mit zusammengebissenen Zähnen. »Ich meine, ich weiß, dass du es nicht weißt. Weil ich dann noch mehr wie eine Stehlampe aussehen würde als ohnehin schon. Verdammt, jetzt habe ich ihn abgebrochen.«

»In der Schublade ist noch einer.«

»Es tut mir so leid.«

»Das macht doch nichts.«

»Ich besorg dir einen neuen.«

»Ach, Liebes, es macht wirklich nichts!« Sie setzte sich im Bett auf, die Arme um die Knie geschlungen. Da war noch was. Vorsichtig tastete sie sich heran. »Du bist ganz schön spät nach Hause gekommen, oder?«

»Nicht sehr.« Rückzug hinter feuchte Strähnen. »Die Tanners hatten immer noch Besuch.«

»Oh.« Das hieß gar nichts. Bei den Tanners blieb Besuch oft bis drei oder vier Uhr morgens. Ruth glaubte, das anmerken zu müssen, hörte sich aber stattdessen sagen: »Nun, ich bin früh ins Bett gegangen und habe eine Tablette genommen, vielleicht habe ich dann gehört, wie der Besuch der Tanners nach Hause gefahren ist.«

»Ja«, sagte Angela. »Das wird es wohl gewesen sein.« Sie zerrte an ihren Haaren und schwieg für ein paar Minuten.

»Wie dem auch sei, ich freu mich, dass du einen schönen Abend hattest.«

»Nachdem ich mir zwei Monate lang anhören musste, wie Mike *God save the Queen* auf dem Banjo spielt und Julian wegen seinem kaputten Metallbaukasten herumjammert, wäre wohl *alles* schön gewesen.«

»Aber du hast doch gerade gesagt, dass du dich blendend amüsiert hast!«

»Hab ich auch.« Sie warf ihr Haar zurück und zog die BH-Träger über ihren dünnen Schultern fest. »Aber du scheinst das ja für *ganz unglaublich* zu halten.«

»Natürlich halte ich das nicht für ganz unglaublich«, erwiderte Ruth langsam. »Wovon redest du?«

»Na ja, ich meine, du bist wahnsinnig verständnisvoll und alles, aber du begreifst offenbar nicht …« Sie drehte sich resolut auf dem Hocker um und holte tief Luft. Ihr knochiges, sauber geschrubbtes junges Gesicht war gerötet. Wie schrecklich dünn sie ist, dachte Ruth. Sie sollte ein Stärkungsmittel nehmen oder so etwas. »Ich meine, ehrlich gesagt, für dich ist es bestimmt recht angenehm, hier Tag für Tag zu leben, es ist schließlich dein Zuhause, und du hast die Jungs, und Daddy kommt jedes Wochenende hier raus, und – tja, das ist nun mal dein Leben. Aber du begreifst offenbar nicht, dass es für mich anders ist. Ich bin manchmal so einsam, dass ich sterben könnte!«

»Aber, Liebes …« Sie sahen einander über den Raum hinweg an, beide schockiert von diesem Ausbruch, keine von ihnen wusste, was sie jetzt tun, wie sie mit dieser kleinen Wahrheit umgehen sollten, die da so plötzlich vor ihnen explodiert war. »Aber, Liebes – du kannst doch machen, was du willst! Du musst in den Ferien nicht hierherkommen. Du musst überhaupt nicht hierherkommen. Es tut mir leid, dass du das alles hier so hasst, aber …«

»Natürlich hasse ich es hier nicht! Du *verstehst* mich einfach nicht!«

»Doch, das tue ich. Ich verstehe dich sehr wohl.«

»Wie denn? In meinem Alter warst du verheiratet. Ich glaube nicht, dass du in deinem Leben auch nur einen einzigen Tag lang einsam warst. Oh, entschuldige.« Sie verbarg ihr Gesicht hinter ihren langen Händen. »Bitte entschuldige«, schluchzte sie. »Aber du weißt einfach nicht, was man alles Dummes macht, wenn man einsam ist und es niemanden gibt, mit dem man reden kann, niemand sich interessiert …«

»Jetzt sei nicht albern«, sagte Ruth schroff. Sie war aus dem Bett aufgestanden, klein und unzulänglich in ihrem Nachthemd, und legte ihre Hände fest auf die dünnen Arme des Mädchens. »Hör auf, dich so töricht zu benehmen.« Sie wartete, bis das Zittern nachließ und die Schluchzer zu trostlosem Schnüffeln erstarben. Dann tappte sie quer durch den Raum und holte eines von Rex' Taschentüchern. Angela griff danach, das Gesicht immer noch hinter einer Hand versteckt.

»Also wirklich«, sagte Ruth. »Was hat dich denn da geritten?«

»Bitte entschuldige!«

»Und hör *bloß* damit auf, dich zu entschuldigen!«

Sie ging zum Fenster und versuchte, sich zu beruhigen, Geduld zu zeigen. Jetzt, da es eine Gelegenheit gab, die Wahrheit zu sagen, konnte sie nicht sprechen. Sie könnte Angela alles erzählen, aber was würde das bringen? Die

Anstrengung wäre immens – und käme etwas Gutes dabei heraus? Besser wäre es, das große, linkische Mädchen in die Arme zu nehmen, sie zu streicheln, zu küssen und tröstend zu wiegen. Das wollte sie, darauf wartete sie. Es war unmöglich. Die Unmöglichkeit war schmerzhaft, eine Lähmung trotz ihres ganzen Wollens, ihres Wunsches, dass ihr Kind glücklich wäre. Sie sehnte sich danach, es zu tun, und konnte es nicht. Sie bewegte unruhig ihre Arme, rieb einen nackten Fuß am anderen, tat so, als müsste sie ein Gähnen unterdrücken.

»Es ist so ein schöner Tag. Du könntest die Krockettore einsammeln, bevor Folkes den Rasen mäht.«

»Julian hat die Schläger draußen gelassen. Sie werden alle verrotten.«

»Sieh mal, was ich gestern gekauft habe.«

»Was ist das?«

»Eine Spieluhr. Hör mal.« Sie drehte die Kurbel.

»Also wirklich, Mummy, du bist ein Kindskopf.« Wider Willen musste Angela lachen. Sie wischte sich das Gesicht mit dem Handrücken ab, während sie mit der anderen das saubere Taschentuch umklammert hielt. »Wozu hast du das bloß gekauft?«

»Ich weiß nicht«, sagte Ruth, beschämt. »Ich dachte, es könnte Janes Baby gefallen.«

»Dann ist es in fünf Minuten kaputt. Arme, alte Mum, dir ist schon klar, dass du langsam wunderlich wirst, oder?« Endlich putzte sie sich die Nase, stand auf und ging ins Badezimmer. »Ich glaube«, rief sie, um das rauschende Wasser zu übertönen, »du wirst mal eine der großen englischen Exzentrikerinnen.« Es folgte einiges an Plätschern und Schnaufen. Dann kam sie wieder herein, während sie ihr Gesicht mit dem anderen neuen Handtuch abtrocknete. »Ich sehe dich richtig vor mir, wie du in fünf Jahren in Knopfstiefeln und breitkrempigem Hut durch den Garten schwebst, eingehüllt in Wolken aus Tüll, oder so in der Art.«

»Fünf Jahre?«, fragte Ruth und stellte die Spieluhr zurück auf den Tisch.

»Meinetwegen zehn. Tut mir leid wegen vorhin. Ich weiß nicht, was mit mir los war. Soll ich Frühstück machen?« Sie hatte sich in ihre schwarze Jeans gezwängt und zog sich den Pullover über.

»Gerne«, sagte Ruth. »Danke.«

»Du bist nicht böse oder so?«

»Natürlich nicht.«

»Möchtest du gekochte Eier oder Rührei?«

»Mir egal, wie du möchtest.«

»Sag du.«

»Liebes, es ist mir wirklich egal!« Sie gab sich riesige Mühe, was in keinem Verhältnis zum Problem stand. »Rührei.«

Angela rannte nach unten. Zwei Minuten später plärrte das Radio los und wurde dann rücksichtsvoll leiser gedreht.

4

Sie kennt mich nicht, dachte Ruth. Sie hat mich nie gekannt. Das ist alles meine Schuld. »Ich glaube nicht, dass du in deinem Leben auch nur einen einzigen Tag lang einsam warst.« Dachte sie das wirklich? Würde es sie glücklicher machen, wenn sie die Wahrheit wüsste?

Natürlich nicht die ganze Wahrheit. Wie viel denn dann? Letzte Nacht habe ich … Nein, das würde zu albern klingen. Sieh mal, Liebes, ich glaube nicht, dass du verstehst … Warum sollte sie auch? Niemand erwartete, dass ein Kind seine Mutter verstand. Hör zu, Liebes, ich brauche deine Hilfe … Vielleicht lieber so. Sich auf sie stützen, ihr das Gefühl geben, gebraucht zu werden. Du bist kein Kind mehr, und ich mache mir schreckliche Sorgen, weil …

Na, dann mal geradeheraus damit. »Ich weiß, du denkst, dass ich dich immer im Stich lasse und du mir egal bist, weil ich dich nicht trösten kann, wenn du unglücklich bist, aber du bist mir nicht egal, die Sache ist nur die: Etwas geschieht mit mir, ich bekomme Angst. Hör zu, Angela, ich muss dir das erklären.« War das geradeheraus? Das war gar nichts. Hör zu, Angela …

»Aber warum sollte ich das sagen? Vielleicht stimmt es nicht einmal.«

Sie presste ihren Handrücken gegen ihren Mund. Das Flüstern hing in dem ruhigen, sonnendurchfluteten Raum.

Sie rannte nach unten und knöpfte dabei die Manschetten ihrer Bluse zu.

Angela saß am Küchentisch, das Kinn in die Hände gestützt. Als Ruth hereinkam, blickte sie schnell auf, beinahe schuldbewusst. Ihr Gesicht hatte den ernsten, angespannten Ausdruck von jemandem, der gründlich über etwas nachgedacht hat und zu einem traurigen Schluss gekommen ist. Sie stand auf und holte das Rührei aus dem Backofen, verteilte es auf den Tellern und setzte sich wieder. Eine unheilvolle Stille lag in der Luft. Keine von ihnen fing an zu essen.

»Sieh mal, Mummy, ich …«

»Liebes, ich …«

Beide sprachen gleichzeitig. Beide lachten verlegen.

»Tut mir leid«, sagte Angela. »Was wolltest du sagen?«

»Nichts. Was wolltest du sagen?«

»Hab ich vergessen. Ich bin mir nicht sicher, ob ich es gesalzen habe.«

Sie aßen. Das Radio schmetterte gedämpft leidenschaftliche Liebeslieder für die Hausfrauen von Hull.

»Ist die Post schon da?«

»Ja. Nur ein paar Rechnungen.«

»Irgendwie ist es seltsam ohne die Jungs«, sagte Ruth vorsichtig. »Gestern Morgen hat Mike noch so ein Theater wegen des Toasts gemacht.«

»Und jetzt ist es die reinste Erholung für mich.«

»Ja? Hm, wahrscheinlich ist das so. Ich kann mich irgendwie nicht daran gewöhnen.«

»Tja«, sagte Angela und schob ihren Teller mit einem tiefen Seufzer beiseite, »ich schätze mal, das ist ganz natürlich.«

»Vermutlich.«

Angela begann, mit ihrem Messer auf die Tischdecke zu zeichnen. Sie zog zwei tiefe Linien, dann zwei weitere kreuzweise darüber.

»Ich glaube, ich werde allmählich seltsam«, platzte Ruth verzweifelt heraus. »Ich führe die ganze Zeit Selbstgespräche.«

»Mhm. Ist mir auch aufgefallen. Tonys Vater ist Architekt. Er hat irgendwas für das Festival of Britain entworfen.«

»Oh«, sagte Ruth. »Hat er das?«

»Vielleicht hast du es gesehen. Es hieß ›Halle von Morgen‹ oder so.«

»Nein«, sagte Ruth. »Ich glaube, die habe ich nicht gesehen.«

»Jedenfalls ist er berühmt.«

»Liebes, hör bitte auf, das Tischtuch zu zerschneiden. Du bist genauso schlimm wie Julian.«

»Entschuldige.« Sie ließ das Messer fallen und zog den *New Statesman* aus dem Zeitungsstapel.

»Ich dachte, Daddy hat gesagt, du sollst den abbestellen.«

»Hat er nicht. Er hat gesagt, wenn ich ihn behalten will, muss ich ihn selber bezahlen. Sehr tolerant von ihm.« Sie blätterte resigniert darin herum. »Wenn man bedenkt, dass er von den klügsten Leuten des Landes gelesen wird.«

»Ich glaube, ich muss mal zum Arzt«, sagte Ruth mit monotoner, sachlicher Stimme.

»Lass ihn doch hier rauskommen. Es ist so langweilig, im Wartezimmer zu sitzen.« Plötzlich wurde sie ganz aufmerksam, um gleich danach höchst beiläufig interessiert zu wirken. »Glaubst du, das funktioniert?«

»Was?«, fragte Ruth lustlos.

»Die Knaus-Ogino-Methode.«

»Was soll denn das sein?«

»›Die bahnbrechenden Erkenntnisse von Professor Hermann Knaus und Dr. Kyosaku Ogino …‹«

»Nein«, sagte Ruth. »Es funktioniert nicht.«

»Du weißt doch noch nicht mal, was das ist. ›… liefern den wissenschaftlichen Beleg dafür, dass eine Frau nur an bestimmten Tagen im Monat empfängnisbereit ist und an allen anderen nicht. Da hierbei so viele Variablen eine Rolle spielen, war es immer eine komplizierte Rechenaufgabe, diese fruchtbaren Tage präzise zu bestimmen – wenn man wusste, wie es geht.‹«

»Eben«, sagte Ruth. »Wenn.«

»Oh, hör doch einfach zu. ›Jetzt‹, steht hier, ›können die fruchtbaren Tage mithilfe eines speziell entwickelten, genialen kleinen Schweizer Präzisionsrechners für jeden Monat im Voraus bestimmt werden, sodass jede gesunde Frau ihre Familienplanung natürlich, souverän und diskret handhaben kann.‹ Glaubst du, es funktioniert?«

»Ich weiß nicht«, sagte Ruth. »Kann schon sein. Möglicherweise machen es die klügsten Leute des Landes bereits so.«

»Aber würdest du so ein Ding benutzen?«

»Nein. Ich weiß nicht. Vielleicht.«

Angelas Augen blitzten auf, sie musterte ihre Mutter, schnell, einen Augenblick lang verlegen. »Na ja, jedenfalls heißt es hier, dass es die Möglichkeit eines Rechenfehlers ausschließt und automatisch Unregelmäßigkeiten des …«

»Ja«, sagte Ruth. »Man könnte das Ganze bestimmt mit dem Radar messen, wenn man wüsste, wie. Sollen wir abwaschen?«

Angela faltete langsam die Zeitung zusammen. »Tut mir leid«, sagte sie. »Ich habe mich nur gefragt, ob es funktioniert.«

»Woher soll ich das wissen?«

»Ich weiß, aber …«

»Und außerdem«, hörte Ruth sich absichtlich dumm sagen, »finde ich so eine Werbung schrecklich, stell dir vor, das sehen Kinder. Ich spüle, und du trocknest ab.«

»Kommt Mrs Wilson heute nicht?«

»Die hat genug anderes zu tun. Daddy bringt die Craxtons übers Wochenende mit.«

»Oh Gott. Wie furchtbar. Einfach nur furchtbar.«

Ruth sagte nichts. Die Teller, Tassen und Untertassen stapelten sich auf dem Abtropfgestell. Endlich rührte Angela sich und begann umständlich abzutrocknen. Sie wirkte absurd aufgebracht. Der Kampf, den sie innerlich mit sich ausfocht, war beinahe hörbar, die Atmosphäre erfüllt von Schreien, unverständlich und weit entfernt.

Irgendwann fragte sie mit hoher, höflicher Stimme: »Warum musst du mal zum Arzt? Bist du krank?«

»Es geht mir gut«, sagte Ruth. Sie ließ das Wasser ablaufen und trocknete sich die Hände an der Schürze ab. »Magst du Tony?«

»Ja. Er ist in Ordnung.«

Sie gingen auseinander, hochmütig und verzweifelt; beide zuckten sie auf eigenartige Weise vor einer Gefahr zurück.

5

»Was ist das denn bloß?« Rex hielt in seiner wöchentlichen Inspektion des Schlafzimmers inne, hob die Spieluhr hoch und starrte sie misstrauisch an. Er war nach wie vor vollständig bekleidet und hatte seine Zigarre noch nicht aufgeraucht. Er war unruhig, weil Jill Craxton ihren Mann, wie sie sagen würde, in die Heia geschickt hatte, und er nicht alleine unten bleiben konnte. Er hatte offensichtlich nicht die Absicht, ins Bett zu gehen.

»Das ist eine Spieluhr«, sagte Ruth und drehte sich vom Licht weg.

»Wozu ist die nutze?«

»Zu gar nichts. Du drehst die Kurbel. Sie spielt eine Melodie.«

Die Augen fest geschlossen hörte sie das traurige, süße Klagelied, wie klirrende Glasprismen, die sich im Wind berühren.

»Willst du damit sagen, du hast dieses Teil tatsächlich gekauft?«

»Ja.«

»Wie viel hat es gekostet?«

»Hab ich vergessen. Weiß ich nicht genau.«

Von seinem kurzen, verärgerten Seufzer wusste sie, dass er die Spieluhr zurück auf die Kommode gestellt und seine Runde schulterzuckend fortgesetzt hatte. Jetzt überprüfte er ihren Frisiertisch. Jetzt betrachtete er sich im Spiegel und strich mit seinen Fingerspitzen über die raue Haut unter seinem Kinn. Sie öffnete die Augen. Das war genau das, was er tat. Sie schloss die Augen wieder, sie hatte Angst, dass er im Spiegel sähe, dass sie wach war.

»Jill ist in Hochform«, sagte er. »Ich glaube, sie ist die lustigste Frau, die ich kenne.«

Gehorsam verzog sich ihr Mund zu einer kleinen, fröhlichen Grimasse. »Ja«, murmelte sie.

»Als sie die Geschichte von der Klofrau im Tower Ballroom erzählt hat, dachte ich, sie lacht sich tot. Eigentlich war es gar nicht so lustig, aber dieser Schmiss ist schön zu sehen. Alle sind so verdammt empfindsam, es langweilt einen zu Tode.«

Sie drehte sich auf den Rücken und verschränkte die Arme hinter dem Kopf.

»Triffst du so viele empfindsame Leute?«

»Zu viele.« Er schaute sie misstrauisch an. »War das ein Witz?«

»Nein. Wie meinst du das?«

»Ich dachte, du hättest vielleicht einen Witz gemacht«, sagte er verärgert. »Es gibt Leute, die meinen so etwas als Witz, weißt du?«

»Oh«, sagte sie. »Daran hab ich gar nicht gedacht.«

Er bewegte den Zigarrenstummel mit seinen großen, feuchten Lippen, griff nach ihrer Bürste und strich sich damit abwesend über das Haar.

»Schon was von den Jungs gehört?«, fragte er.

»Nein. Sie sind erst gestern gefahren.«

»Ah, ja, sind sie. Angela wirkt wahnsinnig schlecht gelaunt.«

»Ich glaube«, sagte sie waghalsig vor Überdruss, »sie langweilt sich.«

»Langweilt sich? Wie kann ihr bloß langweilig sein?«

»Ich nehme an, sie findet es öde hier.«

»Öde? Hier? Was soll denn das wieder heißen?«

»Das soll gar nichts heißen«, sagte sie ungehalten. »Ich sage nur, sie findet es öde hier. Sie ist einsam. Das ist alles.«

»Aber warum zur … wie kann sie denn einsam sein?«

»Ach, Rex.« Sie schüttelte den Kopf auf dem Kissen. »Ich weiß es doch auch nicht. Warum fragst du sie nicht?«

»Das werde ich mit Sicherheit. Grundgütiger, nicht viele Mädchen haben ihre Möglichkeiten. Warum geht sie nicht zum Tennis?«

»Sie mag kein Tennis.«

»Was mag sie denn überhaupt? Warum geht sie nicht mit einem dieser brillanten, linksradikalen Teddy-Boys aus, von denen wir ständig hören?«

»Ist das so?«

»Ist was so? Musst du immer so nuscheln?«

»Dass wir ständig von denen hören. Ich nicht. Gestern Abend ist sie jedenfalls ausgegangen. Hab ich dir erzählt.«

Er ließ den erloschenen, feuchten Zigarrenstummel in den Aschenbecher fallen und beugte sich nach vorne, um seine Schuhe aufzubinden. Es war eine mühsame Angelegenheit. Er war fünfundvierzig und hatte ganz schön zugelegt. In seinen teuren Anzügen gelang es ihm immer noch, schneidig und elegant auszusehen, den bittersüßen Duft von

Geld und Aftershave zu verströmen. Aber selbst vor Ruth beeilte er sich, seinen Pyjama überzuziehen. Sie drehte sich wieder auf ihre Seite, verbarg das Gesicht im Kissen.

»Wie dem auch sei«, sagte er, als die Schuhe ausgezogen waren: »Wer war dieser Junge? Na?«

»Ich weiß es nicht. Sein Vater ist Architekt.«

»Wie heißt er?«

»Tony.«

»Nein, der Vater!«

»Weiß ich nicht«, sagte sie leise ins Kissen. »Ich weiß es nicht.«

»Weißt du überhaupt irgendwas?«

Sie schüttelte den Kopf. In die feuchte, erstickende Weichheit des Kissens gepresst war ihr Gesicht zu einem übertriebenen Ausdruck von Qual verzerrt, die Zähne gebleckt und zusammengebissen, die Augen zugekniffen, die Muskeln angespannt. Sie hielt den Atem an, blieb in der furchterregenden, heimlichen Positur.

»Du bist doch immerhin ihre Mutter. Weißt du, was sie mit diesen Jungs macht, mit denen sie ausgeht?« Er war ganz Rechtschaffenheit, Überzeugung gab seiner Stimme einen entschiedenen, klaren Ton. »Vielleicht hat sie ja den Abend im Red Lion verbracht. Im Bett. Oder?«

»Hat sie nicht. Sie war mit ihm Kaffee trinken, und danach sind sie auf den Jahrmarkt gegangen.«

»Und ich vermute mal, auf Jahrmärkten kann nichts passieren.«

Sie machte eine kleine, krampfhafte Bewegung, krümmte sich im Bett zusammen.

»Gerade du solltest das wissen«, sagte er. »Und meiner Tochter wird das nicht passieren. Es ist deine Verantwortung. Du bist die Frau. Wenn Angela irgendwas passiert, ist es allein deine Schuld. Und was mich betrifft, kannst du dich auf eines verlassen: Ich schmeiß sie raus.«

Irgendwo hatte sie gelesen, dass vor langer Zeit die Leute gedacht hatten, der Zweck des Gehirns wäre es, kalte Dampfschwaden zum Herzen zu schicken, um dessen Erregung zu kühlen. Das schien bei ihr gerade zu passieren. Sie fühlte sich sofort beruhigt. Ihr Gesicht entspannte sich und nahm seinen üblichen sanftmütigen, leicht fragenden Ausdruck an. Ihre Finger lockerten den Griff ums Kissen. Sie drehte sich um und setzte sich auf, ihr Haar mit einer vagen Geste zurückstreichend.

»Wo raus?«

»Mit Sicherheit aus diesem Haus, das sie so unerträglich öde findet.« Er riss seinen Kragen auf und schälte sich aus seinen Hosenträgern.

»Das meinst du doch nicht ernst«, sagte sie, wie um ihn zu trösten.

»Und ob ich das ernst meine.« Er wandte sich ihr wutentbrannt zu. »Warum sagst du immer, ich meine es nicht ernst? Ich meine, was ich sage, und ich sage …«

Sie lächelte und stimmte ein: »Was du denkst.«

»Äh, ja, genau. Guter Gott. Ich weiß, was ich denke. Nimm nur mal den Streit beim Abendessen heute.«

»Oh.« Sie legte sich zurück auf das Kissen.

»Nun, was war das?«

»Angela war anderer Meinung als du. Mehr nicht.«

»Ja, aber *warum* war sie anderer Meinung? Ich hatte doch recht, oder?«

»Ich …«

»Red weiter. Hatte ich recht, oder nicht?«

»Ich … ich weiß es nicht.«

»Himmelherrgott!«, rief er. »Du weißt es nicht. Was ist los mit dir? Warum weißt du es nicht?«

Sie holte tief Luft. »Also gut. Ich glaube, du hattest nicht recht. Aber ich denke, du hast es nicht so gemeint, denn …«, sie ging eilig über seine wütende Unterbrechung hinweg, »wenn du genauer drüber nachdenkst, kannst du es gar nicht so gemeint haben. Ich glaube, du hast es nur gesagt, weil du wusstest, dass es Angela ärgern würde. Du willst ihr wehtun. Du willst gar nicht, dass sie dir zustimmt. Du willst ihr einfach nur wehtun.«

Sie waren beide gleichermaßen verblüfft. Sie starrte ihn an, mit offenem Mund. Er rang mit den Worten als würgten sie ihn.

»Tu's nicht«, flüsterte sie. »Bitte. Das bringt doch nichts.«

»Bringt doch nichts!« Er geriet völlig ins Schwimmen. »Mein Gott, was ist mit dir los? Spielst mit Kindersachen …« Er nahm die Spieluhr in die Hand.

»Bitte mach sie nicht kaputt, Rex.«

»Was schätzt du, wie lange ich arbeiten muss, um das Ding hier zu bezahlen? Wie viel habe ich verdammt noch mal arbeiten müssen?«

»Lass uns schlafen gehen. Die Craxtons werden dich hören. Lass uns schlafen gehen. Bitte.«

»Schlafen!« Aber er stellte die Spieluhr ab und dämpfte

seine Stimme. »Das ist auch alles. Schlafen. Ist dir je in den Sinn gekommen, dass es außer schlafen noch einen anderen Grund geben könnte, um ins Bett zu gehen?«

Sie legte sich hin und zog die Decke bis zum Kinn hoch.

»Nun? Ist es?«

»Ich weiß nicht«, sagte sie.

»Du weißt es nicht!« Er stürmte ins Badezimmer.

Sie hörte von fern wilde Geräusche: Schrubben, Spucken, rauschendes Wasser. »Zum Glück«, sagte er, als er das Licht im Badezimmer löschte und schweren Schrittes durch den Raum ging, »gibt es auf der Welt noch ein paar normale Frauen. Wirklich ein verdammtes Glück, kann ich nur sagen.«

»Ja«, sagte sie. »Das ist es.«

Er warf sich aufs Bett, schlang die Decke um sich und drehte ihr wütend den Rücken zu. Sie schaltete das Licht aus. So viel Ärger, so viel Wut – und wofür das Ganze? Um ein paar leise Geräusche zu machen, ein paar Augenblicke erregt zu sein und so zu tun, als würde das etwas bedeuten. Sie dachte an Angela, die alleine in ihrem Zimmer saß und arbeitete, an ihre Söhne, Fremde in einem stillen Schlafsaal, ihr Kaugummi ans Bettgestell geklebt, im Schlaf zuckend und schnappend wie kleine Hunde. Diese drei waren real. Sie waren – in ihrer Fähigkeit zu hoffen, sich zu verändern, zwischen richtig und falsch zu wählen – Heranwachsende. Für Rex und sie bestand keine Hoffnung mehr auf Veränderung und keine Möglichkeit dazu; es gab nichts mehr zu wählen. Sie lagen da, vollkommen ausgewachsen, zu jedem Verbrechen und jeder Großtat fähig, erstarrt vor Nichtigkeit.

Wir sind zwei einsame Menschen, dachte sie, wir könnten uns zumindest im Dunkeln gegenseitig trösten. Das lang gezogene, rhythmische Geräusch von Rex' Schnarchen setzte ein. Sie drehte sich vorsichtig um, sodass ihre Ohren bedeckt waren, und sank wie eine unsichere Schwimmerin in den Schlaf.

6

Am Sonntagmorgen ist das Dorf tot. Es führt keine Straße hindurch. Es gibt nichts zu tun. Das Dorf ist seit fünfhundert Jahren in dieses Tal gequetscht. Es bringt Gärtner und Putzfrauen für das Gemeindeland, das Common, hervor und Landarbeiter für die Güter der Rackworths. Am Sonntag gibt es im Dorf nichts außer Glockenläuten und dem Gescharre und Gegacker der Hühner.

Oberhalb des Dorfes, aber unterhalb des Gemeindelands, liegt ein weitläufiger, planloser Haufen Felsstein und Blei, bekannt als Rackworth House. Ralph Rackworth sitzt an seinem Schreibtisch, genervt von den Glocken. Er hat seine Mieter mit moderner Beleuchtung und Bidets ausgestattet. Er gab den Pächtern Leuchtbalken für die Kuhställe und Funkgeräte, sodass die Landarbeiter sich die Zeit vertreiben konnten, während sie auf ihren sauberen orangefarbenen Traktoren die sanften Hügel hoch und runter holperten. Die mittelalterlichen Glocken entmutigten ihn.

Er ist ein großer, murmelnder Mann mit randloser Brille und lässt seine Kleidung im Geheimen von einem Schneider anfertigen: Cordhosen, so eng an seinen schmalen Hüften, dass eine Streichholzschachtel in der Tasche obszön aussähe; große, pelzgefütterte Lederjacken und dunkle Hemden, die ihm das Aussehen eines alternden Büßers verleihen. Er spielt mit großer Virtuosität klassischen Jazz auf dem Broadwood-Flügel des Hauses, den gestutzten, angegrauten Bart starr über die fliegenden Hände gebeugt. Er hat seinen Trakt des Hauses in eine Wüste aus trister Auslegeware verwandelt, eine Leere, die ständig vor Musik wimmert und dröhnt. Seine Eltern, die alt und gebrechlich sind, schleichen in Plastikregenmänteln durch ihren Teil des Hauses und legen sich jede Nacht in Betten, die hoch sind und einen Baldachin haben wie Grabstätten, ihre kleinen Klauen friedvoll gefaltet, die schmalen Gesichter eingefallen im Schlaf. Sie sind die Einzigen, die den Glocken gehorchen. Sie wissen, wo und wie tief sie begraben werden, wenn sie tot sind.

Der Sonntagmorgen auf dem Common hat seine ganz eigene Erhabenheit. Die Menschen, die auf dem Gemeindeland leben, sind wohlhabend. Sie brauchen Hochleistungsautos, um ihre ansonsten unerreichbaren Häuser zu erreichen, und sie brauchen Hochleistungshäuser, damit die Fahrt sich lohnt. Wie eine Schulklasse sind sie ungefähr im selben Alter, tragen dieselbe Art von Kleidung und haben sich alle auf den Finanzbereich spezialisiert, nur der Grad des Erfolgs variiert. Jede Woche enthält mindestens zwei eindeutige Freizeittage, aber am Sonntag ruhen sie. Die stete Einhaltung des Sonntags hat nichts mit Gott zu tun, und doch birgt sie – mit ihrer ausgedehnten Stille, dem fernen Glockenläuten, den Hammelbratenschwaden, die über friedlich daliegenden Adlerfarn wehen, den trägen Rauchspiralen – eine nostalgische Frömmigkeit; ein Gefühl von Ermattung und Verlust, wie in der Erinnerung vergangener Sonntage und vergangener Sommer.

Außer gelegentlich einem Kind, das zu jung ist, um aufs Internat geschickt zu werden, rührt sich bis mittags niemand. Tüchtige Köchinnen haben die Hammel gebraten und die Apfelkuchen vorbereitet, Deutsche, Schweizerinnen oder Norwegerinnen, die für eine Weltreise sparen. Später am Tag werden sie auf ihre Räder steigen und in organisierten Gruppen zu den Häusern der anderen fahren, wo sie Würstchen aus der Dose und Kartoffelsalat essen, türkische Zigaretten rauchen und die Vorzüge von Indien gegenüber Brasilien erörtern. Die meisten nennen ihre Arbeitgeber beim Vornamen und sind die meiste Zeit des Tages auf zuträgliche Weise leicht angetrunken, was an den vielen Gläsern Sherry liegt, die ihnen ständig aufgenötigt werden, um sie bei Laune zu halten.

Am Mittag öffnen sich auf dem ganzen Common wie eine Folge raffinierter Kuckucksuhren die verschiedenen Haustüren, und die Aktienhändler und Zahnärzte, Firmendirektoren und Wirtschaftsprüfer, Werbeagenturchefs und Kunststofffabrikanten treten hinaus auf ihren billardtuchgrünen Rasen und atmen inbrünstig die Sonntagsluft. Der Literaturagent, der Filmregisseur und der Dramatiker, deren Stellung weniger gesichert ist, tauchen ein paar Minuten später auf und suchen, wenn niemand guckt, hastig und schuldbewusst den Kies nach Unkraut ab. Hohe Eibenhecken, Hähne und Ligusterkuppeln, manchmal noch ein Hektar freies Land, trennen diese Häuser voneinander ab, und doch würde man aus der Vogelperspektive in jedem Garten jeweils eine einsame Gestalt sehen, dasselbe Aufblitzen von Kükengelb oder Fuchsjagdrot, dieselbe weiße Fahne einer nachlässig nach dem Frühstück zusammengefalteten Zeitung; und nach einer kurzen Weile dieselben winzigen Ehefrauen, die wie ein Nachsatz in die Sonne herausschießen.

Die Ehefrauen ähneln einander weniger als die Männer. Sie stimmen in einem gewissen Standard in Kleiderfragen überein, sie führen ihre Haushalte nach denselben Prinzipien, sie erziehen ihre Kinder auf dieselbe Weise; alle trinken lieber Tee als Kaffee, alle fahren Auto, spielen Bridge, besitzen mindestens ein wertvolles Stück Schmuck und sind mäßig hübsch. Das ist alles, was sichtbar ist. Aber das ist nicht alles.

Die Beziehungen zwischen den Männern basieren auf einem gemeinsamen Verständnis von Erfolg. Bewunderung ist üblich, Sympathie nicht ungewöhnlich. Selbst Mitleid ist bekannt. Ein solches Einverständnis haben die Frauen nicht. Wie kleine Eisberge halten alle ein helles, strahlendes Gesicht über Wasser, doch unter der Oberfläche, viele Faden tief getaucht in Müßiggang, verbirgt jede ihre eigene, vereinsamte Persönlichkeit. Einige sind glücklich, einige vergiftet von Langeweile, einige trinken zu viel, und einige sind, unterhalb der Demarkationslinie, leicht verrückt; manche lieben ihre Ehemänner, und manche gehen an Lieblosigkeit ein; ein paar wenige haben Talent, so unbrauchbar für sie wie ein gelähmtes Körperglied. Ihre Freundschaften, die so offen und heiter wirken, sind glühend und kurzlebig, und verwandeln sich schnell in Bosheit. Zusammengeschlossen könnte ihre Energie eine Revolution auslösen, halb Südengland mit

Strom versorgen, ein Atomkraftwerk betreiben. Alles das ist auf die anstrengungslose Aufgabe ausgerichtet, auf dem Common zu leben. Es gibt Zeiten, ungefähr in der Mitte des Schuljahres, da scheint die stille Luft wie aufgeladen zu sein, kurz davor, einen Blitz herauszuschießen; dann ist es gefährlich, ein schrill läutendes Telefon zu berühren, und eine Kaffeetasse könnte explodieren – ohne jeden Grund.

Danach sieht es allerdings nicht aus, als die Ehefrauen in ihrem Sonntagsstaat aus engen, karierten Hosen und Kaschmirpullovern herauskommen und ihren Männern in den bronze- und goldfarbenen Septembergärten Gesellschaft leisten. Einige, die Gastgeber an diesem Morgen, bleiben, wo sie sind. Andere rufen ihre Hunde und machen sich langsam auf den Weg, Paare treffen und grüßen sich auf den gewundenen, federnden Pfaden, mal gehen sie gemeinsam weiter, mal trennen sich ihre Wege. Die, die am Rande des Common leben, holen ihre Autos raus und rollen wie schwarze, glänzende Murmeln über die zaunlosen Straßen. Es gibt nicht einen Abweichler, keinen Commoner, der an diesem lieblichen Sonntagmorgen nicht den süßen Trost von Sherry schmecken würde, die Behaglichkeit von Käsestangen.

7

Ruth sah die Tanners kommen, als sie an Angelas Schlafzimmerfenster stand. Sie hatten ihren Wochenendbesuch mitgebracht. Richard ging vorneweg, klein, elegant, eine Schirmmütze auf dem Kopf, neben ihm ein blondes Mädchen, deren Hände schlaff von angewinkelten Ellbogen herabhingen und wie Pendel von einer Seite zur anderen schwangen. Hinter ihnen war ein großer, schlanker Mann in Glencheck, der sich vertraulich zu Jane und dem unvermeidlichen Kinderwagen herüberbeugte. Jane nickte energisch und ließ nicht einen Moment die sich auf und ab hebenden Decken aus dem Blick. Sie bogen um die Hausecke.

»Sie sind da«, sagte Ruth.

»Wer?«

»Die Tanners und die Leute, die übers Wochenende zu Besuch sind.«

»Oh.« Angela blickte kurz vom Fußboden aus auf, wo sie, bäuchlings ausgetreckt wie eine dahingekritzelte schwarze Linie, angeblich arbeitete. »Natürlich. Ich kann das Blag schreien hören.«

»Komm mit runter. Das wirkt sonst unhöflich. Alle wissen, dass du da bist. Sie halten dich für überlegen.«

»Warum sollte ich runterkommen und mich von diesem drögen Haufen zu Tode langweilen lassen? Die Craxtons sind schlimm genug. Ich wäre *fast gestorben* gestern Abend.«

»Ich muss zu ihnen. Ich wünschte, du kämst mit.«

»Danke, nein.« Sie blinzelte nach oben, als Ruth, trödelnd und widerstrebend wie ein Kind, zur Tür ging. »Sag ganz liebe Grüße von mir.«

Ruth ging langsam den Flur entlang. An dessen Ende öffnete sich ein großes Fenster zum Garten hin. Jane Tanner schob ihr Baby geschickt auf dem Rasen vor und zurück wie ein gehorsamer, aber merkwürdig bedrückter Wachposten. Sie war die eine Ehefrau im Common, gegenüber der Ruth eine warme, wenn auch oft verwirrte Zuneigung empfand. Jane verstand selten, was jemand zu ihr sagte, da sie vollkommen besessen von den Kundgaben von Blähungen, Traurigkeit, Wut oder Zufriedenheit war, die zuvor aus der Wiege oder dem Kinderwagen ertönt waren, oder gerade jetzt ertönten, oder demnächst ertönen würden. Sie lebte in einem permanenten Gefahrenzustand, verzweifelt ob des Wissens, dass ein Kind in fünf Zentimeter tiefem Wasser ertrinken konnte, dass Katzen gewohnheitsmäßig Babys erstickten, indem sie in ihre Bettchen sprangen, dass Nachthemden den sicheren Tod bedeuteten und jeder zweite Mann ein Triebtäter war. Verglich sie das Augenscheinliche ihrer beiden Leben, kam sich Ruth vergleichsweise gelassen und ungefährdet vor.

»Jane?«

Jane nahm nicht eine Sekunde das Tempo raus. Sie blickte auf, sah Ruth aus dem Fenster lehnen, hieb Ruhe heischend in die Luft, zeigte auf den Kinderwagen, zuckte resigniert die Schultern und schob ihn weiter um den Maulbeerbaum herum. Das Kind, benommen von der Geschwindigkeit, war der Ohnmacht nahe. »Eine Minute«, sagte sie lautlos und stach mit dem Finger Richtung Haus. Ruth nickte und bewegte sich aufs Wohnzimmer zu, Stufe für Stufe, während ihre Hand am Geländer hinterherschleifte.

Als die Tanners das erste Mal zu Besuch kamen, war Ruth von ihnen höchst beunruhigt gewesen. Jane war fünf Jahre lang Tanners Sekretärin gewesen, bevor sie ihn geheiratet hatte, und galt zu Anfang als Außenseiterin. Auch ihre Erscheinung, das Drittel über der Wasserlinie, wirkte abschreckend – urban, lebhaft, intelligent. Anders als die anderen Ehefrauen wusste sie genau, wo das Geld verdient wurde und wie. Sie kannte das Leben, das Richard von Montag bis Freitag führte, wusste, wo er seinen Hut aufhing, in welcher Schublade seine Magnesiumtabletten lagen und dass er früher mal eine kleine Bibliothek pornographischer Literatur besessen hatte, die er im Regal neben dem Aktenschrank aufbewahrte. Es blieb keine Zeit, um herauszufinden, ob dieses Wissen gut oder schlecht war. Mit der Präzision eines Uhrwerks war sie sofort schwanger geworden.

Niemand erfuhr je, was während der sechsstündigen Geburt mit ihr geschehen war. Etwas war gerissen oder an der richtigen Stelle eingerastet, oder ihr Gehirn wurde unter dem Druck wie die farbigen Teilchen in einem Kaleidoskop durcheinandergewirbelt und hätte sich in vollkommen anderer Formation neu zusammengesetzt. Was auch immer es war, als sie die Entbindungsstation verließ, war sie fett, gemütlich, mittelalt und hatte sich bereits angewöhnt, mitten im Satz in einen zusammenhanglosen Singsang auszubrechen, als wäre sie mit einem Schadenzauber belegt:

»Duzzi-Wuzzi, Pupsi-Mupsi, Schnupsi-Musi, da ist ja mein Schnulli-Wulli, machst du ein Bäuerchen für Mami-Lammi?« Dagegen war nichts zu machen. Jane, so sagten die Ehefrauen mit Genugtuung, hatte ihre Bestimmung gefunden.

Ihre Ehe war, auch wenn sie das nicht mitbekam, im selben Augenblick erledigt. Aus vage erinnerten psychologischen Gründen weigerte sie sich, eine Kinderfrau zu engagieren, stattdessen stellte sie eine traurige kleine Schweizerin ein, um den Maschinenpark zu bedienen, der in der Küche vor sich hin brummte und dröhnte. Sie glaubte, eher bemitleidenswert, dass sie sich »auf dem Laufenden hielt«, allerdings bestand das darin, gelegentlich einen Versager nach Hause einzuladen, um das zu stören, was andernfalls nach Auffassung ihres Mannes eine hinreichende Atmosphäre des Erfolgs wäre. Ihre heimliche Fantasie, der sie sich in den kurzen Phasen hingab, in denen das Kind schlief, war, dass sie auf dem Common eine Art Salon führte, ein Refugium der Verkannten. Dort könnten Hörspielsprecher und Dressmen, Werbetexter, die eigentlich Dichter waren, und Dichter, die unerklärlicherweise Hörspielsprecher waren, dem verrückten Londoner Wirbel entkommen und einen sicheren Hafen finden. Da sie nicht mehr nach London fuhr, war es immer schwieriger geworden, diese verlorenen Schäfchen zu finden. Und sie kamen nur selten noch einmal, wenn sie zwei Tage in engerem Kontakt mit Baby gewesen waren.

Dieses Wochenende waren die Opfer ein hagerer junger Mann namens Herb und seine Freundin Maxine. Beide befassten sich, wie sie Ruth hektisch am Telefon erklärt hatte, mit etwas, das sich Wesentliches Theater nannte. Sie hatte nicht erwähnt, dass sie Herb zuvor erst einmal begegnet war, auf einer Veranstaltung vor drei Jahren, bei der er den gottlob kleinen Part eines Soldaten gegeben hatte, der in den Schützengräben des Ersten Weltkriegs den Verstand verloren hatte. Sie erinnerte sich dunkel daran, wie beeindruckt sie davon gewesen war, dass er drei Bücher über psychische Störungen gelesen hatte, bevor er sich an diese Aufgabe gewagt hatte, und dass er am Ende der Aufführung gerufen hatte: »Ich halte es nicht aus! Ich halte es nicht aus!«, und dann heroisch aus dem Saal gestürmt war. Insgeheim war sie erleichtert gewesen, dass er sich an sie zu erinnern schien, ohne zu bedenken, dass das kaum eine Rolle spielte, wenn plötzlich ein kostenloser Wochenendausflug winkte. Tatsächlich hatte er nicht die leiseste Ahnung, wer sie war. Aber, wie Maxine zu ihm gesagt hatte, wen kümmerte das?

8

»Wunderschön haben Sie es hier, Mrs Whiting.«

»Vielen Dank.«

»Wissen Sie, es haut mich einfach um, wie Sie hier auf dem Land Ihre Wochenenden verbringen. So ein herrliches Tempo.«

»In Leicester gibt es keine Wochenenden auf dem Land«, hauchte Maxine. »Herb kommt aus Leicester, müssen Sie wissen. Man könnte meinen, er käme aus den Staaten, aber das stimmt nicht. Er kommt aus Leicester.«

»Nun«, sagte Craxton jovial, »das ist doch recht offensichtlich.«

Alle lachten. Maxine drehte sich langsam wieder zu Rex um, widmete sich ganz ihm, ihr Gesicht ernster als jedes ernste Gesicht, ihre Stimme so sanft, wie noch nie sanft gesprochen wurde. Sie war ein sehr sensibles Mädchen und interessierte sich ungemein für das Theater. Sie hatte bereits gestanden, dass ihr Haar von Natur aus blond war, sie aber schon oft darüber nachgedacht hatte, es zu färben, damit die Leute sie mehr für voll nähmen.

»Die Hölle«, sagte Herb, »kennt keine Raserei wie die eines Mädchens, das seine Miete selbst zahlen muss.« Er hatte gerade Streit mit Maxine. Er starrte Ruth durchdringend aus halb geschlossenen Augen an. »Waren Sie jemals in Leicester, Mrs Whiting?«

»Nein«, sagte Ruth. »Nein, ich glaube nicht.«

»Wer ist dieser Mann?«, wollte Jill Craxton wissen und schob Ruth elegant beiseite. »Er hat ein verdorbenes Glitzern in den Augen.«

»Hallo, du Schöne«, sagte Richard Tanner bedrückt. »Komm her und sprich mit mir. Sind die Jungs schon wieder im Internat?«

»Ja, sie sind Donnerstag gefahren. Wie geht es dir, Richard?«

»Wie sehe ich aus?«

Unwillkürlich setzte sie den süßlichen, unsteten Blick auf, den die Ehefrauen für die Männer der anderen bereithielten. »Schlecht«, sagte sie. »Ja, schlecht.«

»Liebe Ruth, wenn du nur wüsstest …«

Alle waren abgelenkt von der Ankunft der Johnsons und ihrem Labrador, einem ungestümen Tier, das drei Runden im Raum drehte, dabei verschiedene kleine Möbelstücke umrannte und dann auffordernd hechelte, bis er eine Schüssel Wasser bekam, in die er sofort hereintrat. Die Johnsons gaben ihm währenddessen vergebliche Kommandos, schlugen gegen die Schenkel, schnippten mit den Fingern und sprangen ihm unbeholfen hinterher.

»Ist er nicht niedlich?«, wisperte Maxine begeistert. »Ich fühle so eine richtig tiefe Verbundenheit zu Hunden. Ich finde sie so viel *liebevoller* als Menschen, irgendwie. Halten Sie mich für sehr exzentrisch, Mr Whiting?«

»Ich mag Hunde auch ganz gern«, sagte Rex. »Leider können wir keinen haben.«

»Aber warum denn bloß, Mr Whiting?«

»Meine Frau macht sich nichts aus ihnen, und da sie unter der Woche alleine hier ist, hat es keinen Sinn.«

»Aber er könnte ihr Gesellschaft leisten, Mr Whiting!«

»Sie macht sich nichts aus Gesellschaft.«

Die Wilmington-Smiths platzten unter Wehklagen herein.

»Meine Liebe, es tut mir so leid, dass wir zu spät sind, aber stell dir vor, was passiert ist! Edelgard hat gekündigt – an einem Sonntag, ist das zu glauben, und das *mitten* in der Arbeit! Ich könnte sterben, einfach nur sterben!«

Die Frauen scharten sich um sie, magnetisch angezogen von der Krise.

»Sie sagt, sie will nach Johannesburg – Ruth, meine Liebe, könnte ich einen großen Gin bekommen? –, aber du kannst nicht *einfach so* nach Johannesburg, sag ich zu ihr, du brauchst Tickets und Visa und weiß der Himmel was noch. Aber sie sagt, sie habe sich um alles gekümmert und werde jetzt erst mal im Schwarzwald wandern gehen. Ist das zu glauben, so eine Selbstsucht? Vielen Dank, meine Liebe, den brauche ich jetzt wirklich. Sie sagt, sie habe die letzten drei Monate nicht einen Tag frei gehabt – ja, wer schon, frage ich euch. Ich könnte wirklich heulen. Ich habe tatsächlich geheult, nicht wahr, John?«

»Das hat sie«, sagte ihr Ehemann unbehaglich. »So ein Gebrüll habe ich noch nie erlebt.«

»Was *mache* ich jetzt bloß? Du hast es natürlich leicht, meine Liebe, du hast eine erwachsene Tochter …«

Jetzt war die Partygesellschaft vollständig. Draußen im Garten schob Jane, erschöpft und den Tränen nahe, Baby zum fünfzigsten Mal um den Maulbeerbaum. Im Wohnzimmer stieg ihnen der Sherry schnell zu Kopf, sie sprachen lauter, Wellen von Gelächter rollten heran, brachen, zogen sich zurück und nahmen erneut Anlauf; der Labrador schlappte Sherry aus vergessenen Gläsern.

»Neulich habe ich Angela getroffen«, hörte Ruth sich in unbestimmtem und verwundertem Ton sagen, »auf dem Rücksitz einer Vespa an mir vorbeirasend ...«

9

»Eine Vespa? Wessen Vespa?«

»Ich habe nicht die leiseste Idee. Ein junger Mann aus Oxford, nehme ich an. Ihr wisst ja, wie sie sind ...« Die Darbietung war makellos: eine kleine Pause, ein nachsichtiger Seufzer, »... sie sagen einem nichts.«

»Oh, Mrs Whiting – wollen Sie damit etwa sagen, dass Sie eine erwachsene Tochter haben?«

»Sie ist achtzehn«, sagte Rex.

»Das ist ja unglaublich! Nur fünf Jahre jünger als ich, und ich hätte nicht gedacht, dass Sie auch nur einen Tag älter als dreißig sind!«

»Die Zeitungen waren voll davon damals«, sagte Richard.

»Sie machen Witze, Mr Tanner! Oder war das *wirklich* so?«

Richard gähnte. Nach einem Abend in Babys Gesellschaft konnte er sich nicht mehr mit Maxine abgeben.

»Ah, ich verstehe. Sie machen sich nur lustig.« Maxine wandte sich kühl von ihm ab. »Ich stelle mir das großartig vor, eine junge Mutter zu haben, ich meine, eine Mutter, die jung aussieht. Finden Sie, dass Sie sich richtig gut verstehen?«

»Na ja ...«, sagte Ruth.

»Ich habe neulich ein Buch gelesen, und darin stand, dass die Mutter-Tochter-Beziehung sehr viel schwieriger ist als die zwischen Vater und Sohn. Obwohl ich persönlich«, ihre Augen weiteten sich und leuchteten auf, während sie sich an diese faszinierende, wenn auch offenbar belanglose Facette ihrer Persönlichkeit erinnerte, »eher Teddy Boys bevorzuge.«

»Überrascht mich nicht«, murmelte Betty Johnson.

Die Johnsons lebten in einer Siedlung renovierter Cottages, allerdings waren sie, obwohl sie dort wohnten, keine richtigen Commoners. Roberts Auto war zwar groß und leistungsstark, aber nicht neu. Er war ein paar Jahre jünger als seine Frau und kam jeden Abend nach Hause. Man nannte ihn den »armen Robert«. Er hatte fürchterliche Angst vor Frauen, davor, dass sie ihn anlächelten, ihn berührten, ihre Beine oder Brüste dahin taten, wo er sie unvermeidlich sehen musste. Meistens schaute er zu Boden.

Da sie auf Robert aufpassen musste, ob er Maxine ansah, und Maxine beobachten, für den Fall, dass sie Robert anlächelte, da sie den Hund bändigen musste und bei all dem Stress zu viel Sherry trank, fühlte Betty Johnson sich verlassen und zu einem Mord imstande.

»Ich würde behaupten«, sagte sie, »dass ihr eine Menge gemeinsam habt.«

Die anderen setzten sich aufmerksam auf, ganz heiter, als wären sie alle miteinander von den Strahlen einer aufblitzenden arktischen Sonne getroffen worden.

»Ich finde den Gedanken ziemlich beängstigend«, plapperte jemand, »dass die eigenen Kinder erwachsen werden, besonders die Mädchen. Ich meine, wie verhindert man diese entsetzlichen Dinge, die ihnen passieren können?«

»Gar nicht«, sagte Jill Craxton. »Sie heiraten doch alle, oder nicht?«

»Na ja, das hofft man.«

»Aber was, wenn sie *vorher* schon mit jedem Dahergelaufenen ins Bett steigen?«

»Ist doch klar«, sagte Rex. »Du musst es ihnen einfach verbieten.«

»Oh, das sehe ich auch so«, hauchte Maxine. »Ich glaube, zu viel Freiheit ist nicht gut für Mädchen. Ich meine, es macht einen nicht glücklich, oder? Ich finde, diese Sache ist wirklich etwas Heiliges. Jetzt halten Sie mich sicher alle für altmodisch.« Sie stellte sich unbefangen den verblüfften Blicken. »Ich denke eben über vieles nach«, erklärte sie bescheiden, »es ist merkwürdig, aber ich kann nicht anders. Ich denke fast die ganze Zeit nach.«

Maxines Anmerkungen waren wie kleine Hindernisse auf einem vertrauten Pfad. Die Frauen gingen drum herum und taten so, als wären sie nicht da; die Männer betrachteten sie entweder interessiert oder gaben dankbar die Unterhaltung komplett auf.

»Du kannst sie nicht einfach wegsperren«, sagte John Wilmington-Smith. Das schien ihm witzig vorzukommen, denn er fing dröhnend an zu lachen, wobei sich sein breiter Mund unter dem großen Schnauzbart schnappartig öffnete und schloss. »Wissen Sie, wir leben ja nicht mehr im Mittelalter.«

»Nein«, sagte Maxine, »das weiß ich, aber …«

»Herrgott noch mal, worüber reden wir hier eigentlich?« Rex wuchtete sich aus dem Sessel und steuerte die Karaffe an. »Mädchen sollten Jungfrauen bleiben, bis sie heiraten. So einfach ist das. Oder?«

»Nur wie?«, fragte Jill Craxton. »Mehr wollen wir gar nicht wissen, mein Lieber. Wie?«

Jane Tanner schlich durch die Verandatür herein, schloss sie mit übertriebener Vorsicht und ging auf Zehenspitzen durch den Raum.

»Sie schläft«, flüsterte sie. »Mit dem hinterlistigsten Lächeln im Gesicht, das man sich vorstellen kann. Ganz bestimmt träumt sie davon, wie sie mich auf eine Streckbank schnallt oder brennende Streichhölzer unter meine Fingernägel schiebt. Sie ist wirklich ein Monster. Robert, mein Lieber, das ist ja ein prächtiger Schlips!«

Robert Johnson wurde rot und begann, kleine Krümel aus dem Teppich zu zupfen.

»Ganz hübsch, oder?«, sagte Betty. »Habe ich bei Simpsons gekauft, als ich letztens in der Stadt war.«

Alle strahlten wieder.

»Sie glauben ja gar nicht«, sagte Maxine, »wie anregend es ist, Leuten zuzuhören, die ein richtiges Gespräch führen. Ich meine, wirklich intelligenten Leuten. Das vermisse ich so in London.«

»Habe ich ein Gespräch unterbrochen?«, fragte Jane erschrocken. »Worum ging es?«

Alle hatten Mühe, sich zu erinnern. Haushaltshilfen? Kinder? Hunde? Golf?

»Also«, sagte Maxine, »im Grunde ging es um Sex.«

Alle lächelten sie dankbar an, bis auf Betty Johnson. »Blödsinn«, sagte sie und begann, sich ihre Handschuhe anzuziehen. Niemand beachtete sie, und Rex schenkte ihrem Mann einen neuen Drink ein.

»Wir haben uns gerade gefragt«, sagte Jill Craxton, »wie wir unsere Töchter vor einem Schicksal bewahren können, das schlimmer ist als der Tod. Rex schlägt vor, sie einfach einzusperren und dann unberührt vor den Altar zu schicken. Meine ist erst acht, aber ich gebe zu, dass ich oft darüber nachdenke.«

»Also, meine ist erst zwei«, sagte Jane eifrig, »und ich denke darüber überhaupt nicht nach. Ich werde dafür sorgen, dass sie immer über alles aufgeklärt ist, und wenn sie dann im richtigen Alter ist …«

»Haha.« John Wilmington-Smith unterbrach schon wieder. »Was soll denn das richtige Alter dafür sein? Na?«

»Das kommt auf das Kind an. Aber auf jeden Fall, bevor sie zur Universität geht.«

»Also, Mrs Tanner!«, barmte Maxine mit sanfter Stimme. »Ich finde, Sie sind unmenschlich, wirklich. Wenn ich an dieses süße, kleine Baby denke, könnte ich direkt heulen. Möchten Sie denn nicht, dass sie ganz in Weiß heiratet, mit Orgel, Brautjungfern, dem ganzen Zauber? Und ihrem Bild in der Zeitung?«

»Was hat denn *das* damit zu tun?«, fragte Jane. »Meinetwegen kann sie in Flaschengrün heiraten.«

»Ach, verdammt noch mal, Jane«, sagte Rex, »du weißt ganz genau, was Miss …«

»O'Donovan«, murmelte Maxine.

»Was Miss O'Donovan meint. Mich würde allerdings Richards Meinung zu all dem wirklich interessieren.«

Richard Tanner gähnte vernehmlich. »Ach, zur Hölle damit. Bis dahin sind wir wahrscheinlich ohnehin alle tot. Soweit ich sehe, ist Ruth momentan die Einzige, die das betrifft. Warum fragen wir nicht *sie*?«

Alle Augen richteten sich auf Ruth. Sie öffnete den Mund und holte Luft. Was dachte sie? Dass Jane recht hatte und doch unrecht. Dass das alles furchtbar wichtig war und dass es egal war, nichts als Stimmengewirr an einem toten Sonntag. Dass ihre Meinung dazu war … dass sie Folgendes getan hatte … dass sie vorhatte …

»Sie weiß es nicht«, sagte Rex. »Das ist das Tolle an Ruth. Sie handelt nach Instinkt.«

»Aber das ist doch großartig, finden Sie nicht? Der Mutterinstinkt liegt schließlich immer so richtig, und ich bin mir sicher«, Maxine lächelte engelhaft, »dass Mrs Whiting eine großartige Mutter ist. Ich würde Ihre Tochter sehr gerne einmal kennenlernen, Mrs Whiting. Wir würden uns bestimmt *wahnsinnig* gut verstehen.«

»Tut mir leid«, sagte Ruth. »Sie muss arbeiten.« Sie fühlte sich besiegt und geschlagen und alt. Irgendwo jenseits dieses verrauchten Raums mit seinen Krümeln und sterbenden Pflanzen, den flotten Kleidern vollgestopft mit alternden Körpern, der Intimität und der Boshaftigkeit, irgendwo da draußen war die Welt. Schiffe fuhren herum, Jollen segelten in einer Bucht, und Kanus glitten einen Fluss entlang; Schwarze nahmen am Mittagstisch Platz, und Soldaten lagen in Schützengräben, Giraffen fraßen die Wipfel von Bäumen. Waren sie vielleicht alle tot, ohne es zu wissen?

»Hörst du sie?«

»Sie hören? Wen hören?«

»Ich dachte, du hättest Baby auch schreien gehört.«

»Nein. Nein, habe ich nicht.«

»Oh. Also gut, dann lasst uns mal alle gehen. Zeit fürs Mittagessen.«

Maxine glitt von ihrem Stuhl, und Herb, der versucht hatte, sich Craxton verständlich zu machen, und sich mal wieder als Mann unter Männern gefühlt hatte, ergriff warmherzig Ruths Hand.

»Das war eine herrliche Party«, sagte er. »Sie haben ein wirklich heimeliges Zuhause hier.«

»Vielen Dank«, sagte Ruth abwesend.

»Man sagte mir, Sie hätten eine achtzehnjährige Tochter. Das muss ein Scherz gewesen sein.«

»Auf Wiedersehen«, sagte Ruth.

»Nur fünf Jahre jünger als ich«, hauchte Maxine, während sie sich an Rex' Hand klammerte. »Ist das zu glauben?«

Ruth stand im Flur und beobachtete, wie die langsame, schwankende Prozession die gekieste Einfahrt herunterschritt. Sie wurde von den Johnsons angeführt, schweigend, während der Labrador schnüffelnd um sie herum tobte, dann folgten die Wilmington-Smiths, flankiert von Maxine, die zum Gehen mehr Raum brauchte, als diese ihr gaben, dann Herb und Jane und schließlich Richard. Die Kappe tief ins Gesicht gezogen schob er schlurfend den funkelnden Kinderwagen, aus dem dünnes Protestgeschrei drang.

Wird bei uns niemals etwas passieren, fragte sie sich. Wird das wirklich immer so weitergehen? Kann es sein, dass sich nie etwas ändert?

10

O Gott – Angelas einziger Verzweiflungsschrei –, passiert denn niemals was, nie, nie, nie? Zum Ende der Ferien war ihr Zimmer zu Hause eine Art unerträglicher Zufluchtsort geworden. Sie hasste es und verließ es nur zu den Mahlzeiten. Wenn die Tür geschlossen war, das Radio dröhnte und die Fenster beschlugen, konnte sie sich ganz der Langeweile, Verzweiflung und vollkommener Untätigkeit hingeben. Draußen hetzte ihre Mutter den Flur entlang, die Treppen rauf und runter, rein und raus in leere Zimmer, wie eine Katze auf der Suche nach ihrem Wurf. Der Staubsauger ächzte, das Telefon klingelte, Vertreter hämmerten an die Hintertür. Angela lag vor dem elektrischen Kamin auf dem Boden, den Kopf auf die Arme gelegt, und starrte auf den rauen Flor des Teppichs, es roch nach Staub.

Ihre Hauptbeschäftigung bestand darin, Tony zu schreiben. *Ich habe dir heute Morgen geschrieben, also gibt es eigentlich nichts zu erzählen …* Das stimmte. Sie kaute an ihrem Stift, blickte auf und schaute sich verzweifelt im Zimmer um. *Alles scheint Millionen Kilometer entfernt zu sein, wenn ich hier bin, und ich kann mir einfach nicht vorstellen, dass wir heute in einer Woche wieder in Oxford sein werden …*, was für eine vollkommen überflüssige Bemerkung, *und ich wieder mit dir reden kann, statt dir nur zu schreiben.* Das stimmt nicht mal. Ich rede nie mit ihm. Ich höre nur zu. *Wenn du Sonntag kommst,* fuhr sie schnell fort, *hältst du das hier wahrscheinlich für ein ganz normales Haus und wirst nichts von dem glauben, was ich dir darüber erzählt habe, also fürchte ich mich etwas vor deinem Besuch. Mummy sorgt sich sehr um mein* Gepäck. *Sie fragt, wie ich mein ganzes Gepäck bloß auf einer Vespa unterbringen will, aber vielleicht macht sie das auch, weil sie eigentlich dagegen ist, dass du mich abholst, keine Ahnung. Egal, ich habe ohnehin kein Gepäck, also mach dir keine Sorgen. Ich glaube, weil du mein erster richtiger Freund bist, den sie kennenlernt, ist sie ganz nervös – sie hat zweimal gefragt, ob du Gurkensandwiches magst, also isst du die besser auf. Sie weiß gar nichts über uns, und es interessiert sie auch nicht weiter, aber das macht nichts, denn sie würde sowieso nichts verstehen. Ich habe das Gefühl, es wird immer schlimmer mit ihr, und manchmal bringt mich das richtig zur* Verzweiflung, *weil es so schrecklich ist, niemanden zu haben, auf den man sich auch nur im Geringsten verlassen kann – natürlich ist genau das mein Grundproblem, du hast schon recht, ich leide an Unsicherheit …*

Sie seufzte bitter. O Gott, dachte sie, wie sehr mich das selbst langweilt. Was interessiert ihn das alles, und überhaupt, ich habe es doch schon hundertmal gesagt. Aber sie musste so tun, als wäre er interessiert. Sie waren schließlich verliebt, oder? *Du bist der Einzige, der mir je etwas bedeutet hat,* log sie stur, *und ich glaube, auch der Einzige, dem ich je vertraut habe. Wenn ich mit dir zusammen bin, fühlt sich alles so* sicher *an, du bist auf der ganzen Welt der einzig* echte *Mensch; wenn ich sage, du bist der Erste, den ich je geliebt habe, meine ich nicht nur Sex – aber das schon auch –, sondern überhaupt seit Beginn meines Lebens …*

Sie schrieb jetzt schnell, füllte Seite um Seite. Er war ihr näher als je zuvor, im Griff ihrer dünnen, zögerlichen Arme. Sie hatte, durch reine Imagination, das Unmögliche vollbracht. Sie hatte ihn ununterscheidbar von sich gemacht.

Er war ein zierlicher Mann mit langer Nase und Cäsarenfrisur. Er nannte Rex »Sir« und rauchte Pfeife. Er sah Angela nicht an und sprach nur mit ihr, wenn es absolut notwendig war.

»Das habe ich wirklich in Übersee vermisst«, sagte er, während Ruth ihm das letzte Gurkensandwich reichte. »Tee. Der ist durch nichts zu ersetzen. Ich habe da tatsächlich einiges an Expertise. Das hier ist natürlich ein Earl Grey.«

»Angela«, sagte Ruth, »gib ihm bitte noch eine Tasse.«

»Ich schmecke das immer ganz genau. Meine Mutter etwa kauft normalerweise den Lapsang Su Chong von Twinings. Neulich haben sie mir aus Versehen eine Packung Peking Chu Fin geschickt. Ist keinem aufgefallen außer mir.«

»Das ist in der Tat bemerkenswert«, sagte Ruth.

»Ja, finde ich auch.«

»Wie lange waren Sie in … Übersee?«

»Zwei Jahre. Militärdienst. Die schönste Zeit meines Lebens. Jetzt schlage ich eigentlich nur die Zeit tot bis zum nächsten Krieg. Ich bin überzeugter Militarist.«

»Warum?«, fragte Rex interessiert.

»Nun, Sir, dieses Leben liegt mir einfach. Ich beabsichtige, am nächsten Krieg als Oberst teilzunehmen. Dann trage ich Jeans und eine amerikanische Kampfjacke, einen hellgelben Schal und einen Bullterrier.«

»Damit meint er«, sagte Angela, »dass er den Hund mit sich herumführen wird. Wie ein Maskottchen.«

»Aber wird das nicht schwierig, wenn Sie ins Ausland gehen?«, fragte Ruth. »Ich meine, wegen der Quarantäne und dergleichen?«

»Überhaupt nicht.«

»Der nächste Krieg«, sagte Rex, »wird einem nicht viel Zeit lassen für so was.«

»Also, da muss ich widersprechen, Sir. Offen gesagt halte ich das ganze Gerede von der Atombombe und so weiter für ausgemachten Blödsinn. Es ist viel wahrscheinlicher, dass wir uns erneut in Schützengräben wiederfinden. Ich wäre nicht einmal überrascht, wenn sie die Kavallerie wieder einsetzen würden. Politische Kriege gehören der Vergangenheit an. Heutzutage brauchen die Leute einen Krieg doch nur, um dort Dampf abzulassen. Im letzten Krieg hat niemand Gas eingesetzt, oder? 1914 schon.«

»Im letzten Krieg haben sie die Atombombe eingesetzt«, sagte Rex mit bemerkenswerter Geduld.

»Ganz genau. Deshalb werden sie sie nicht im nächsten zünden. Das sind doch alles nur Strohfeuer. In Wahrheit sind Kriege nur dafür da, die Leute beschäftigt zu halten, so sehe ich das. Mir ist natürlich klar, dass das eine ziemlich kontroverse Meinung ist.«

»Möchten Sie noch etwas Tee?«, fragte Ruth.

»Nein, danke. Stört es Sie, wenn ich rauche?«

»Überhaupt nicht. Und was studieren Sie in Oxford?«

»Englisch. Aber wie gesagt, wirklich nur, um die Zeit totzuschlagen.«

»Und was machen Sie nach dem Studium, ich meine, falls es keinen weiteren Krieg gibt?«

»Weiß der Himmel.« Er ließ sein erloschenes Streichholz in den Aschenbecher fallen, den Angela ihm hinhielt. »Ich schätze, das British Council wäre immer eine Möglichkeit. Und gegen einen Job an der Börse hätte ich wohl auch nichts.«

»Ich habe gehört, Ihr Vater ist Architekt?«, fragte Rex. Er war offensichtlich beeindruckt von Tony.

»Ja. Er ist ein schrecklicher alter Bolschewist, aber wir kommen gut miteinander aus. Natürlich streiten wir uns die ganze Zeit.«

»So wie wir«, sagte Angela errötend.

»Dich bekehre ich schon noch«, sagte Tony, ohne sie anzuschauen. Es waren die ersten Worte, die er direkt an Angela richtete, und Ruth spürte einen kleinen Stich, eine ungewohnte Anwandlung von Besitzanspruch, fast schon Angst. Sie warf Angela einen scharfen Blick zu; wenn ihr Gesicht nicht so schmal und angespannt wäre, könnte man sie fast als einfältig lächelnd beschreiben.

»Bei meinem Vater ist nichts mehr zu retten«, sagte Tony. »Vor etwa einem Jahr hab ich tatsächlich gedacht, ich müsste alles hinschmeißen und mir einen Job suchen oder so etwas. Zum Glück hat sich alles in Wohlgefallen aufgelöst.«

»Was ist passiert?«

»Na ja, ich finde, er ist ein bisschen alt, um sich auf einer lächerlichen sozialistischen Demonstration verhaften zu lassen. Er ist außerdem ziemlich bekannt und so. Meine Mutter war völlig mit den Nerven runter. Ich habe ihm ganz klar gesagt: Du erreichst gar nichts, wenn du die berittene Polizei mit Böllern bewirfst. Ich meine, das ist doch so langweilig. Da wächst man doch schon zu Schulzeiten raus. Oder sollte es zumindest.«

»Also«, sagte Angela hitzig, während sie klappernd das Geschirr auf den Beistellwagen räumte, »ich finde, wenn mehr Leute öfter mit Böllern um sich werfen würden, wären wir alle erheblich besser dran.«

»Blödsinn«, fuhr Rex sie an. »Du hast doch keine Ahnung, wovon du sprichst. Er hat völlig recht.«

»Angela ist sehr altmodisch«, sagte Tony versöhnlich. »Es ist erstaunlich, wie viele Menschen so sind, sogar in Oxford. Man muss dazusagen, dass die meisten von ihnen direkt von der Schule kommen oder sich auf irgendeine Weise dem Militärdienst entzogen haben.« Er sog energisch an seiner Pfeife. »Wenn die Armee dich eines lehrt, dann den Tatsachen ins Auge zu blicken.«

»Ach«, sagte Angela. »Wirklich!« Sie schob den Wagen eilig aus dem Raum. Rex und Tony saßen einander zu beiden Seiten des Kamins gegenüber, die Beine übereinandergeschlagen. Keiner von ihnen schaute zur Tür.

»Ich werde Angela mal helfen«, sagte Ruth. Sie nickten abwesend.

»Finden Sie nicht auch, Sir, dass diese ganze Reduzierung des Militärs ein schrecklicher Fehler ist? Ich meine, ganz ehrlich …«

Ruth schloss die Tür. Angela hatte bereits mit dem Abwasch begonnen. Sie wirkte ruhig.

»Das musst du nicht«, sagte Ruth. »Warum packst du nicht zu Ende?«

»Ich bin schon fertig. Es macht mir nichts aus. Du trocknest ab.«

»Ich wüsste nicht, was …«, hob Ruth an.

Angela, die nicht zugehört hatte, unterbrach sie. »Wir fahren direkt los, wenn du nichts dagegen hast. Es hat keinen Sinn, hier noch herumzulungern.«

»Nein, natürlich nicht.« Sie trocknete sorgfältig die Tassen ab.

»Sie scheinen sich richtig gut zu verstehen, oder?«, fragte Angela mit leiser, angespannter Stimme.

Ruth nickte lächelnd.

»Daddy findet ihn ganz offensichtlich toll.«

»Du nicht auch?«, fragte Ruth und linste in das Innere der Teekanne.

»Ich?« Angela starrte sie verblüfft an. Die Frage, so unerwartet, so untypisch für ihre Mutter, löste hundert widersprüchliche Antworten aus, ein kleines emotionales Chaos, das sie ziemlich unvorbereitet traf. »Ob ich ihn toll finde?«, wiederholte sie, als wüsste sie nicht recht, was das heißen sollte. »Na ja, ich meine … keine Ahnung. Er ist in Ordnung. Ich meine, manchmal finde ich ihn schon toll, und dann wieder … ach, ich weiß nicht. Er ist in Ordnung.«

»Verstehe«, sagte Ruth. Sie wusste sehr viel genauer als Angela selbst, was sie meinte. Mochte Tony auch ein dummer, unerträglicher Langweiler sein, ein Tyrann und ein Schnösel, das war im Augenblick nicht entscheidend. Er war ein Mann. Er war es immer gewesen, ob er sich als

Einjähriger in seinem Kinderwagen räkelte oder ein siebenjähriger Rabauke mit Luftgewehr war, der auf die richtige Schule ging und sich dort so lange als Armverdreher und Haarausreißer profilierte, bis er das Recht erworben hatte, die kleinen Jungs zu schikanieren, die nicht auf dieselbe Weise ein Mann waren. Er würde erfolgreich seinen Weg gehen. In zwanzig Jahren hatte er vielleicht auch ein Haus auf dem Common. Ihn zu lieben war wie einen sehr schweren Spiegel halten, Monat für Monat, Jahr für Jahr, in dem er die Reflexion seiner Männlichkeit betrachten konnte, und selbst dahinter immer älter und schwächer zu werden, bis man schließlich, unweigerlich, darunter zusammenbrach. Er würde seine Frau wahnsinnig machen, aber er wäre dann ganz sicher nicht mehr »in Ordnung«. Er wäre gierig, massig, seine Dummheit unentschuldbar, seine Grobheit nicht länger hinter einem guten Haarschnitt oder einer Zurschaustellung jungenhaften Charmes zu verbergen. Er würde nie verstehen, warum sein Umfeld ihn feierte und seine Frau ihn hasste. Er würde nie verstehen, dass er seine einzige attraktive Eigenschaft verloren hatte, nämlich die, Vergnügen zu bereiten, was ihm völlig unbewusst war. Er würde niemals irgendwas verstehen, außer dass es ihm zustand, geliebt zu werden.

»Magst du ihn?«, fragte Angela beinahe ängstlich. »Ich meine, du kennst ihn natürlich kaum und kannst daher nicht wissen, wie er wirklich ist, aber …«

Ruth räumte den letzten Teller ein, schloss die Schranktür, nahm die Schürze ab.

»Du magst ihn nicht, oder?«, fragte Angela. »Ich wusste

es. Er ist genau wie Daddy. Ich schätze, das ist irgendwas Psychologisches oder so.«

Wenn sie in dem Moment hätten lächeln können, die Stille brechen mit einem Auflachen, wie grausam oder belanglos auch immer, sie hätten sich damit retten können. Aber Angelas langes, schmales Gesicht war von Missmut verdüstert; sie schob ihre Hände in die Hosentaschen und drückte sich am anderen Ende der Küche herum, stand am Fenster, und ihre Haltung verriet Hoffnungslosigkeit und Niederlage, sie ließ den Kopf hängen und zeichnete unentschieden mit einem Fuß das Muster des Linoleumbodens nach. Ruths Lächeln wich einem kurzen, fast unhörbaren Seufzen.

»Natürlich mag ich ihn«, sagte sie. »Sei nicht albern.«

Keine Antwort.

»Und selbst wenn nicht«, sagte sie, »würde das wohl kaum einen Unterschied machen. Du bist schließlich achtzehn.«

Angela machte ein leises, wütendes Geräusch.

»Was hast du gesagt?«, fragte Ruth geduldig.

»Oh, ich habe nur gesagt, dass es sinnlos ist mit dir, mehr nicht. Du bist ein hoffnungsloser Fall!« Sie trampelte wütend aus der Küche und polterte die Treppe hinauf. Dann knallte eine Tür. Der Aufschrei hallte in der Küche nach, vibrierte im sterbenden Sonnenlicht, verlor sich langsam zwischen den polierten Töpfen, ihren harten, kalten Oberflächen. Du bist ein hoffnungsloser Fall, hoffnungslos.

Ach ja, dachte Ruth. »Ach ja«, sagte Ruth. »Das ist kalter Kaffee.« Sie lächelte mit zitternden Lippen. »Kalter Kaffee.

Verschüttete Milch. Olle Kamellen.« Sie zuckte die Schultern und ließ sich vom Tisch gleiten, auf dem sie gesessen hatte. Als sie zurück ins Wohnzimmer kam, sah sie wach und frisch aus, die Erschöpfung der letzten Stunde wie weggeblasen. Sie zog ein Stück Schnur aus ihrem Nähkorb, setzte sich mit untergeschlagenen Füßen in eine Sofaecke und fädelte sich eine Figur des Abnehmspiels auf, die Katzenwiege.

»Also, Sir«, sagte Tony, »es war höchst interessant, Ihre Bekanntschaft gemacht zu haben.« Er blickte Ruth eindringlich an. »Und Ihre ebenfalls, Mrs Whiting. Was für ein bezauberndes Haus.«

»Vielen Dank«, sagte Ruth und drehte die Wiege sauber herum.

»Ich glaube, wir müssen jetzt los, wenn wir noch vor der Dunkelheit ankommen wollen. Ich vermute, Angela macht sich fertig oder etwas in der Art?«

Ruth lächelte ihn strahlend an. »Das nehme ich an.«

»Himmelherrgott noch mal«, murmelte Rex. Er erhob sich aus dem Sessel und ging zur Tür. »Angela!«, brüllte er. »Beeil dich gefälligst! Tony wartet!«

»Wissen Sie zufällig«, fragte Ruth sanft, »wie man eine doppelte Krone macht?«

»Was ist das?«, fragte Tony misstrauisch.

»Ich weiß noch, dass es nach dem Schwein auf der Leiter kommt, aber …«

»Angela!«, brüllte Rex erneut.

»Ah, ja. Jetzt weiß ich's wieder. So geht's, sehen Sie?« Sie hielt dem Burschen das komplizierte Fadenmuster zur Begutachtung hin. Ihre Blicke trafen sich, ein Moment vollkommener Erkenntnis und tiefer Abneigung. »Es ist ganz einfach«, sagte Ruth. »Ein Kinderspiel. Und Kinder spielen es tatsächlich auch oft.«

»Ach, wirklich?«, sagte Tony. »Faszinierend.«

Angela kam langsam die Treppe hinunter, in der Hand trug sie eine kleine Segeltuchtasche. Sie hatte ihren Dufflecoat an, aber weder ihr Haar gebürstet noch die Tränenspuren aus dem Gesicht gewaschen.

»Also dann«, sagte sie. »Lass uns in Gottes Namen fahren.«

»Du siehst furchtbar aus«, sagte Rex. »Warum kannst du dich nicht ein bisschen zurechtmachen?« Er wandte sich an Ruth, die den Faden in ihrer Hand zerknüllte und aufstand. »Warum kannst du ihr nicht beibringen, etwas aus sich zu machen? Sie sieht furchtbar aus.«

Angela zuckte die Schultern. Tony wickelte sich hektisch seinen Schal um.

»Jedenfalls«, sagte er, »vielen Dank für den Tee.«

Ruth beachtete ihn kaum. »Auf Wiedersehen, Liebes«, rief sie über die Länge der Eingangshalle hinweg.

»Wiedersehen.« Angela drehte sich um, zögerte. Sie spürte Erleichterung und Reue, einen Anflug von Unglück. Sie eilten aufeinander zu, ihre Umarmung eine linkische Rangelei, betreten beobachtet von den beiden Männern. »Mach dir keine Sorgen«, sagte Angela unbeholfen.

»Natürlich nicht. Pass auf dich auf.«

»Hast du genug Geld?«, fragte Rex und bewegte seine Hand andeutungsweise in Richtung seines Portemonnaies.

»Ja, danke. O Gott, da kommen Leute. Lass uns gehen.«

Ruth trat von der Tür zurück und sah zu, wie sie auf die Vespa stiegen. Dann rannte sie lautlos in ihren Hausschuhen die Treppe hinauf. Sie schloss die Schlafzimmertür hinter sich und eilte ans Fenster, gerade rechtzeitig, um zu sehen, wie sie durch die Hecken davonkurvten, vorbei an den Johnsons, die dort standen und ihnen hinterherwinkten. Sie lauschte eine Weile und hörte dann Stimmen und Bettys anstrengendes Lachen, als sie die Eingangshalle durchquerten. Die Wohnzimmertür schloss sich. Es war Zeit für einen weiteren Drink, ein weiteres Schälchen Kartoffelchips. Das Glockenläuten schallte von ferne durch die dunstige Luft, in den Zimmern trieben tote Zeitungen, die deutschen Hausmädchen waren ausgegangen. Ein großes Gähnen schluckte das Common, sog das Land in den Winter, entblätterte seine Bäume, verwüstete die üppigen Gärten.

Du bist hoffnungslos. Hoffnungslos. Ein Albtraum begann, weit hinten im Haus, in den leeren Zimmern. Die Stille ballte sich zusammen. Sie konnte spüren, wie sie wartete, tiefer wurde, tödlicher. Das Zimmer war voller Gefahren, ihr Spiegelbild, ihre Stimme, ihre Hand, die sich vor ihr ausstreckte. Sie griff nach der Spieluhr, hielt sie vorsichtig. Sie drehte die Kurbel und hörte die Melodie Note für Note herauströpfeln, Wasser in einen leeren Brunnen. Sie trug sie zur Ankleidekommode hinüber und setzte sich, während sie die Kurbel immer weiterdrehte. Nach einer Weile begannen ihre Lippen, sich lautlos zu bewegen, Worte zu formen, die so fern und unschuldig waren wie die Melodie selbst.

… Baby Bunting
Daddy's gone a-hunting,
Gone to fetch a rabbit skin
To wrap his Baby Bunting in,
Bye, Baby Bunting …

Sie spielte es wieder und wieder, in panischer Angst davor, aufzuhören und erneut nur Stille zu hören.

II

Das erste Stadium des Albtraums ist der Verlust der Fähigkeit, etwas für belanglos zu halten. Das Bewusstsein ist bis zu dem Punkt geschärft, an dem nichts mehr banal ist, sondern jeder Augenblick, jedes Detail denselben unerträglichen Schrecken hat. In diesem Zustand der Verzweiflung gibt es keine Krisen. Der gnädige Zensor des Gedächtnisses ist zusammengebrochen, und alles wird mit demselben Horror erinnert, der eingerissene Nagel wird zu einem schartigen Fingerzeig auf die Sinnlosigkeit zu leben, die beiläufigste Bemerkung beschwört, ohne Vorwarnung, die Trauer oder das Grauen eines ganzen Lebens herauf. Und dennoch häufen sich die Tage an, einer folgt dem anderen, ganz ordentlich; die Wochen sind durch einen roten Sonntag markiert, und die Monate haben Namen. Es ist notwendig, zu essen und zu schlafen. Es ist notwendig, sich auf die Zukunft vorzubereiten, selbst wenn das nur dadurch erfolgt, dass Luft eingeatmet wird, sodass sie, nach einem Moment, wieder ausgestoßen werden kann und dann wieder eingeatmet. Das moralische Urteil, das über diesen Unglückszustand gefällt wird, ist so hart wie jenes, das man über die Irren in Bedlam verkündet. Hat jeden Sinn für Verhältnismäßigkeit verloren, besagt es mit selbstgerechtem Ekel. Was vollkommen korrekt ist.

Ruth war jetzt allein, ohne die Kinder, ohne Angela,

ohne Rex. Niemand verurteilte sie; niemand antwortete, wenn sie sprach. Eng an die Wand neben der Fenstertür gepresst beobachtete sie, wie Frauen auf der Vortreppe warteten, Frauen, die sich überlegt hatten, vorbeizuschauen – und in dem Moment, als sie davongingen, rasch zum Tor hinaus, während ihre Hunde ihnen die Leine um die Knöchel wickelten, sehnte sie sich danach, sie zu sehen. Oft rief sie ihnen hinterher und wusste, dass es zu spät war. Wenn das Telefon läutete, war sie wie gelähmt, stand nur da und starrte es an, bis der letzte Ton verklungen war, und bewegte erst dann vorsichtig ihre Hand in Richtung Hörer.

Sie hatte niemals keine Angst. Manchmal zog sich die Angst fester zu, als hätte sie versucht, sich herauszuwinden; manchmal saß sie trügerisch locker, war der Knoten der Beklemmung erträglich, bis sie versuchte, sich vor oder zurück zu bewegen, in die Vergangenheit oder die Zukunft. Sie dachte daran, nach London zu fahren, Rex anzurufen, um Hilfe zu bitten. Rex, hör zu, mir geht's nicht gut. Stille. Rex, ich glaube, ich muss dir was sagen … Ja? Ja? Was denn?

»Rex, hör zu. Ich glaube, ich bin schwanger.«

»Und was zur Hölle soll ich jetzt tun?«

»Wenn Sie nicht bereit sind, das Anständige zu tun, Whiting, zerstöre ich Ihre Karriere, bei Gott, das werde ich.«

»Aber selbstverständlich, Sir, da gibt es keine andere Wahl. Ich muss schon sagen, Sir, mir missfällt Ihre Unterstellung …«

Und ihre Mutter, die an Gott glaubte: Die dunkelste Stunde ist immer vor der Dämmerung, und wie die Dinge liegen, wird das Baby schon ziemlich weit sein, ich denke, unter diesen Umständen am besten ein schlichtes, gemustertes Kleid, und dabei habe ich immer von einer schönen weißen Hochzeit geträumt. Undankbarkeit, Liebste, ist sehr schwer zu ertragen, aber zum Glück ist dein Vater bald in Rente, und ich habe gehört, in Wicklow sollen lauter sehr nette Leute wohnen, natürlich kannst du mit einem kleinen Baby nicht hierherkommen, aber alles hat auch sein Gutes, vorausgesetzt, du betest um Vergebung.

Sie wimmerte, den Kopf zwischen ihren Handgelenken.

»Du bist eine Idiotin, Ruth, das ist dein Problem. Warum schaffst du es nicht, dass das Balg aufhört zu heulen? Warum heult es denn überhaupt? Warum?«

»Ich weiß es nicht ...«

»Liebst du mich nicht mehr? Ruthie? Liebst du mich nicht?«

»Ich weiß es nicht ...«

»Was glaubst du eigentlich, warum ich dich geheiratet habe? Weil du so unglaublich attraktiv bist? Ja? Ich habe dich geheiratet, weil du trächtig warst, und das weißt du. Du hattest keine Einwände damals, nicht wahr? Oder hattest du?«

»Ich weiß es nicht ... ich weiß es nicht ...«

Und dann würde im Obergeschoss ein Dielenbrett knarren, ein Hund in der Ferne bellen, ein Stück Papier sich sterbend im Kaminfeuer winden. Sie würde zusehen, schluchzend, einen unerträglichen Verlust betrauernd. Ein Stück Papier. Nichts.

Jane erwischte sie am Nachmittag. Nachmittags ging Jane, die einzige Ehefrau in dieser Ecke des Commons mit Kleinkind, spazieren, ein quälendes Kriechen, Stein um Stein und Stock um Stock, den Weg hinauf und wieder zurück. Sie tippelten um halb vier durch das Tor und erkundeten eine Weile den Garten, ehe sie sich der Terrassentür näherten, die zum Wohnzimmer der Whitings führte. Bis auf sein dünnes Rauchsignal wirkte das Haus ausgestorben. Jane blinzelte durch das Fenster und sah Ruth zusammengekauert auf dem Sofa sitzen, ihr Oberkörper hing über die Armlehne herab.

»Ruth schläft«, murmelte sie und versuchte, das Kind wegzuziehen.

Baby schlug mit der flachen Hand gegen das Fenster.

»Wir kommen morgen wieder«, flehte Jane.

Baby trat mit der stumpfen Spitze ihres Schuhs gegen das Fenster. In einer einzigen Bewegung, schnell wie Schuld, war Ruth auf den Beinen. Ihr Mund öffnete sich lautlos, sie trat nach vorne, griff sich ins Haar, drehte sich zur Haustür um. Jane lächelte schwach, machte übertriebene Gesten des Bedauerns. Als Ruth, langsam aus dem Dunkel des Raums auftauchend, zum Fenster kam, war Jane entsetzt, zu sehen, dass sie immer noch ihr Nachthemd anhatte. Immer noch? Vielleicht hatte sie es angezogen, um sich kurz hinzulegen. Die Riegel wurden zurückgeschoben, die Terrassentür geöffnet.

»... so unglaublich leid, Liebes, das ist alles ihre Schuld. Hast du geschlafen?«

»Ja«, sagte Ruth. Sie lachte kurz auf und griff sich wieder ins Haar. »Ja, das habe ich wohl, wie dumm von mir, wie spät ist es?«

»Weiß ich nicht«, sagte Jane und zog unbehaglich am zerrenden Arm des Kindes. »Ich meine, ungefähr halb vier, denke ich. Es tut mir so schrecklich leid, dich zu … O Gott, es tut mir leid.«

Baby hatte sich losgerissen und schlängelte sich durch die Terrassentür hinein, kletterte auf einen Lehnstuhl und saß da in ihren Gamaschen, steif wie ein Bischof auf Visitation.

»Tee?«, fragte sie kalt und schaute sich um, ohne eine Spur davon zu sehen.

»Nein, nein«, sagte Jane verzweifelt, »wir sind nicht zum Tee gekommen.«

»Aber selbstverständlich …«, erwiderte Ruth. »Und bestimmt habe ich auch Kekse …«

Als sie zurückkam, mit Tee und einem Teller zerbrochener Schokoladenkekse, die sie am Boden einer Blechdose gefunden hatte, wartete Baby immer noch.

»Es tut mir so leid«, sagte Ruth, »es ist nichts da … normalerweise kommt kein … hab nicht mal Milch.« Ihre Stimme war kurz davor, ins Verzweifelte zu kippen. Sie stellte das Tablett ab, ohne eine von beiden anzusehen. »Es tut mir so schrecklich leid.«

»Um Gottes Willen, das ist doch kein Problem.«

»Wo sind die Sandwiches?«, erkundigte Baby sich und beäugte das Tablett.

»O Gott«, stöhnte Jane.

»Es gibt keine«, sagte Ruth. Diese Feststellung der Tatsachen versetzte das Kind in schockiertes Schweigen. Sie saß da, den Keksteller auf den ausgestreckten Beinen balancierend, starrte Ruth an und rührte sich mindestens drei Minuten lang nicht. Dann aß sie die Kekse, Stück für Stück, und plante ihre Rache.

»Wie geht's dir?«, fragte Jane schnell, sie wusste, dass die Zeit knapp war. »Wir haben dich ja tagelang nicht zu Gesicht bekommen. Angela ist wieder weg, oder?«

»Ja. Ja, sie ist Sonntag gefahren.«

»Du siehst gar nicht gut aus, weißt du das? Du siehst gespenstisch aus. Ist was mit dir?«

Tränen wüteten hinter ihren Augen. »Nein«, sagte sie. »Ich weiß nicht, ich meine, nein, nichts.« Eine gewaltige Anstrengung, die heitere, zitternde Stimme einer Person, die Tee auf dem Hochseil trinkt. »Wie geht es Richard? Ich habe euch nicht gesehen, seit …«

»Oh, seit diesem furchtbaren Wochenende mit Herb und Maxine! *Unfassbar*, diese Maxine, oder? Was für ein beängstigendes Mädchen. Sie war ganz begeistert von dir.«

»Wirklich?« Ein kurzes, ungläubiges Lachen. »Ich hätte eher gedacht von Rex …«

»Ach, das solltest du gar nicht beachten. Das ist wie ein nervöser Tick, sie kann nicht anders.« Sie sah Ruth scharf an. Nein, so blöd konnte man nicht sein. Dieses pummelige Kind beunruhigte sie? Dass sie Betty Johnson nervös machte, war klar, aber niemand, der noch ganz bei Trost war … »Und wie geht es Angela? Rast sie immer noch auf dieser Vespa herum?«

»Ja. Ja, nehme ich an.«

In der Eingangshalle klingelte das Telefon. Jane und Baby merkten beide auf, erfreut und heiter, als hörten sie eine vertraute Stimme.

»Telefon«, sagte Jane.

»Ja.«

Es klingelte weiter, prahlte fröhlich mit einer Einladung, einem Skandal, einer wichtigen Information. Warum blieb sie sitzen und schaute hilflos vor sich hin? Was war los mit ihr? »Willst du nicht rangehen?«

»Ja. Ja, ich denke schon.«

Sie stand langsam auf. Jane starrte sie an. Langsam ging sie in den Flur, aber das Telefon klingelte weiter. Und dann, als die Spannung fast unerträglich geworden war, hörte es auf.

Sie nahm den Hörer ab, sagte aber nichts. Die Stimme am anderen Ende ratterte los: »Hallo? Hallo? Hörst du mich? Was ist bloß mit dieser verdammten Leitung los?«

Sie setzte sich, den Hörer in beiden Händen haltend.

»Hallo?«, rief er.

Sie fuhr mit der Zunge über ihre trockenen Lippen. »Rex?«

»Was zur Hölle ist mit dem Telefon los? Ich hab bestimmt sechsmal angerufen. Warst du den ganzen Tag unterwegs, oder was?«

Sie schüttelte den Kopf.

»Was? Bist du noch da?«

»Ja.«

»Ich hab gesagt, ich habe dich sechsmal angerufen.«

»Es tut mir leid.«

»Die Verbindung ist grauenhaft, ich kann dich nicht hören. Kannst du mich hören?«

»Ja. Ja, ich kann dich hören.«

»Gut, hör zu. Ich kann dieses Wochenende nicht rausfahren. Ich habe noch ein paar Behandlungen morgen, und

Sonntag bin ich mit Craxton zum Golf verabredet. Ist das für dich in Ordnung?«

Sie nickte hilflos.

»Ob das für dich in Ordnung ist, hab ich gefragt. Hast du mich gehört?«

»Ja.«

»Gut. Dann sehen wir uns nächste Woche. Alles klar bei dir?«

»Rex, hör zu …«

»Du solltest einen Techniker kommen lassen. Ich hab dich sechsmal angerufen. Machst du das?«

»Aber ich …«

»Guter Gott, das ist gar nicht schwer. Ruf einfach die Vermittlung an.«

»Rex, hör zu …«

Er hatte aufgelegt. Dümmlich starrte sie den Hörer an. Ihr Mund zuckte unentschlossen, fast als würde sie lächeln wollen.

»Ruth? Kann ich mit ihr aufs …? Ruth! Alles in Ordnung?«

Sie nickte, die Hände um den Hörer geschlungen. Ihr ganzer Körper bebte, zusammengekrümmt auf dem kleinen Stuhl.

»Ruth! Ruth, was ist los?«

Sie blickte auf, die Augen vor Schreck mitleiderregend geweitet wie bei jemandem, der fällt. »Ich …«

»Komm, komm mit, ich bring dich nach oben. Jetzt komm, es ist alles in Ordnung, nicht weinen …«

Die kleine, stämmige Frau stützte sie, schulterte ihr

leichtes Gewicht und steuerte sie Richtung Treppe. Baby, zurückgelassen, fing an zu schreien. Das erste Mal im Leben hasste Jane sie. »Ach, halt die Klappe«, zischte sie. »Halt einmal die Klappe, kannst du das?«

12

»Guten Morgen«, sagte Miss de Beer, gerade laut genug, dass Ruth davon geweckt wurde. Sie zog die Vorhänge vor einer Wand aus Nebel zurück. »Leider kein sehr schöner Morgen heute.« Sie schaltete den elektrischen Kamin und die Nachttischlampe an. Ruth sah ihr bleiches, trauriges Gesicht mit den eingesunkenen Augen körperlos über dem plötzlichen Lichtschein schweben. »Frühstück und vier schöne Briefe«, sagte sie in ihrem sauber abgekanteten Pfarrhausduktus. »Und der Herr Doktor ist auch schon da.«

»Wie spät ist es?« Ruth kämpfte sich aus den warmen Decken, dem langen Tablettenschlaf hervor.

»Halb elf. Wir richten Sie ratzfatz her. Ich hab dem Doktor schon mal einen Tee gebracht.«

»Ah ja. Danke.«

»Und das Ei hat gute vier Minuten.«

»Danke.«

»Geht's gut heute Morgen? Recht vergnügt?«

Woher soll ich das wissen? Vergnügt? Sie zog sich das Tablett mit dem schmuddeligen Waschlappen, dem gepellten Ei und dem klebrigen Marmeladenglas auf den Schoß. Miss de Beer war ihre Wächterin, von Rex eingestellt, um sie zu beaufsichtigen. Wie lange war sie schon hier? Wochen? Monate? Gestern hatte sie ein paar Blätter an den Bäumen gesehen. War es November?

»Ich hab ihm gesagt, dass Sie gestern Abend ein kleines bisschen weinerlich waren«, sagte Miss de Beer vorsichtig.

Ruth nahm die Briefe in die Hand und legte sie wieder hin. »Ja«, sagte sie. »Also gut, dann sagen Sie ihm bitte, dass er hochkommen kann.«

John Phillips war ein untersetzter, glatzköpfiger Mann, zu Tode gelangweilt von der Medizin. Er mochte Jagen, Kricket und, kurioserweise, Volkstanz. Wenn er so herumhüpfte, Glöckchen um die stämmigen Beine gebunden, schwitzte er dabei mit unnützem, ländlichem Frohsinn. Seine Behandlung von Ruth über die letzten vier Wochen war simpel gewesen: Reiß dich am Riemen, denk an deine Kinder, sei zuversichtlich. Er hatte diverse bunte Pillen verordnet und nach etwas Herumblättern in einem Psychologiehandbuch vorgeschlagen, einen Webstuhl anzuschaffen. In besonders heiklen Momenten, und davon hatte es in der Tat einige gegeben, brachte er Gott als eine Art Oberarzt ins Spiel. Sein Glaube an Gott war überladen und sentimental, wie der einer Frau. Er war beliebt auf dem Common, wo er unter den Ehefrauen einiger abwegiger, gleichwohl interessanter sexueller Neigungen verdächtigt wurde.

»Guten Morgen, Ruth.« Er brachte, so hoffte er, das rohe, bärbeißige Gefühl von Nebel mit sich, von Schwierigkeiten und Verantwortlichkeiten und der Verpflichtung, pünktlich irgendwo sein zu müssen. »Ich dachte, du bist schon längst auf und packst. Wie geht es dir?«

»Ganz gut.« Er gab sich solche Mühe, sie wollte ihn nicht enttäuschen. Sie fügte ein Lächeln hinzu. »Schon viel besser.«

»Beer sagt, du hättest ein bisschen geheult gestern Abend. Was war da los?«

»Ach … nichts. Ich weiß nicht mehr. Gar nichts, wirklich.«

»Nun denn«, er klatschte in die Hände und rieb sie, »dieser Ausflug nach Antibes wird all das beheben. Du wirst eine ganz neue Frau sein, wenn du zurückkommst, das verspreche ich dir.«

»Ja, John.« Ein Ausflug nach Antibes – glaubte er das wirklich?

»Alles wird anders aussehen, du weißt schon.«

Das Common? Das Haus? Ein Haus, dessen Wände, zum Schutz gebaut, zu Wällen geworden sind, die Gräben von Einsamkeit umgeben? Was sollte daran anders aussehen? Wie sollte sich das je ändern?

»Ja, John, ich bin sicher, das wird es.«

»Und du weißt ja, denk an die Kinder. Angela, Julian, Mike, sie wollen, dass es dir besser geht. Sie sind es doch wert, dass du dich bemühst, oder nicht?«

Sie nickte nachdrücklich. Du kannst dich glücklich schätzen, Kinder zu haben; jedes Jahr für sechzehn Wochen Kinder zu haben. Da sind sie, fremd, groß, außergewöhnlich, und platzen in einen fragilen Angstzustand herein; und schon sind sie wieder weg, lassen die Bruchstücke zurück, lassen die Tür offen stehen, sodass die Stille ungebremst einströmen kann. »Natürlich«, sagte sie. »Natürlich.«

»Und dann«, sagte er herzlich, »wirst du dich auch schon auf Weihnachten vorbereiten. Viel zu bedenken, viel zu planen.«

Bedenken. Planen. Vorbereiten. Zwölf Mal im Jahr bereitet sich dein Körper sorgfältig auf etwas vor, vergebens. Das ganze Leben ist eine ewige Vorbereitung auf gar nichts. Steck Fähnchen in die Häppchen, inspizier die Vorratskammer, leer die Aschenbecher aus; halt alles in Ordnung, geh zur Maniküre, schick kleine Botschaften den kurzen Weg durchs Telefon. Wenn du dich bewegst, rascheln alte Einkaufslisten wie abgestorbene Blätter; wenn du still sitzt, lauert der Terror verrinnender Zeit. Du musst weitermachen. Du rennst hinter den hohen Mauern herum. Du machst dich bereit, bereitest dich darauf vor, bereit zu sein …

»Ach, du wirst ein tolles Fest daraus machen, da bin ich sicher. Du hast schon Großartiges vollbracht. Du solltest dir wirklich mal von Zeit zu Zeit auf die Schulter klopfen, weißt du.«

Also schaust du zurück, um dir selbst zu gratulieren. Aber da ist nichts. Alles ist genau so, wie es immer schon war. Du warst mit ein paar Handvoll Luft beschäftigt, hast Schatten umherbewegt, die Leere gemaßregelt.

»Du bist immer noch eine junge Frau. Du hast einen guten Sinn für Humor, ein hübsches Gesicht, eine tolle Familie. Was willst du mehr?«

»Nichts, John. Nichts.«

»Ich habe dir ja schon gesagt, dass ich kein Seelenklempner bin, und ich glaube auch nicht, dass du einen brauchst. Sonst hätte ich dich schon längst dorthin geschickt.«

»Ja, ich weiß.«

»Also …« Er hatte noch nicht das Gefühl, dass seine

Bemühungen fruchteten. »Wenn ich noch irgendetwas für dich tun kann«, sagte er, »musst du nur Bescheid sagen, das weißt du, ja?«

»Danke. Du bist eine große Hilfe, John.« Sie schaute auf ihre Hände, die auf der Bettdecke lagen. »Es tut mir leid, dass ich so eine Belastung bin.«

»Unsinn. Du bist überhaupt keine Belastung. Der eine Vorteil meines grauenhaften Berufs ist, dass man gelegentlich jemandem aus der Klemme helfen kann. Dann lohnt sich der ganze Aufwand wieder, weißt du. Ich verabreiche lieber etwas Mitgefühl und Verständnis als alle Pillen der christlichen Welt.« Er sah auf die Uhr, ohne Neigung, mit seinen Hausbesuchen fortzufahren, in die Hälse schreiender Kinder zu gucken, ihre schwache Brust abzuhören, den Fortschritt uninteressanter Schwangerschaften zu überwachen. »Also dann, ich kann nicht noch länger bleiben und plaudern, und du musst packen. Wann geht es morgen los?«

»Gegen acht, glaube ich. Rex kommt heute Abend.«

»Dann schaue ich vor dem Abendessen vorbei und rede mit ihm. Ich möchte nicht, dass du dir über irgendetwas Gedanken machst, solange du weg bist. Was auch immer mit den Kindern oder etwas anderem sein mag – das ist dann eben Rex' Problem.«

»Ja, John.«

»Versuch, deine kleine Angelegenheit hier wie einen verstauchten Knöchel zu betrachten. Schone ihn, und dann wird es besser. Wir wollen keine Komplikationen, weißt du. Ich komme heute Abend wieder.«

»Alles klar.«

Er griff nach der Spieluhr und drehte ein paarmal die Kurbel. »Hübsches Ding. Wo hast du das her?«

»Ich weiß es nicht mehr«, sagte sie mit arg strapazierter Geduld.

»Na gut. Bis später dann.«

»Ja, John. Danke. Auf Wiedersehen.«

Nachdem er gegangen war, ließ sie sich zurück in die Kissen fallen. Jetzt, endlich, konnte sie wieder schlafen. Schlafen und schlafen und alles vergessen. Sie schloss die Augen, sank zurück in den Schlaf.

»Ach je, Sie haben Ihren Kaffee verschüttet. Sie haben Ihr Ei nicht gegessen. Sie haben Ihre schönen Briefe nicht gelesen. Ach, Mrs Whiting!«

»Ich möchte schlafen.«

»Nein, nein, das geht jetzt nicht. Viel zu tun, viele schöne Dinge, auf die wir uns freuen können. Na los, kommen Sie. Jetzt setzen wir uns erst mal auf, zwei kleine Tabletten. Schon besser …« Sie betrachtete kritisch ihr Arrangement, Ruth war aufrecht positioniert und wütend. »Nichts ist schwer, wenn man sich Mühe gibt, und wir haben für heute wirklich genug geschlafen.«

»Aber ich bin müde.«

»Nein, nein, Sie sind überhaupt nicht müde.« Miss de Beer lachte nachsichtig. »Nur ein bisschen duselig von den Schlaftabletten, nehme ich an. Ich lasse Ihnen ein Bad ein, und Sie lesen Ihre Briefe, und in fünf Minuten fühlen Sie sich frisch wie der junge Tau.« Sie stopfte Ruth die Briefe in die Hand und blieb neben ihr stehen. »Na, da haben wir es ja. Bestimmt eine nette Einladung. Etwas, worauf wir uns freuen können.«

Eine weiße Karte mit schöner goldener Schrift. Ralph Rackworth bittet um das Vergnügen von Mr und Mrs Rex Whitings Gesellschaft auf der Rock-and-Roll-Party im Rackworth House am Samstag, 30. November, um 21.30 Uhr. Kein Lametta. Keine Schwerter.

»Ich wusste es«, sagte Miss de Beer, über ihre Schulter schauend. »So eine Freude!«

»Vielleicht möchten Sie ja gehen«, schlug Ruth vor. »Ich bin wahrscheinlich ohnehin nicht da.«

Beleidigt stiefelte Miss de Beer ins Badezimmer.

Der nächste Brief war auf festem rosafarbenem Papier, die Worte in lila Tinte eher gezeichnet als geschrieben.

Liebe Mrs Whiting,
es tut mir furchtbar leid, zu hören, dass Sie krank sind, und ich dachte, ich schreib Ihnen ein paar Zeilen – ich hoffe sehr, es geht Ihnen schon besser – Das Wetter ist so scheußlich, dass es bestimmt schön ist, im Bett zu sein, aber ich schätze, Sie sehnen sich danach, wieder aufzustehen – Ich wollte mich nur melden und sagen, wie leid es mir tut, dass Sie krank sind, denn ich habe mich so gefreut, Sie kennenzulernen und in Ihrem wunderschönen Haus zu sein – Mit vielen Grüßen und besten Wünschen für Ihre Genesung,
Sehr herzlich, Ihre Maxine O'Donovan

Zögerlich öffnete sie den nächsten. Briefe von den Kindern, Fotos von ihnen, fast konnte schon ihre Erwähnung den Schmerz wieder auslösen, das beschämende Weinen. Krankmachenderweise verschwammen die Worte, während sie las, zitterte das linierte Blatt Papier.

Liebe Mum,
ich hoffe, es geht dir besser. Wie schade, dass du nicht kommen konntest. Mike hat letztes Wochenende mit den Robinsons einen Ausflug gemacht und hat sich wie üblich vollgestopft. Ich habe keinen Ausflug gemacht. Ich hoffe, du fühlst dich besser. Das Wetter war furchtbar in letzter Zeit, und bestimmt dreißig Leute liegen mit Grippe flach, aber ich hatte sie noch nicht. Könntest du Bonbons schicken, Polos und Refreshers und zwei Tüten Brausepulver und noch mehr Briefmarken? Ich wünsche mir Boxhandschuhe zu Weihnachten, wenn das geht. Mike ist zu beschäftigt (!), um zu schreiben, aber er sagt, nächste Woche tut er es. Ich hoffe, du bist schon wieder ganz munter.
Viele liebe Grüße, Julian

Jemand anders musste sich um die Süßigkeiten kümmern. Jemand anders musste zur Post gehen. Jemand anders musste ihm schreiben, Boxhandschuhe kaufen ... Sie verbarg ihren Kopf im Kissen, sie hasste sich so leidenschaftlich, dass ihre Schwäche, ihre Unfähigkeit, sich selbst zu bestrafen, unerträglich war.

»Ihr Bad, Mrs Whiting.«

»Gehen Sie weg!«

»Was ist los?« Sie hob Julians Brief vom Boden auf und überflog ihn schnell. »Nur ein netter Brief von Ihrem kleinen Jungen, nichts, was einen sorgen müsste.«

»Gehen Sie weg!«

»Und dieser hier«, Miss de Beer schrie fast, »ist von Ihrer Tochter, möchte ich meinen. Der Poststempel ist aus Oxford. Da steht ›Dringend‹ drauf.«

Ruth lag still. Dringend? Angela?

»Soll ich ihn vorlesen?« Miss de Beer hatte den Umschlag schon aufgerissen.

»Nein.« Ruth setzte sich auf, schnappte nach dem Stück Papier. Es war aus einem Schreibheft herausgerissen. Sie hielt es ungeöffnet in der Hand, während sie Miss de Beer dabei beobachtete, wie sie quer durch den Raum zum Fenster ging, wo sie sich unnötig an den Vorhängen zu schaffen machte. Dann faltete sie den Brief, fast schon verstohlen, auseinander.

Liebste Mummy,
das hier ist furchtbar wichtig. Ich muss mit dir reden. Ich komme Freitagabend nach Hause, gegen sechs. Ich werde erklären, warum es nicht am Telefon geht. Es ist wirklich *wichtig, und ich muss auf jeden Fall* alleine *mit dir reden. Entschuldige die Eile.*
Alles Liebe, A.

Ich hoffe, deine Grippe, oder was das war, ist besser. Kannst du dir etwas für Daddy ausdenken? Ich muss dich alleine *sprechen.*

»Na bitte«, sagte Miss de Beer, »der Nebel lichtet sich. Das ist ein gutes Omen. Ich fürchte, Ihr Bad wird kalt.«

»Ist heute Freitag?«, fragte Ruth mit einer seltsam flachen Stimme.

»Das ist richtig«, gratulierte Miss de Beer strahlend.

»Meine … meine Tochter kommt am Abend nach Hause.«

»Heute?«

»Ja.«

»Bestimmt, um sich zu verabschieden. Ist das nicht toll! Sehen Sie, es gibt immer etwas, auf das man sich freuen kann, oder nicht?«

Ruth stieg langsam aus dem Bett. Sie sah sich vage im Raum um, als würde sie erst jetzt bemerken, wo sie war. »Vielleicht könnten Sie eine Wärmflasche bereitlegen – und ihr Bett müsste frisch bezogen werden.«

»Natürlich, überlassen Sie das einfach mir. Ihr Morgenmantel liegt auf dem Bett, Mrs Whiting.«

»Ich muss ihr Zimmer fertig machen.«

»Machen Sie sich darum keine Sorgen. Das ist alles kein Problem. Ihre Pantoffeln, Mrs Whiting.«

»Und wenn sie hier ist, dann reden Sie bitte nicht über meinen … also, über mich mit ihr.«

»Selbstverständlich, Mrs Whiting, das würde mir im Traum nicht …«

»Und, Miss de Beer. Wenn Sie bei Turners die Bestellung aufgeben, sagen Sie ihnen bitte auch, sie sollen noch vier Päckchen Polos dazulegen, vier Päckchen Refreshers und sechs Päckchen …«

»Brausepulver?«

»Ja. Brausepulver.«

»Ihre Tochter ist das reinste Tonikum für Sie«, rief Miss de Beer erfreut aus. »Genau, was der Herr Doktor angeordnet hat. Sie sehen schon viel besser aus, ganz sicher.«

»Da wäre nur noch eins.« Ruths Stimme war fest, aber ihre Beine zitterten.

»Ja, Mrs Whiting?«

Der Schrei, das Wutkreischen war hörbar unter der sorgsam beherrschten Stimme. »Würden Sie mich bitte allein lassen, in Gottes Namen? Lassen Sie mich allein.«

»Aber das Gepäck …«

»Das Gepäck kann warten. Es ist nicht so wichtig.«

Die Tür knallte. Ruths Hand flog zu ihrem Mund; über ihren gewölbten Fingern leuchteten ihre Augen, beeindruckt von diesem kleinen, unsicher ausgeführten mutigen Akt.

13

Während Angela um das Haus herum zur Hintertür ging, konnte sie hören, wie die Vespa durch die Dunkelheit davonjagte. O Gott, dachte sie, das werden sie bestimmt hören. Sie hatte den ganzen Weg gefroren; ihr Mund war taub, und ihre Augen fühlten sich an wie zwei Kiesel, vor Kälte versteinert; wenn sie ihren Kiefer bewegte, fühlte es sich an, als würde auf ihren Wangen eine dünne Eisschicht zerspringen. Sie öffnete die Hintertür und stolperte über Gummistiefel. Warum, dachte sie zum hundertsten Mal, haben sie hier kein Licht … Ein ungewöhnlicher Geruch lag in der Luft, Gummi und Kohl, der Geruch von Schulfluren. Sie ging in die Küche, blinzelte im grellen Licht, erwartete, ihre Mutter zu sehen. Stattdessen war da, in einer gemusterten Schürze, etwas in einer Schüssel zusammenrührend, eine Fremde. Sie waren beide schockiert.

»Oh«, sagte Angela. Ohne es wirklich zu bemerken, nahm sie Unordnung wahr, Schmieriges, ungespülte Milchflaschen. »Wo ist Mrs Whiting?«

»Sie sind bestimmt …«

»Ich bin Angela. Wo ist Mrs Whiting?«

»Ich glaube, sie ist im Wohnzimmer. Ich …«

»Ist mein Vater schon da?«

»Nein, nein. Ich glaube nicht.«

»Aber er kommt heute Abend?«

»O ja, Ihre Mutter ist nämlich …«

Zumindest der Rest des Hauses schien so zu sein wie immer. Sie ließ die Küchentür hinter sich schwingen und lief den Flur hinunter. Das Telefon stand auf seinem Tisch, die Kleiderbürsten hingen zu beiden Seiten des Spiegels, die Jagdszenen waren immer noch symmetrisch an der Wand arrangiert, der Messingknauf der Wohnzimmertür war immer noch gekerbt und poliert. Erstaunlich, dass all das weiterhin existierte, auch wenn sie nicht da war; dass sie hier, egal was ihr geschah, weiterhin Staub wischten und polierten und Bilder geraderückten, als wäre das von Bedeutung. Sie zögerte einen Moment, doch es gab keine Alternative. Sie öffnete die Tür. Ihre Mutter drehte sich um, sprang vom Sofa auf. O Gott, bitte, lass sie nicht so einen Aufstand machen.

»Liebes …« Ihre Gesichter berührten sich kurz. »Was bist du kalt. Ich hab dich nicht kommen hören. Wie bist du vom Bahnhof hergekommen? Hast du ein Taxi genommen? Ich dachte, dass sie bei dem Nebel vielleicht nicht hier rausfahren würden, aber da ich nicht wusste, wann …«

»Da ist kein Nebel mehr. Tony hat mich gebracht.« In schlimmerer Verfassung könnte sie nicht sein, warum kann man nicht einmal nach Hause kommen, ohne dass sie so tut, als wäre das ein verdammtes Wunder? Sie kniete sich vor das Feuer, schlang ihre Arme um die Brust. Jetzt, da sie hier war und tatsächlich kurz davor, über diese Sache zu reden, fühlte sie sich benommen, konnte sie das alles nicht mehr ernst nehmen. Die Angst, die Verzweiflung der vergangenen Woche hatten sich in dem Moment, in dem sie diesen Raum betreten hatte, in ein großes Gähnen verwandelt.

»Wer ist eigentlich diese seltsame Frau in der Küche?«

»Oh, sie ist eine Art … Haushälterin. Sie hat sich hier um ein paar Sachen gekümmert, als ich krank war. Wo ist Tony?«

»Schon wieder weg.« Sie gähnte, zitterte, rieb ihre Arme. »Meinst du, ich könnte einen Drink bekommen?«

»Natürlich.« Ihre Mutter sprang wieder auf. Sie sieht furchtbar aus, dachte Angela abschätzig. Alt. Sie hat mich noch keinmal angeschaut. »Was hättest du gern?«

»Ach, Gin, Sherry, was du da hast.«

»Also …«, das vertraute, nervöse Lachen, »was jetzt?«

»Irgendwas. Mir egal. Wie heißt sie überhaupt?«

»Miss de Beer.«

»Warum *de*?«

»Weiß ich nicht.«

Klar, natürlich weißt du es nicht. »Wie lächerlich.«

Sie zitterte, trank ihren Drink wie Medizin. Ihre Mutter war wieder zurück auf dem Sofa, saß kerzengerade da, die Hände in den Schoß gelegt, wartend. Wenn sie nur fragen würde. Jede normale Mutter würde es doch bestimmt sofort direkt ansprechen: Also, warum bist du hier? Tja, also, es ist eine schrecklich klischeehafte Situation, aber …

Die Finger in den dichten Flor des Teppichs vergraben, das Gesicht hinter dem schweren, strähnigen Haar versteckt, wartete Angela ebenfalls ab. Es war eine Schlacht des Schweigens.

»Hast du …«, hob ihre Mutter endlich an. Angela blickte auf, voller Erleichterung. Das Gesicht ihrer Mutter war grau, schweißglänzend, der blasse Mund rang um Worte. »Hast du irgendwas auf dem Herzen, du sagtest …«

»Ja, ich weiß.« Wie sagte man so etwas? Was waren die angemessenen, am wenigsten melodramatischen Worte? Leicht war das nicht. Es war grauenhaft. Es gab keinen Ausweg. Sie stürzte sich mittenrein. »Ich bekomme ein Kind. Das ist schon alles.«

Stille.

»Ich bin schwanger«, sagte sie nachdrücklich; und dann, von einem schrecklichen Verdacht erfüllt: »Hast du das verstanden?«

Ihre Mutter stand auf und ging vorsichtig um das Sofa und den Tisch herum, bis sie in der gegenüberliegenden, schattigen Zimmerecke war. »Ja«, sagte sie. Sie schien innezuhalten, über etwas nachzudenken. »Möchtest du noch einen Drink?«

»Nein, danke. Es sei denn, du hast Tomatensaft.«

»Im Kühlschrank ist welcher, ich kann ihn gerne holen.«

»Nein, brauchst du nicht. Ist nicht wichtig.«

Eine ganze Minute lang sagte niemand etwas. *Warum* sagt sie nichts? Schreit mich an? Zeigt ihre Bestürzung? Bestraft mich irgendwie? Ein bitteres Gefühl von Ungerechtigkeit, verschlimmert dadurch, dass es so unvernünftig war, löste in ihr den Wunsch aus, mit den Fäusten auf den Boden zu trommeln, zu jaulen und schreien, irgendwas zu tun, um das Schweigen zu brechen.

»Bist du ganz sicher?«

»Einer von Tonys Freunden hat mich untersucht, ein Medizinstudent. Er ist ganz sicher.«

»Vielleicht irrt er sich.«

»Er irrt sich nicht! Er ist sich sicher!«

»Wie … was denkt er, wie weit du bist?«

»Zwei Monate. Das weiß ich auch so.«

»Wieso?«

»Weil es die Nacht gewesen sein muss, in der wir auf dem Jahrmarkt waren. Der Tag, als die Jungs zurück aufs Internat sind. Danach war ich, du weißt schon, vorsichtig.«

Sie gab sich die größte Mühe. Es hatte keinen Sinn, den Kopf zu verlieren, wie Tony immer sagte. Tony? Er hatte leicht reden. Sehr leicht.

»Warum warst du so dumm?«

»Was?« Sie hob ruckartig ihren Kopf und starrte ungläubig durch den Raum.

»Warum warst du so ein *Dummkopf?*«

Ihre Mutter zitterte. Sie konnte sie zittern sehen. Diese unbedeutende, leise, lächerliche kleine Frau mit ihrem adretten Plüschleben, ihrer gesicherten, selbstgefälligen Existenz, ihren beruhigenden Spielen und ihren Nerven und ihrem idiotischen Lachen war wütend. Unglaublich. Angela vergaß, dass sie gewollt hatte, dass sie wütend wird. Sie wusste nur, dass sie wieder, schon wieder, zurückgewiesen wurde, verlassen, verraten von jemandem, der sie eigentlich lieben sollte. Es gab keine Worte dafür. Sie wusste, dass ihr Schreien vergeblich war, dass sie hässlich aussah und töricht und überhaupt nichts besser machte. Es war ihr egal.

»Mehr hast du dazu nicht zu sagen, oder? Ich komme extra hierher, um es dir zu sagen, weil ich denke, dass du mir vielleicht hilfst, und du schreist mich einfach nur an. Du denkst überhaupt nicht an *mich*, oder? Dir ist egal, wie es *mir* geht. Du musstest dich dein ganzes Leben lang nicht mit so etwas beschäftigen, so etwas passiert Leuten wie uns nicht, stimmt's? Was werden die Tanners denken und die Johnsons und die verdammten Wilmington-Smiths? O *Gott*, ich hätte es wissen müssen!«

»Hör auf!«

Sie starrten sich einen Moment lang an. Ein Stück Kohle fiel im Feuer herunter, und auf dem Flur näherten sich Schritte. Miss de Beers Kopf erschien gleichzeitig mit ihrem fröhlichen Klopfen in der Tür.

»Wir kennen uns ja schon«, sagte sie und nickte Angela strahlend zu. »Zeit fürs Bett, Mrs Whiting. Sie wissen, dass ich es dem Herrn Doktor versprochen habe.«

»Ach, verschwinden Sie!«

»Wie bitte?«

»Ich werde nicht vor dem Abendessen zu Bett gehen. Es geht mir bestens. Ich erkläre es Doktor Phillips, wenn er kommt ...«

»Darum geht es nicht, Mrs Whiting. Ich bin für Sie verantwortlich, und da Sie morgen eine lange Reise vor sich haben, bestehe ich darauf, dass Sie jetzt ins Bett gehen. Ihrer Mutter ging es gar nicht gut«, herrschte sie Angela an, »daher darf sie sich auf keinen Fall überanstrengen. Sie muss morgen sehr früh aufstehen.«

»Warum? Was für eine Reise?« Sie wendete sich entsetzt an ihre Mutter. »Fährst du etwa weg?«

»Ihre Mutter fährt morgen nach Südfrankreich«, sagte Miss de Beer süffisant, als wäre das eine Strafe, die Ruth sich redlich verdient hatte. »Zur Erholung. Die Reise wird sehr anstrengend werden.«

»Das kannst du doch nicht machen! Wann kommst du wieder? Das hat mir niemand gesagt!«

Sie schauten von einer zur anderen. Lose Fäden, Sackgassen, Gefühle, die hervorgezerrt und entblößt in der Luft hängen gelassen wurden.

Die Haustür fiel krachend ins Schloss.

»Jemand zu Hause?«, rief Rex aufgekratzt.

Für eine Sekunde bewegte sich niemand. Dann stahl sich Miss de Beer gesenkten Hauptes davon. Ruth trat in den Flur.

»Ja«, rief sie. »Angela ist auch da.«

»Angela? Was macht *sie* denn hier?« Dann sah er, wie die beiden dort standen und offenbar voller Vertrauen zu ihm hinschauten, also unternahm er eine besondere Anstrengung: »Na dann, meine Lieben, wie schön, euch zu sehen.« Und gab beiden einen Kuss.

14

»Hast du schon das Neueste gehört?« Er spritzte Soda in seinen Whisky, kam zu ihnen ans Feuer und baute sich breit grinsend vor ihnen auf. »Deine Mutter fährt morgen nach Südfrankreich. Was sagst du dazu?«

»Hab ich schon gehört«, sagte Angela. Sie ging schnell zur Tür. »Ich muss mich waschen gehen, ich bin ganz verdreckt. Was sage ich, wenn ich der schrecklichen Frau begegne?«

»Welcher schrecklichen Frau?«, fragte Rex.

»Lächle einfach«, sagte Ruth. »Du brauchst nichts zu sagen.«

»Welche schreckliche Frau?«

»Miss de Beer.«

»Was ist so schrecklich an ihr?«

»Nichts.«

»Ach so, na dann ...« Er trank seinen Whisky aus und dachte daran, dass all das bald ein Ende hätte. »Wir müssen um zehn am Flughafen sein. Das heißt, wir fahren gegen halb acht hier los. Gepackt hast du schon, nehme ich an?«

Wie soll ich das bloß machen? Vorsichtig, ganz vorsichtig. Sie verknotete ihre Finger. Sie senkte den Kopf.

»Du scheinst mich unbedingt loswerden zu wollen.«

»Oh, bitte, Ruthie ...«

»Es ging mir nicht gut diese Woche. Das wird Miss de Beer dir sicher auch sagen.«

»Das tut mir leid zu hören. Aber die Reise wird dich wieder in die Spur bringen.«

»Ich hab Angst. Ich hab schreckliche Angst, zu fahren.«

»Nein, nein, hast du nicht. Das denkst du nur.«

Er lächelte selbstzufrieden und zündete sich eine Zigarre an.

Ruth musterte ihn misstrauisch. Sein markantes, immer noch gut aussehendes Gesicht war entspannt. Sie konnte verstehen, warum er erfolgreich war, warum so viele Schauspielerinnen, Debütantinnen, Mütter von Debütantinnen, Mannequins und Kinderstars für ihn ihre kostbaren Münder öffneten. Er hatte Verständnis für sie; er charmierte sie mit Sanftheit und Können. Wenn er, ohne wehzutun, in einen Zahn bohren konnte, musste er etwas von Leid verstehen. War es nicht so?

Natürlich nicht. Sie wusste, dass es nicht so war. Und doch setzte sie sich in Bewegung, nahm Angelas Platz auf dem Teppich ein und blickte lächelnd zu ihm auf.

»Wie geht es den Craxtons?«

»Oh, prima. Ich war letztens bei ihnen zum Abendessen, es war hervorragend. Sie lassen grüßen.«

»Ich habe heute einen Brief von diesem Mädchen bekommen. Das bei den Tanners zu Besuch war.«

Sein Gesicht verhärtete sich. »Welches Mädchen?«

»Du weißt schon, die Blonde, die mit der komischen Stimme.«

Er setzte sein Glas ab, zündete seine Zigarre wieder an.

»Warum hat sie dir denn geschrieben?«

»Das weiß ich auch nicht. Jemand muss ihr gesagt haben, dass ich krank bin. Ich fand es eigentlich ganz nett von ihr.«

»Mehr nicht?«

»Was meinst du damit?«

»Mehr hat sie nicht geschrieben?«

»Nein.«

Er stand auf und nahm sein Glas mit für einen neuen Drink.

»Warum gibt es nichts zu essen, verdammt noch mal? Was macht diese Frau bloß? Kann sie nicht ein einziges Mal rechtzeitig fertig sein?«

»Es ist erst halb acht. Wir essen normalerweise nicht vor acht.«

Er beschäftigte sich weiterhin umständlich auf der anderen Seite des Raums. Sie erhob sich vom Boden.

»Ich werde morgen nicht fahren«, sagte sie müde. Es gab am Ende keine andere Art, es zu sagen.

»Was?«

»Ich werde morgen nicht fahren. Ich fahre nicht nach Antibes.«

Er starrte sie an, dann lachte er. »Selbstverständlich fährst du, meine Liebe. Sei nicht albern.«

»Ich fahre nicht. Tut mir leid.«

»Komm schon, Ruth. Fang nicht wieder damit an, dir etwas einzubilden. Du wirst ins Flugzeug steigen und dann in der Sonne sitzen und dich mit Essen vollstopfen, beneidenswert. Ja, ich muss gestehen, ich beneide dich richtig.«

Sie rückte die zwei Porzellanhunde auf dem Kaminsims ein bisschen mehr in die Mitte.

»Aber ich fahre ja nicht.«

Für einen Moment war es still. Er versuchte, sich zu beherrschen. Die Pause war ein aufrichtiges Bemühen.

»Dürfte ich fragen, warum?«

»Natürlich.« Sie drehte sich um. Er hielt sich an der Rücklehne des Sofas fest, in seinem Gesicht stieg langsam Röte auf. »Ich möchte hierbleiben.«

»Und warum möchtest du hierbleiben?«

»Ich will einfach. Mehr nicht, ich will es einfach.«

»Mein Gott!«, stöhnte er verzweifelt. Zehn lange Sekunden vergingen. »Schau mal, Ruth. Du hattest einen Nervenzusammenbruch. Du bist gar nicht in der Lage, so eine Entscheidung zu treffen. Ich glaube, du begreifst nicht ganz …«

»Und du willst mich trotzdem nach Antibes schicken, allein?«

»Du warst damit einverstanden, oder nicht?«

»Aber ich bin nicht in der Lage, Entscheidungen zu treffen. Hast du gerade gesagt.«

»Allmächtiger. Warum willst du nicht fahren? Wer braucht dich hier? Welchen Unterschied macht es?«

Sie sagte nichts.

»Du hast einen Grund, oder? Du bist nicht so irre, wie du tust. Du hast einen Grund.«

Sie sagte nichts.

»Also gut, dann raus damit. Rück schon damit raus, Frau.«

Ich muss es wohl. Was soll ich sonst sagen? Sie starrte ihn an, unschlüssig, was sie jetzt tun sollte.

»Mit wem hast du gesprochen?«

»Gesprochen?«

»Jetzt hör auf, so unschuldig zu tun.«

Plötzlich wurde ihr klar, dass er vergessen hatte, dass Angela da war. Er war so in sich verschlossen, verriegelt und vernagelt, dass man vor seinen Augen sterben konnte, und er würde es nicht glauben.

»Ich weiß nicht, wovon du sprichst«, sagte sie ausdruckslos. Sie ließ zu, dass ihre Stimme zitterte und ihre Hände sich verzweifelt umfassten. »Ich will einfach nicht nach Antibes. Ich will nicht fahren. Ich will nicht.«

Miss de Beer öffnete die Tür, kam aber nicht ins Zimmer. »Der Herr Doktor ist da«, sagte sie.

»Dann lassen Sie ihn rein«, knurrte Rex. »Warum lassen Sie ihn nicht einfach rein?«

John Phillips eilte zu Ruth, sein kahler Kopf schimmerte. Wie er so auf sie zukam, die Hände ausgestreckt, um ihr Trost und Halt zu geben, sein Gesicht gütig und besorgt, fühlte sie eine enorme Erleichterung, hob sich eine so schwere Last, dass sie, von ihr befreit, beinahe taumelte und in seine Arme fiel.

»Oh, John.«

»Was ist los? Stimmt etwas nicht?«

»Sie hat beschlossen, nicht nach Antibes zu fahren«, sagte Rex.

»Er glaubt mir nicht«, heulte sie und wusste, dass sie es schlecht spielte, mit der schwachen Betonung einer Amateurin. »Er glaubt mir nicht. Es geht mir so schlecht, John. Ich hab solche Angst.«

»Wir bringen dich lieber nach oben. Komm mit.«

Den ganzen Weg die Treppen hinauf hing sie schwer an seinem Arm. Er öffnete die Schlafzimmertür, schaltete das Licht ein. Behände schloss sie die Tür. Er zuckte alarmiert zusammen, als säße er in der Falle.

»Bitte entschuldige«, sagte sie leise. »Mir fehlt nichts, aber ich musste dich sprechen. Nicht meinetwegen. Es geht um Angela.«

15

Erst als sein Auto die Einfahrt hinunterschnaufte, bewegte sie sich und hob den Kopf aus ihren Händen. Abscheu lag ihr wie ein schaler Nachgeschmack im Mund.

»Das würdest du ihr wirklich raten? Deiner eigenen Tochter? Guter Gott, Ruth, tut mir leid. Du widerst mich an.«

Es auch nur zu versuchen, war sinnlos gewesen. Sie hätte es sich denken können. Sie stand auf und schleppte sich ins Badezimmer, wusch sich Gesicht und Hände, dann ging sie langsam den Flur hinunter zu Angelas Zimmer.

»Hallo.« Angela sah vom Boden auf, inmitten von Zeitschriften. »Ich hab sie mir nur angeschaut.« Schuldbewusst, als ob sie das nicht hätte tun sollen.

»Oh, ja. Die hat man mir mitgebracht, als ich … als ich im Bett war.«

»Was war überhaupt mit dir los? Diese ganze Geheimnistuerei.«

»Es gibt kein Geheimnis.« Sie setzte sich aufs Bett. Gesunde Mädchen in handgestrickten Pullovern grinsten zu ihr herauf. Was sagt man seiner Tochter. Wie verhält man sich angesichts dieser Krise. Wenn dich etwas belastet und du einen Rat brauchst …

»Da war nichts. Es geht mir wieder gut.«

»Fährst du wirklich morgen nach Frankreich?«

»Nein. Nein, ich fahre nicht.«

»Tut mir leid. Ich meine, wenn du meinetwegen …«

»Ich wollte sowieso nicht dorthin.«

»Oh, gut. Dann ist ja alles in Ordnung.«

»Hör zu, Angela, der Arzt war gerade da. Du weißt schon, John Phillips.«

»Ja?«

»Ich … ich habe etwas wirklich Dummes getan. Ich habe ihm von dir erzählt.«

»Oh.« Ein kurzes Zögern. »Na ja, das war wahrscheinlich vernünftig. Warum glaubst du, dass das dumm war?«

»Weil …« Sie stand auf, bewegte sich dorthin, wo sie dem Blick entzogen war. »Wenn es stimmt … ich meine, was hast du vor? Willst du Tony heiraten?«

»Nein, natürlich nicht.«

»Warum?«

»Weil ich ihn nicht mehr ausstehen kann. Himmel, du denkst doch nicht, dass ich das tun sollte, oder?«

»Nein«, sagte Ruth.

»Das ist ja immerhin etwas.«

»Aber andere könnten das so sehen.«

»Die anderen interessieren mich einen Scheiß.« Ihre Stimme wurde plötzlich schrill. »O Gott, du hast doch Daddy nichts erzählt, oder?«

»Nein.«

»Denn der würde mich in zwei Minuten verheiraten. Du weißt, dass er das täte. Ich könnte es ihm unmöglich erklären. Du hast wirklich nichts gesagt?«

»Nein, natürlich nicht.«

»Das würde ich nämlich nicht ertragen. Da würde ich lieber sterben. Da würde ich eher noch aus Oxford weggehen und das Kind allein bekommen. Würde ich wirklich.«

»Ja, aber …«

»Ich hasse ihn einfach nur. Ich verachte ihn. Ich würde ihn nicht mal heiraten, wenn er der letzte Mann auf der Welt wäre.«

»Ist ja gut«, sagte Ruth. »Ich hab schon verstanden.«

Angela blickte auf. Langsam, ein Riss durch ihr ganzes Gesicht, begann sie zu grinsen. »Oh. Oh, jetzt weiß ich, was du meinst.«

»In Bezug auf was?«

»Du hast den alten Phillips gebeten, uns dabei zu helfen, das hier in Ordnung zu bringen. Er wollte nicht. Er war schockiert. War es so?«

»Ja«, sagte Ruth kleinlaut. »So ungefähr. Es tut mir leid …«

»Aber warum? Ich meine, warum macht er es nicht?«

»Na ja, zum einen ist es illegal …«

»Ach, Unsinn. Daran hält sich doch wirklich niemand. Ich meine, wenn du abtreiben musst, tust du das, ob es nun illegal ist oder nicht, so ist es doch. Es ist wie …«, sie machte eine vage Geste, »wie bei der Steuererklärung schummeln oder so.«

»Also möchtest du … ist es das, was du möchtest?«

»Ja, aber natürlich!« Irritiert, wie jemand, der gefragt wird, ob er weiterleben möchte. »Ich meine, was kann ich anderes tun?«

»Ich …« Ich weiß nicht, war sie im Begriff zu sagen. Sie

sagte es nicht. Sie beugte sich vor und begann, die Zeitschriften einzusammeln. »Was ist mit Tony? Was sagt er dazu?« Als wäre das von Bedeutung. Sie stapelte die Zeitschriften ordentlich aufeinander, Kante auf Kante.

»Er hat keine Meinung dazu. Er hat gesagt, ich soll dich fragen. Ich bin morgen früh mit ihm in Ramsbridge verabredet. Wenn dir etwas eingefallen ist, sollten wir uns wegen Geld zusammensetzen, hat er gesagt.«

»Wegen Geld?«

»Na ja. Es ist teuer, nicht wahr? Es gibt eine alte Frau in Cowley, die nimmt fünfzig Pfund, dabei macht sie es nur mit einem Katheter oder etwas in der Art.«

Warum bist du dann nicht zu ihr gegangen? Warum hast du nicht selbst eine Lösung gefunden; geh weg, wie man es von Mädchen in Schwierigkeiten erwartet; sei geheimnistuerisch, lüg mich an; übernimm Verantwortung dafür, dein Kind zu beseitigen, du warst ja auch verantwortlich und erwachsen genug, um schwanger zu werden.

»Du gehst zu keiner alten Frau in Cowley«, sagte sie. »Auf keinen Fall. Hast du das verstanden?«

»Gibt es denn eine bessere Lösung?«

Die Sehnsucht danach, einfach aufzugeben, sich hinzusetzen und zu schreien, dass sie es nicht wusste, war wie ein furchtbares Verlangen nach Schlaf. Sie musste stehen bleiben, gehen, etwas tun.

»Du könntest es adoptieren lassen«, sagte sie abwesend, so als würde sie über etwas anderes reden, als hätte sie das Thema gewechselt und würde jetzt eine andersfarbige Tapete vorschlagen, eine Umdekoration des Zimmers.

»Das meinst du nicht ernst, oder?«

»Nein.«

»Hat Phillips das vorgeschlagen?«

»Ja.«

»War das alles, was er dazu gesagt hat?«

Du bist wohlhabend, hatte er gesagt, und du stirbst vor Langeweile. Ich glaube, die Zukunft des Babys wäre deine geringste Sorge.

»So ziemlich«, sagte sie.

»Dann ist er ein Idiot.«

Wenn du sie die Abtreibung machen lässt, wird sie einfach nur denken, dass das alles eine federleichte Angelegenheit ist, und nächstes Jahr stehst du wieder vor demselben Problem, nur noch schlimmer. Glaub mir, ich weiß, wovon ich rede.

»Ich dachte, du könntest was herausfinden«, beharrte Angela. »Deswegen bin ich nach Hause gekommen. Sonst hätte ich mir das ja wohl erspart, oder? Wenn ich mich entschieden hätte, es zu behalten, wäre das ja nicht nötig.«

Du bist schließlich ihre Mutter. Du musst für ein gewisses Maß an Anstand sorgen. Wenn du ihr dabei hilfst, das durchzuziehen, wirst du ihr nie wieder in die Augen sehen können. Du wirst dich selbst ins Unrecht setzen, und egal, was sie jetzt glaubt, sie wird dir das niemals verzeihen. Würdest du ihr beim Stehlen helfen? Gütiger Himmel, Ruth, würdest du ihr dazu raten, einen Mord zu begehen?

»Du hast recht«, sagte sie. »Ich bin froh, dass du da bist. Ich meine, ich bin froh, dass du es mir erzählt hast, aber ...«

»Aber was?«, fragte Angela gequält. »Was aber?«

»Nichts aber.«

Es war nicht so, dass sie einen Schritt gemacht hätte; sie war geschubst worden, war vorwärtsgestolpert und hatte Verantwortung aufgedrückt bekommen, sie war verpflichtet worden, ohne zu wissen, wie das passieren konnte. Weil du nicht stillstehen konntest; weil du nicht von Weitem zusehen konntest, dich insgeheim sorgend; weil es keinen anderen Weg gab. »Es kann nicht so schwer sein«, sagte sie. »Ich werde tun, was ich kann. Wir werden … wir werden es irgendwie in Ordnung bringen.«

Unerwartet – es hätte andersrum sein sollen, sie hätte sich zuerst bewegen müssen – wurde sie von langen, knochigen Armen gedrückt, fast hochgehoben.

»Aber du musst mir versprechen«, sagte sie atemlos, »dass du nicht selber was unternimmst. Das könnte gefährlich sein.«

»Ich weiß. Werd ich nicht. Danke.«

»Da gibt es nichts zu danken«, sagte Ruth. »Um Gottes willen, bedank dich nicht.«

Angela starrte sie einen Augenblick lang an, wieder irritiert. Sie fühlte sich leicht und frei. Ihre Mutter wirkte auf sie gerade ziemlich alt, wütend und ängstlich zugleich. Als sie zur Tür ging, schien sie zu schwanken, nachzugeben, genau die Bewegung, die man macht, wenn man versucht, etwas viel zu Schweres zu tragen.

»Geht's dir gut? Ist was passiert? Soll ich diese Frau Beer rufen?«

Ruth schüttelte den Kopf.

Der Gong tönte aus der Eingangshalle herauf, und bevor der letzte Ton verklungen war, brüllte Rex: »Kommst du noch irgendwann? Kommt deine Mutter runter? Angela!«

»Wir kommen«, rief Angela. Sie wandte sich eindringlich an Ruth. »Du bist nicht etwa krank, oder?«

»Nein. Natürlich nicht.«

»Dann lass uns gehen. Ich vermute, das ist die Anspannung. Ich bin völlig ausgehungert.«

16

Der Samstagvormittag in Ramsbridge war von einer Panik erfüllt, als würde darauf ein ewiger Sonntag folgen. Vor jedem Schlachter, Fischhändler und Bäcker eine nervöse Schlange. Kunden krallten sich an Einkaufszetteln fest und erstellten, während sie warteten, im Geiste Listen der Dinge, die sie im letzten Geschäft vergessen hatten oder an die sie im nächsten unbedingt denken mussten. Wenn sie nach vorne geschubst wurden und von den rauhändigen Bediensteten in ihren blutigen Schürzen angesprochen wurden, schreckten sie zusammen, stotterten, brabbelten, ihr Kopf leer bis auf das Verlangen, dass es schnell gehen sollte. Bei Woolworths kreiste eine dicht gedrängte Menge wie eingepferchte Schafe um die Ladentheken herum, in Kniehöhe spähten die Gesichter von Mütze tragenden Kindern nach oben, um einen Blick auf Papiergirlanden, Eiszapfen und Stechpalmenzweige zu erhaschen, auf einem Kalender leuchtete die Königin so fern wie der Mond. Die Beschwerden und Forderungen der Kinder wurden nie gehört, als befänden sie sich unter der Erde. Von einem dünnen Firnis aus Tränen, Rotz und Lollies überzogen wühlten sie Tunnel zwischen die gewaltigen Gesäße und streckten gelegentlich vorsichtig eine Hand nach oben, die sofort unter Morddrohungen heruntergeschlagen wurde von Müttern, die einander mit toten Augen bekämpften und besiegten.

Auf der Haupteinkaufsstraße spielten drei Kriegsveteranen sehr laut und traurig Ivor Novello auf Horn, Trompete und Posaune. Sie schritten den Rinnstein langsamer ab als ein Beerdigungszug, ihr schepperndes Wehklagen ohne Ertrag. Autos steckten Stoßstange an Stoßstange auf beiden Seiten der engen Straßen fest, Polizisten schritten, sich in einer Art Ritualtanz biegend, langsam um sie herum, nahmen die Personalien auf und stellten Dutzende von Strafzetteln aus mit der gemächlichen Sorgfalt von Männern, die in der Balance zwischen Bordsteinkante und dem Zentrum des Tumults eine gewisse Inspiration finden. In Textil- und Schreibwarengeschäften wurden Charmeuse-Westen bereits als »ideal als Geschenk« deklariert, und auf Füllfederhaltern sprossen Stechpalmenzweige, Höschengummiband kam in festlicher Verpackung daher; große, glänzende Jahrbücher, Lektüre für den zweiten Weihnachtstag, vertrieben Vorjahrsromane von den Tischen für »Neue Bücher«. Die Cafés, kleine, dunkle Räume möbliert mit Messing, Eiche und Karo, glichen Lasterhöhlen, erfüllt von wirbelndem blauen Rauch und ohrenbetäubendem Geschnatter, eine Orgie aus Kaffee und Gebäck, Eiscreme, die in beschlagenen Metallschälchen schwamm. Hunde schnappten nach Katzen, die wendig waren, nachdem sie die Woche über zwischen den Walnussschichtkuchen im Schaufenster gedöst hatten. Der vielarmige Hutständer ächzte unter Mützen und Schals, Armeemänteln und Dufflecoats, Regenumhängen, Tiroler Trachtenjacken. Alles ging verloren, Strickhandschuhe, Gehstöcke, Handtaschen, Kinder. Die Registrierkasse klingelte wie ein Feuerwehrwagen, und die ruhigen Kellnerinnen in ihren bedruckten Kitteln fauchten mit den kalten Stimmen von Frauen, die aufs Geld aus sind.

In eines dieser Cafés, The Plane Tree oder The Tea Kettle, hatte Angela Tony bestellt, damit er sie abholte.

»Er kann nicht zu uns nach Hause kommen«, hatte sie gesagt, »weil wir nicht reden können, wenn Daddy in der Nähe ist.«

»Ich dachte, du bist krank, Ruth«, hatte Rex sie angeherrscht. »Jedenfalls zu krank, um nach Antibes zu fahren, hast du gesagt. Warum, verdammt, bist du dann nicht im Bett?«

Man erwartete von ihr, dass sie labil war, Lachen und Weinen, ein Apriltag von einer Frau. Also kicherte sie töricht. »Ach, es geht mir schon besser. Ich glaube, ich wollte einfach nicht fahren. Das hat John zumindest gesagt.«

Er war wütend; er war misstrauisch; er glaubte immer noch, dass jemand geplaudert hatte, aber er konnte es nicht beweisen. »Also gut«, murmelte er, »mach doch, was du willst, es ist mir egal. Keine von euch hat auch nur ein scheißkleines bisschen Dankbarkeit. Was für ein Irrenhaus.« Er verschwand zum Golfspielen mit Richard und schmollte und grummelte dabei wie ein Kind, dessen Pläne, unmöglich zu enthüllen, durchkreuzt worden waren.

»Sie werden auf keinen Fall Auto fahren«, sagte Miss de Beer. »So etwas Unerhörtes – in Ihrem Zustand!«

»Warum hast du mir nichts gesagt?«, fragte Angela mit leerem Blick. »Nie erzählt mir jemand was.«

Es wurde zu viel für Miss de Beer. Sie hatte gepackt, um zu ihrer Schwester nach Chelmsford zu fahren. Jetzt wurde sie gebeten, noch zu bleiben. Niemand dachte an sie als Mensch. »Oh!«, rief sie und schlug die grüne Filztür zum Dienstbotentrakt hinter sich zu.

Und so, benommen und ungläubig wie ein aufgescheuchter Vogel, fand sich Ruth in der Samstagmorgenraserei von Ramsbridge wieder. Sie mussten die ganze Einkaufsstraße entlanggehen, nachdem sie beim dritten Versuch einen Parkplatz noch hinter den zinnenbewehrten, festungsgleichen öffentlichen Toiletten gefunden hatten. Angela schlenderte neben ihr, die Hände in den Taschen ihres schwarzen Dufflecoats vergraben, und blieb immer wieder stehen, um die Schaufenster der Juweliere und Eisenwarenhändler zu betrachten, während Ruth, die Handtasche wie einen Schild umklammert, durch die unnachgiebige Menge drängte. Sie hatte Angst. Du weißt, dass das Haus knarrt, weil sich das Holz ausdehnt und zusammenzieht; du weißt, dass es dein eigener Atem in der Dunkelheit ist; du weißt, dass der Geist nur eine Täuschung des Lichts ist – und doch hast du Angst. Sie hatte noch nie so einen Lärm gehört, war noch nie so eingeschüchtert, so verwirrt gewesen.

»Da ist ja Ruth. Wie geht es dir, meine Liebe? Ich dachte, du bist in Antibes.«

Trotz der Länge und Förmlichkeit der Begrüßung brauchte sie mindestens zehn Sekunden, um in der Menschenmenge die großen, schlaffen, in Leder gekleideten Wilmington-Smiths auszumachen.

»Hallo«, sagte sie. »Nein, ich bin nicht gefahren. Wie geht es euch?« Sie wurde von hinten geschubst und wich in einen Ladeneingang aus.

»Ich wollte dich besuchen kommen, als du krank warst«, sagte Meg, »aber ich hatte schrecklichen Ärger mit einer ganz furchtbaren Schwedin. Edelgard hat gekündigt, musst du wissen.«

»Oh«, sagte Ruth. »Das tut mir leid.«

Sie spähte zwischen ihnen hindurch nach Angela und sah sie auf der anderen Straßenseite warten, sie lehnte gegen eine Heckklappe und schien, den gespitzten Lippen nach, zu pfeifen.

»Ihr kennt ja Angela«, sagte sie verzweifelt.

Die Ladentür öffnete sich und entließ drei nervöse Frauen und eine kleine Horde Kinder in Kamelhaarmänteln und Kniestrümpfen; Ruth stand gegen das Schaufenster gepresst da wie jemand auf einem hoch gelegenen Felsvorsprung. Ohne sich bewegen zu können, versuchte sie, Angela herbeizuwinken.

»Natürlich.« Die kinderlosen Wilmington-Smiths setzten ihr kinderliebes Lächeln auf. Angela, groß und schlaksig wie sie, schaute sie mürrisch an.

»Wie schnell sie wachsen«, sagte Meg und musterte sie von oben bis unten.

»Ja, nicht wahr?«, hauchte Ruth.

»Und was macht Oxford?«, fragte John. »Viel Arbeit?«

»Du hast bestimmt eine tolle Zeit da«, sagte Meg munter. Sie fragte sich, das wusste Ruth genau, warum das Mädchen nicht seine Haare kämmte oder etwas Anständiges anzog oder gerade stand oder Manieren hatte. Was würde sie denken, wenn sie es wüsste, wenn Ruth sagen würde: »Sie ist schwanger, und wir sind auf dem Weg ins Tea Kettle Inn, um dort den Kindsvater zu treffen und mit ihm zu besprechen, wie wir das Geld für eine Abtreibung zusammenbekommen.« Was würde sie, wie sie hier so stand mit ihren Perlen und ihrer Lederjacke und ihrem gehäkelten Hut, was würde sie tun? Während Ruth sich rückwärts zur Tür bewegte, hatte sie für einen Augenblick den wahnsinnigen Impuls, es herauszufinden. Sie schluckte und blinzelte, dann schüttelte sie ihr Gesicht zu einem unsicheren Lächeln zurecht.

»Wir müssen kurz hier rein. War schön, dich zu sehen, Meg. Auf Wiedersehen.« Sie öffnete die Tür und schlängelte sich an ihr vorbei in die Zuflucht von Babykleidung und Unterwäsche. Angela folgte ihr schwerfällig.

»Was war das denn eben?«

»Ich kann sie nicht ausstehen.« Sie eilte zielstrebig zum nächstgelegenen Verkaufstresen.

»Warum? Sie sind doch ganz in Ordnung. Was stimmt nicht mit ihnen?« Angela setzte sich rittlings auf einen hölzernen Hochstuhl, ihre schwarz gekleideten Beine gespreizt, ihr Gesicht finster und abwartend. »Was willst du hier überhaupt kaufen?«

»Etwas für Janes Baby«, sagte Ruth.

»Du hast ihr doch die Spieluhr gekauft.«

»Die ist ungeeignet«, fauchte Ruth.

»Tja, dann …« Sie stand auf und begann umherzuwandern.

Ruth wartete und betrachtete die Auslage des glasbedeckten Verkaufstresens. Begreift sie es nicht?, fragte sie sich heftig. Fühlt sie denn *gar nichts?* Aber was erwarte ich eigentlich von ihr – dass sie weint, sich versteckt, sich permanent entschuldigt? Sie zitterte vor Wut, aber wie bei der Angst gab es keinen Grund dafür. Mit dieser Einstellung bin ich keine Hilfe für sie, dachte sie. Ich muss Mitleid mit ihr haben. Was sie auch tut, was sie auch sagt, ich muss Mitleid mit ihr haben. Sie sah sich um und wollte das Mädchen wieder zu sich rufen.

»Ja?«, fragte die Verkäuferin. Sie sah aus wie vierzehn und als könne sie Babyschuhe und bunte Sicherheitsnadeln auf den Tod nicht ausstehen.

»Ich suche«, sagte Ruth, während sie die Dunkelheit im hinteren Bereich des Ladens nach Angela absuchte, »etwas für ein zweijähriges Mädchen.«

»Und was genau?«

»Ach …« Sie schnappte sich ein blaues Tier vom Verkaufstresen und drückte es der Verkäuferin in die Hand. »Das hier ist doch gut. Das nehme ich.«

Sie sah Angela zwischen den Kinderwagen herumgehen. Sie war dort allein, schweifte mit vagem, ziellosem Interesse umher. Eine Verkäuferin kam auf sie zu, und sie schüttelte den Kopf. Mit ihrer hochgewachsenen, schlenkernden Gestalt passte sie nicht zu den anderen Frauen, die hier einkauften und sie misstrauisch beäugten; als sie zu Ruth zurückkehrte, grinste sie.

»Also wirklich«, sagte sie, »sehe ich aus, als würde ich einen Kinderwagen kaufen wollen? Die spinnen doch.«

»Jetzt komm«, bellte Ruth mit matter Stimme. »Wir sind spät dran.«

17

Sie saßen zusammengequetscht um den wackeligen Tisch, duckten sich vor dem überladenen Garderobenständer und starrten auf ein winziges Schälchen mit weißem Heidekraut, um sich nicht ins Gesicht sehen zu müssen. Tonys schuppiges Gesicht und sein frisch gekämmter Cäsarenschnitt erhoben sich gramgeplagt aus den Windungen seines Schals. Er hatte sie mit gedämpfter Stimme begrüßt und versank dann, soweit man sich versenken konnte, in andachtsvollem Trübsinn. Es würde offensichtlich nicht notwendig sein, ihn vom Ernst der Lage zu überzeugen. Er sah aus wie ein Hilfspfarrer, der Platz genommen hatte, um über die Holzfäule an der Orgelempore zu beratschlagen.

»Also dann«, sagte Ruth. »Bringen wir es hinter uns.«

Angela sah sie leicht verwundert an. Jemand kam und nahm einen Dufflecoat vom Garderobenständer, und alle drei beugten sich nach vorn über das Heidekraut. Tony reagierte als Einziger auf die Entschuldigung des Mannes. Er legte, Gott sei Dank, Wert auf gute Manieren, Krise hin oder her. Nachdem sie sich wieder zurechtgesetzt hatten, sagte er leise: »Ja, gut, das ist sehr freundlich von Ihnen, Mrs Whiting …«

»Da«, sagte Angela, »versuch mal, die Kellnerin heranzuholen.«

Tony machte ein paar gebieterische, unnütze Gebärden.

Ein Hund kam, eine lose Leine hinter sich herziehend, heran und schnüffelte an seinen Beinen. Er tätschelte ihn kurz mit seiner anderen Hand. Er war ein Mann, der, Gott sei Dank, mit so etwas umgehen konnte. »Fräulein!«, rief er. »Fräulein!«

»Ich wünschte, du würdest Kellnerinnen nicht Fräulein rufen«, knurrte Angela. »Kein Wunder, dass sie nie kommen.«

»Wir haben sie in Harrow auch Fräulein gerufen«, sagte er angespannt.

»Ach ja …« Sie ließ ihr Kinn auf die Hand sinken und brachte den Tisch zum Wackeln. Der Hund stupste Ruth mit der Schnauze an. Sie verbarg ihre Beine unter dem Stuhl, aber er folgte ihnen schnüffelnd und schwanzwedelnd.

»Bitte«, sagte Ruth. »Nimm den Hund da weg.«

Tony reagierte sofort, beugte sich nach unten, schnipste mit den Fingern, suchte nach der Hundeleine.

»Komm her«, sagte er. »Komm her, mein Junge. Raus da jetzt, Junge.«

Der Hund knurrte tief hinten in der Kehle und drückte sein schweres, pochendes Gewicht gegen Ruths Beine.

»Könnten Sie etwas Platz machen, bitte?«, fragte die Kellnerin schroff. »Ich komme nicht vorbei.«

»Können wir drei Kaffee bekommen?«, fragte Angela und schaute zur Kellnerin hoch.

»Komm schon, Junge«, murmelte Tony und zog an der Leine. »Jetzt kommst du aber da raus.«

»Bin gleich bei Ihnen«, zischte die Kellnerin. »Würden Sie jetzt bitte etwas Platz machen?«

Tony bewegte sich ein Stück nach hinten, der Hund wich zurück, die Leine straffte sich, und die Kellnerin tat einen Schritt nach vorne. Sie stolperte und wirbelte das Tablett in der Luft herum wie eine Varietékünstlerin. Ruth starrte entsetzt nach oben und glaubte einen Moment lang, die Tassen und Teller langsam auf sie zukommen zu sehen, eine Sturzwelle aus Kaffee und Porzellan, die verhängnisvoll wäre, das Ende von allem. Aber das Tablett drehte sich wieder ins Gleichgewicht, nicht ein Tropfen wurde verschüttet.

»Na bitte!« Die Kellnerin funkelte Tony an. »Sehen Sie mal, was Sie fast angerichtet hätten!«

»Können wir drei Kaffee bekommen?«, wiederholte Angela hoffnungslos.

»Bin *gleich* bei Ihnen«, fauchte die Kellnerin. Der Hund hatte sich davongeschlichen, die Leine hinter sich herschleifend. Am anderen Ende des Raums schlabberte er in riesigen, lauten Schlucken eine Schale Tee. Noch jemand kam, um seinen Mantel vom Garderobenständer zu nehmen. Als alles vorbei war, das Ducken und Ausweichen und Entschuldigen, richteten sie erneut ihren Blick, leuchtend und bestürzt, auf das weiße Heidekraut.

»Also«, sagte Ruth. »Ich nehme an, ihr habt darüber gesprochen. Ich meine, ich nehme an, ihr habt darüber gesprochen, bevor Angela zu mir gekommen ist.«

»In der Tat«, sagte Tony. »Natürlich. Und ich möchte bei dieser Gelegenheit sagen«, er sah kurz auf, »dass es mir extrem leidtut.«

Angela seufzte, die Ellenbogen auf dem Tisch, die Lippen vorgeschoben wie ein schmollendes Kind. Ruth wollte sie ermahnen, sich ordentlich hinzusetzen. Sie sah Tony kalt an.

»Dafür ist es etwas spät.«

»Ja, das weiß ich, ich möchte nur, dass Sie würdigen …«

»O Gott, lasst uns endlich Kaffee trinken«, stöhnte Angela. »Ernsthaft, wir sitzen seit Stunden hier. Alle wissen, dass es uns leidtut und so weiter. Wenn du jetzt eine Rede hältst, schreie ich.«

»Ich hatte keineswegs die Absicht, eine Rede zu halten.«

»Dann lass es.«

»Angela hat mir gesagt, ihr möchtet … dass ihr beschlossen habt, das Kind loszuwerden«, sagte Ruth. Die Kellnerin knallte drei Tassen mit grauem Kaffee auf den Tisch.

»Kekse?«

»Nein, danke.«

»Ich hätte gern ein paar Kekse«, sagte Angela. »Und wir haben keinen Zucker.«

»Ist schon drin«, bellte die Kellnerin und hetzte wieder davon.

»Und was ist, wenn man ihn ohne trinkt?«, fragte Angela. »Unglaublich, was für ein grauenhaftes Lokal.«

»Nun«, sagte Tony, »ich sehe da wirklich keine andere Lösung. Also, um ganz ehrlich zu sein. Ich weiß, für Angela ist es eine schlimme Sache …«

»Ja, ist es. Und was hast du vor?«

»Verzeihung, ich fürchte, ich verstehe nicht ganz.«

»Kennst du jemanden? Einen Arzt? Irgendjemanden?«

Er war schockiert, verblüfft. »Ich habe keine Routine in diesen Dingen, Mrs Whiting. Ich bin wirklich genauso unerfahren wie Angela. Ich nehme an, dass es Wege und Mittel gibt, aber ich kann nicht behaupten, dass ich damit vertraut wäre.«

»Damit meint er«, sagte Angela, »dass er keinen Plan hat. Hat er wirklich nicht. Er weiß nur von dieser alten Frau mit dem Katheter. Zu der ist mal eine gegangen.«

»Kekse«, verkündete die Kellnerin, als wären sie sonst nicht zu erkennen. Ein Kind von etwa achtzehn Monaten kam zwischen den Tischen herbeigetaumelt, blieb stehen und starrte Tony wie hypnotisiert an.

»Wasdas?«, fragte es und streckte einen schwankenden Finger aus.

Tony lächelte nervös. »Ja«, sagte er, »ich glaube, es gibt eine Frau in Cowley ...«

»Wasdas? Wasdas?«

»Geh schon weg«, sagte Angela unbestimmt. Das Kind kam näher. Es hatte dünnes orangenes Haar, wässrig blaue Augen und war in scharlachrotes Karo gepackt.

»Allo«, brabbelte es. »Wasdas?«

»Oh, um Gottes willen«, sagte Angela und steckte ihren Kopf zwischen die Hände. »Geh *weg.*«

»So zu reden hilft gar nichts«, murmelte Ruth. Sie stand auf und nahm die Hand des Kindes, kalt und leblos wie die einer Puppe. Das Kind vor sich herschiebend zwängte sie sich zwischen den Tischen hindurch. Niemand schien es zu erkennen, und das Kind sah offenbar auch niemanden. Im Erker saßen fünf junge Frauen, eine von ihnen war rothaarig.

»Ist das Ihr Kind?«, fragte Ruth zögerlich.

Die junge Frau drehte sich um, mitten im Lachen. Ihr

Gesicht verdüsterte sich, und sie erwiderte aggressiv: »Ja, natürlich ist das meins. Warum? Ist sie Ihnen auf die Nerven gegangen?«

»Nein, natürlich nicht.«

»Ja, und was ist dann?«

»Nichts. Aber sie ist … allein herumgelaufen.«

»Das macht sie immer. Finden Sie, das sollte sie nicht dürfen?« Ihre Feindseligkeit war beunruhigend. »Die meisten Leute«, sagte sie, »stört es nicht, wenn ein kleines Kind herumläuft, aber natürlich, wenn Sie sich belästigt fühlen …«

»Nein«, sagte Ruth.

»Ich denke, Sie sollten sich lieber«, sagte die junge Frau und blickte triumphierend zu ihren Freundinnen, »um Ihre eigenen Angelegenheiten kümmern.«

»Wasdas?«, fragte das Kind.

»Das ist ein Feuerzeug«, sagte eine der jungen Frauen kalt. »Damit zündet man Zigaretten an. Warum gehst du nicht da rüber und sprichst mit dem netten Hund?«

Als Ruth zum Tisch zurückkehrte, hatten Angela und Tony rote Wangen und sahen mürrisch aus. Sie hatten offensichtlich gestritten, und wie töricht, wie sinnlos das war, hatte keiner von ihnen bemerkt. Als Ruth sich setzte, blieben sie versteinert, unbeweglich.

»Wir kommen nicht weiter«, sagte Ruth.

»Was du nicht sagst«, murmelte Angela.

»Aber uns muss etwas einfallen. Wir haben nicht so viel Zeit.«

»Also, es gibt ja diese Frau in Cowley. Und ich habe einen Freund, der sagt, er könne Angela eine Spritze geben. Das würde natürlich nichts kosten, was ziemlich dafürspricht.«

»Tut es das?«, fragte Ruth. Sie schluckte das Bedürfnis herunter, zu schreien, raus an die Luft zu rennen, in unbesonnene Tränen auszubrechen.

»Fändest du das gut, wenn sie zu einer Frau in Cowley geht oder dein Freund ihr eine Spritze gibt? Fändest du das?«

»Na ja«, sagte er unbehaglich, »ich weiß, dass es nicht sehr angenehm ist, aber am Ende …«

Angela sah erschrocken aus. »Aber am Ende was?«, fragte sie.

»Tja. Ich meine, was denn sonst? Vielleicht kennen Sie noch jemanden, Mrs Whiting?«

Es war möglicherweise nicht böse gemeint, aber das war der erste Treffer, den er gelandet hatte. Seine kalten, schon jetzt alterslosen Augen hielten Ruths Blick einen Moment lang fest. Sie erkannte in ihnen die Augen eines Mannes, der nichts fühlte. Er würde für andere Menschen posieren, für die zahllosen Spiegel, würde Empörung, Liebe, Freundschaft, selbst körperliche Bedürfnisse darstellen. Er würde sich wahrscheinlich sein ganzes Leben lang einbilden, dass er echt war; aber nicht eine Person würde ihm Dankbarkeit schulden, sich an seinen Trost erinnern. Jetzt gerade, noch so jung, wusste er nicht einmal, was er fühlen sollte. Die Haltung war unentschieden, aber die Absicht war klar: Ich werde niemals irgendwas für irgendwen tun, denn ich glaube nicht, dass außer mir jemand existiert. Daran war nicht zu rütteln, das war nicht zu ändern. Allein der Versuch war sinnlos.

»Nein«, sagte Ruth erschöpft. »Ich kenne niemanden.

Aber ich hab Angela versprochen, dass ich versuchen werde, jemanden zu finden. Sie wird nicht zu einer Frau in Cowley gehen. Das ist euch beiden hoffentlich klar.«

Sie sagten nichts. Ruth wiederholte scharf: »Habt ihr das verstanden?«

»Selbstverständlich«, sagte Tony. »Wenn Sie eine bessere Lösung finden.«

»Es wird teuer werden.«

»Ja, darüber wollte ich natürlich auch mit Ihnen sprechen, ich …«

»Es wird mindestens hundert Pfund kosten«, sagte sie kühn.

»Vielleicht kann ich mir hundert Pfund leihen.«

»Von wem?«, fragte Angela ungläubig.

»Ich verstehe nicht, inwiefern das von Bedeutung ist«, sagte er steif.

»Aber wer? Wer hat denn bloß hundert Pfund?«

»Viele Leute.«

»Wer? Dein Vater?«

»Natürlich nicht!«, sagte er indigniert. »Nicht im Traum würde ich das meinem Vater erzählen.«

»Warum nicht? Du wolltest doch, dass ich es meiner Mutter sage.«

»Das ist was anderes. Deinem Vater hast du es nicht erzählt.«

»Ich dachte, dein Vater ist so richtig progressiv und alles. Ich dachte …«

»Ach, halt den Mund!«, sagte er brutal. »Hör auf, mich vollzuplappern.«

»Ach so, dann bist also du derjenige, der das alles hier durchmachen muss, und ich vermute, ich bin es, die dir befiehlt, zu dieser dreckigen alten Frau zu gehen …«

Ruth stand auf und stieß ihren Stuhl dabei um.

»Die Rechnung?«, fragte die Kellnerin hoffnungsvoll.

»Die übernehme ich«, sagte Tony. Er warf etwas Kleingeld auf den Tisch und stapfte dann zur Registrierkasse.

Ruth wandte sich verzweifelt an Angela.

»Du musst jetzt nicht mit ihm zurückfahren«, sagte sie. »Ich kann dich heute Nachmittag hinbringen. Ich habe nichts anderes vor. Du musst wirklich nicht mit ihm fahren.«

»Warum?«, fragte Angela ruhig und schlug ihren Mantelkragen hoch. »Das wäre doch albern, er ist schließlich extra gekommen, um mich abzuholen. Außerdem macht es auf der Vespa mehr Spaß.«

»Aber …«

»Du machst dir doch nicht etwa *Sorgen* um mich, oder?«, fragte Angela und grinste plötzlich wieder so wie vorhin im Laden. »Du glaubst doch nicht, dass es mir *schaden* könnte, oder? Denn das wäre wirklich unsagbar komisch.«

»Nein«, sagte Ruth. »Das ist es nicht.«

»Gut, sagst du mir dann Bescheid, wie es weitergeht? Ich denke mal, wenn er die hundert Pfund geliehen bekommt, wird es funktionieren, oder? Ich muss gestehen, ich kann mir nicht vorstellen, wer ihm das Geld geben soll, aber immerhin.«

»Also dann, auf Wiedersehen«, sagte Ruth.

»Kommst du nicht mit nach draußen?«

»Nein, ich muss noch … zur Toilette. Auf Wiedersehen, Liebes.«

Die kühle Wange, das kalte Haar drückten sich gegen sie.

»Du warst toll. Ich wusste, das würdest du sein. Hab vielen Dank.«

»Du versprichst mir, dass du keine … Dummheiten machen wirst, ja?«

»Natürlich. Wiedersehen dann. Bis bald.«

Sie eilte nach draußen, drängelte sich ungeduldig durch die Menge; die Tür knallte und bimmelte hinter ihr. Ruth setzte sich wieder an den leeren Tisch. Es gab im Tea Kettle Inn keine Toiletten. Sie wartete und starrte auf das weiße Heidekraut, das aufquoll und verschwamm und davonfloss wie eine weiße Wolke, lange nachdem das Röhren der Vespa draußen auf der Straße erst laut geworden, dann verklungen war.

18

»Nein!«, keuchte Jane. Ihre Augen und ihr Mund drei perfekte Kreise, wie eine Reklame für eine besonders saftige Süßigkeit. »*Was* für ein dummes Mädchen!«

»Ja«, sagte Ruth. Ein Leben voller gehüteter Geheimnisse hatte diese Offenbarung so schmerzhaft gemacht, dass sie es kaum für möglich gehalten hatte. Sie hatte das blaue Stofftier mitgebracht und nahm es jetzt in die Hand, wollte fast fragen, was es darstellen sollte, aber zupfte stattdessen an seinen undefinierbaren Ohren. »Die eigentliche Frage ist«, sagte sie, »was wir jetzt tun sollen.«

»Sie wird es sicherlich wegmachen lassen, oder?«

»Ähm, ja.«

»Du klingst nicht so sicher.«

»Das bin ich auch nicht.«

»Aber du findest doch nicht etwa, dass sie es *bekommen* sollte, oder?«

»Nein. Nein, natürlich nicht.«

»Na, das ist schon mal eine Erleichterung. Einen schrecklichen Moment lang hab ich befürchtet, dass du dir schon Gedanken über die Babyausstattung machst.« Sie erhob sich aus dem Sessel, in den sie sich schockiert hatte fallen lassen, und begann, geschäftig im Raum hin und her zu eilen. Jane eilte oft geschäftig im Raum hin und her, als würde sie sich plötzlich daran erinnern, ihr auf kleiner Flamme vor sich hin köchelndes Leben umzurühren. Als das erledigt war, ohne einen erkennbaren Gewinn, setzte sie sich wieder ans Feuer, die Arme um ihre Knie geschlungen.

»Weiß Rex davon?«

»Nein. Er war wütend, weil ich nicht weggefahren bin, aber ich denke, John Phillips hat ihm etwas auftischen können. Jedenfalls glaube ich nicht, dass er denkt, es hat etwas mit Angela zu tun.«

»Du willst natürlich nicht, dass er davon erfährt. Er würde explodieren.«

»Er würde es nicht verstehen«, sagte Ruth vorsichtig.

»Ja, das sehe ich auch so. Kennst du denn jemanden?«

»Deshalb bin ich hier. John will nichts damit zu tun haben ...«

»Hast du ihn etwa gefragt?«

»Ja. Ich meine, das ist doch naheliegend, oder nicht?« Dann fügte sie hoffnungslos hinzu: »Vermutlich nicht. Ich bin also hier, um zu fragen, ob du jemanden kennst.«

»Oje, früher schon. Es gab da mal einen Iren, laut Susan Raynes ein wahrer Engel. Richard kennt ihn vielleicht, ich könnte ihn anrufen. Und Yvonne schwor auf einen Mann irgendwo in Chelsea. Sie hat schon Epsomsalz oder ähnliches probiert, nehme ich an?«

»Nein«, sagte Ruth. »Ich glaube nicht.«

»Dann sag ihr das. Man weiß ja nie. Und dann kann man noch etwas auf Baumwolle träufeln, und ich glaube, es gibt auch eine spezielle Seife, mit der ...«

»Nein«, sagte Ruth.

Sie konnte nicht erklären, was sie empfand, nicht Jane,

nicht jemand anderem, schon gar nicht Angela. Angenommen, eine Frau hätte einen fünfzigjährigen Sohn, glatzköpfig, schmerbäuchig, mit einer Fettwulst im Nacken und Händen schweißweich wie Wachs; oder eine Tochter, alt, die arthritischen Beine und die tropfende Nase schreien Versagen, ein grauer Sack schwindender Muskeln und klappriger Knochen. Knochen von deinen Knochen; seltsames Fleisch von deinem Fleische. Nicht ein Haar, nicht ein Fingernagel, nicht ein Hautfitzelchen ist noch dasselbe wie bei der Geburt, und doch ist dieser alternde Körper, der einst ein Kind war, ein Teil von dir. Vielleicht verstehst du kein Wort von dem, was er sagt, vielleicht bist du verwirrt, erfreut oder feindselig; die körperliche Substanz des Kindes ist, auch wenn sie sich bis zur Unkenntlichkeit verändert hat, deine eigene.

Für Ruth war es also ein persönliches, körperliches Empfinden von Empörung, das sie die Pillen und Seifen, die scharfen Instrumente in den Händen alter Frauen so entschieden ablehnen ließ. Angela selbst wäre es vielleicht sogar egal. Schließlich geschah das vielen jungen Frauen, die laut Gesetz gesund und willens waren, Mutter zu werden. Es war unvernünftig, einen Rest Unschuld bewahren zu wollen.

»Nein«, wiederholte sie bestimmt. »Es muss anständig gemacht werden. Sonst ertrage ich es nicht.«

Jane sah sie scharf an. »Ich denke, es wird so gemacht, wie es eben geht. Man hat nicht gerade die Wahl, oder?«

Ruth stand auf und lief unruhig durch den Raum.

»Wo ist Baby?«

»Schläft. Ich hab sie betäubt.«

»Hattest du übers Wochenende Besuch?«

»Nein, ich war die ganze Zeit mit ihr allein. Sie macht mich fertig gerade. Sie ist bösartig. Sag mal, was ist das überhaupt für eine unglaubliche Vorstellung – du als Großmutter. Wie gruselig.«

»Ja«, sagte Ruth. Sie wich zurück, brachte sich in größtmögliche Distanz. »Ich hab einen Brief bekommen, von diesem Mädchen, das bei dir zu Besuch war, Maxine.«

»Ah ja, Maxine.« Jane sprang von ihrem Sessel auf. »*Die* kennt bestimmt jemanden. Warum fragst du nicht sie?«

»Sie fragen? Wegen Angela?«

»Natürlich. Warum rufst du sie nicht an? Ich hab bestimmt ihre Nummer hier irgendwo.«

»Aber ich kann sie doch nicht einfach so anrufen …«

»Warum nicht?« Janes Hände flogen durch die Papiere und Stofftiere und Perlen und Magazine und stießen schließlich auf ihr Adressbuch. Sie sah Ruth an. »Na gut, dann mach ich es. Möchtest du das?«

Ruth nickte langsam. Jane rief die Telefonvermittlung an und setzte sich in ihrem Sessel zurecht. Mit ihrer freien Hand griff sie nach einem frisch gespitzten Bleistift und einem Zettel.

»Aber weißt du nicht mehr«, sagte Ruth, »sie hat *Rex* zugestimmt …«

Jane schnitt ihr mit einer ungeduldigen Geste das Wort ab und fragte nach der Nummer. Ruth nahm in der Ecke des Raums Platz. Sie war müde und verwirrt, genau wie Angela außerstande, die richtige Haltung zu finden. Wenn sie abhebt, dachte sie abergläubisch, heißt das, ich tue das Richtige; wenn nicht, tue ich das Falsche.

»Hallo?«, sagte Jane. »Herb, bist du es? Hier ist Jane. Nein, Jane Tanner … Wie geht es dir? Was machst du gerade so?«

Für eine nicht enden wollende Zeit erzählte er ihr, was er gerade so machte. Jane lachte regelmäßig, schnappte vor Überraschung nach Luft, malte akkurate Muster aufs Papier.

»Ach Gott«, sagte sie schließlich, »ist das alles aufregend. Ist Maxine auch da? Könnte ich sie kurz sprechen? Ich danke dir …« Sie nickte Ruth aufmunternd zu und flötete los. »Maxine, meine Liebe. Wie geht es dir? Was hast du so vor?«

Die Vielschichtigkeit der Gefühle, die Angst, das Widerstreben, war bereits verschwunden. Es lief so vergnügt ab wie eine Bridgeparty, so reibungslos wie der Austausch von Friseurempfehlungen.

»Ich bin hier draußen so weitab von allem und habe mir daher gedacht, dass du vielleicht jemanden kennst … eine Freundin von mir ist in Schwierigkeiten, das dumme Ding, du weißt ja, wie das ist … na ja, ehrlich gesagt eher dringend …«

Ruth versuchte, sich Maxine am anderen Ende der Leitung vorzustellen, und konnte es nicht. Sie kam nur auf das absurde Bild einer in schwarzen Satin gehüllten Person, die das Telefon inhalierte und sich dann verführerisch niederlegte.

»Ja?«, sagte Jane, der Bleistift schwebte über dem Papier. »Selbstverständlich, nicht ein Wort wird über meine Lippen … Stein wie das, das man wirft? Nein, ich fragte, wie Stein, S-T-E-I-N? … Fickstein? Ah, jetzt verstehe ich. 38 Rowntree House … Wo ist das? … Du bist ein Engel, ich sage ihr, dass sie ihn umgehend kontaktieren soll … Ja, verstanden, das sag ich ihr … Das klingt absolut fantastisch. Nur der Eingriff … Nein, da bin ich ganz deiner Meinung, ich persönlich finde das alles abscheulich, aber manchmal geht es nun mal nicht anders, oder?«

Ihre Stimme eilte weiter voran, hielt hier und da inne, machte kleine Schlenker um das Thema, geschäftig und stöbernd. Sie unterstrich den Namen Fickstein mehrfach und verzierte ihn mit kunstvollen Umrandungen. Ruth stand auf und betrachtete das Bücherregal. Es enthielt größtenteils Abhandlungen über Kindererziehung. Weil sie nicht den Anschein erwecken wollte, als würde sie warten, weil sie – jetzt – eine weltläufige Gleichgültigkeit ausstrahlen wollte, nahm sie ein Buch heraus, schlug es auf und starrte aufmerksam hinein.

»Ja, ich *weiß*«, sagte Jane. »Kennst du Betty Rickworth? Sie musste gerade eins adoptieren, hat sie ein Vermögen gekostet …«

»Das heranwachsende Kind«, las Ruth, »entschädigt seine Eltern mehr als genug für ihre Mühen. Es erneuert und bewahrt ihre Jugend, festigt ihre Ehe, verjüngt ihren Geist und bietet ihnen großzügige Teilhabe an indirekter Unsterblichkeit. *Wer ständig nach dem Wind schaut, kommt nicht zum Sähen*, und es ist zu bezweifeln, dass wir alle über die Weisheit oder das Wissen verfügen, die uns erlauben würden, sorgfältig die Geburt unserer Kinder zu planen …«

»Oh, ich glaube, es geht ihr schon viel besser … Nein, sie ist nicht nach Antibes gefahren … Nein, ist sie nicht … Ich weiß nicht, warum nicht …« Ein untypischer Hauch von Kälte legte sich in Janes Stimme. »Ich nehme an, sie wollte nicht ... tausend Dank dir jedenfalls, wir werden Doktor Fickstein anrufen ... Nein, hier gibt es niemanden. Auf dem *Common!* Hier ertränken wir sie einfach, zusammen mit den Welpen ... Auf bald, meine Liebe, und noch mal vielen Dank ...«

Sie legte auf und klopfte mit dem Bleistift gegen ihre Zähne.

»Seltsam«, sagte sie. »Woher wusste sie denn, dass du nach Antibes solltest?«

»Kannte sie jemanden?«

»Ja. Einen Doktor Fickstein. Sie sagt, man solle sich nicht vom Namen abschrecken lassen, er sei ganz reizend und die ganze Angelegenheit fast legal, er mache es sehr geschickt und schmerzlos, und es wird ein Vermögen kosten. Wie neugierig sie ist. Hier hast du jedenfalls die Adresse.« Sie reichte Ruth den Zettel. »Sie bat darum, sie auf keinen Fall zu erwähnen, aber wenn er wissen will, wer dich geschickt hat, sollst du Mrs Baltimore sagen. Es scheint aber irgendwie nicht sehr wahrscheinlich zu sein.«

»Ist sie Mrs Baltimore? Maxine?«

»Wer weiß? Du solltest ihn lieber bald anrufen und einen Termin machen.« Sie stand auf und stocherte kurz im Feuer herum. »Geht es dir gut?«, fragte sie. »Ich meine, abgesehen davon.«

»Ja. Inzwischen geht es mir gut.«

»Und was ist mit dieser furchtbaren Miss de Beer?«

»Sie reist Freitag ab. Ich ertrage es nicht, wie sie mich die ganze Zeit beobachtet. Sie lauscht an der Tür.«

»Weiß Rex, dass sie geht?«

»Nein. Noch nicht.«

»Richtig so«, sagte Jane knapp. »Wenn man Rex was erzählt, gibt es nur Ärger.«

»Ach, ich weiß nicht …« Sie wich dem Thema Rex aus, stellte das Buch zurück ins Regal, faltete den Zettel zusammen und schob ihn in ihre Tasche.

»Das ist mir noch nie aufgefallen. Gerade hast du genau wie Angela ausgesehen. Ich meine, du siehst nicht aus wie sie. Aber eben hast du genau wie sie geguckt.«

»Ich muss los«, sagte Ruth schnell.

»Oh, geh nicht, Meg und Lorna kommen noch vorbei. Meg sagt, dass Betty neulich den armen Robert die Treppe runtergeschubst hat, weil er den Fünf-Uhr-fünfzig-Zug verpasst hat. Wenn das die Begrüßung ist, würde ich an seiner Stelle den Zug für immer verpassen. Ich frage mich, warum sie ihn überhaupt jeden Abend zu Hause haben will. Es gibt doch nichts Schöneres, als sich am Montag mal in Ruhe im Bett ausstrecken zu können.«

Ruth betrachtete sie, während sie vor sich hin plapperte, klein und dick und offenbar zufrieden mit ihrem vergötterten, betäubten Kind und ihrem Ehemann, der zum Glück in London war. Sie stellte sich vor, wie die drei Frauen sich in die Sessel fläzten wie Männer und mit kleinen, zierlichen Hämmern aufeinander einhackten. Sie stellte sich vor, wie die Zigaretten runtergebrannt waren bis zum Nagellack von letzter Woche, die Schuhe ausgezogen, Richards Whisky ausgetrunken. Weit nach Mitternacht würden sich Meg und Lorna ächzend in ihre Mäntel hüllen, unter Abschiedsrufen in ihre Autos steigen und in entgegengesetzte Richtungen davonfahren, in ihre mit Heizdecken gewärmten, leeren Betten. Zeit wäre vergangen. Zeit wäre totgeschlagen. Nur noch dreißig Tage bis Weihnachten.

»Was hast du gesagt?«, fragte Jane.

»Ich sagte Nein, ich muss los.«

»Ich dachte, du sagtest irgendwas mit Weihnachten.«

»Das ist schon bald, oder? In drei Wochen sind die Jungs wieder zu Hause. Ist mir gerade erst klargeworden.«

»Dann solltest du dich lieber beeilen. Du hast zwischen Geschenkpapier und Silvesterknallern nicht die Zeit, eine Abtreibung zu organisieren. Sag Fickstein, dass er sich beeilen muss.«

»Das weiß ich.«

Sie ging durch den Feldweg nach Hause. Das Mondlicht färbte den Garten aschgrau, aschenes Gras verlief sich im dunklen Gebüsch. Der graue Kies schlängelte sich zum Haus hinauf wie ein Fluss, jedes Steinchen glitzerte. Sie lief an der Rasenkante entlang, näherte sich leise dem Haus, als würde es sie anfallen, wenn sie es erschreckte.

Die Haustür öffnete sich, noch während sie zum Treppenabsatz schlich.

»Da sind Sie ja«, rief Miss de Beer, auf dem Quivive. »Ich hab auf Sie gewartet.«

»Das wäre nicht nötig gewesen«, sagte Ruth schwach und ging hinein.

»Ich hab es Mr Whiting versprochen«, sagte Miss de Beer. »Mr Whiting hat angerufen, ich hab ihm gesagt, dass Sie bei Mrs Tanner sind.«

»Vielen Dank.«

»Ich hab die Gelegenheit genutzt, um Mr Whiting zu sagen, dass Sie mich entlassen haben.«

Ruth hielt auf der Treppe inne. Sie sah nach unten, als würde sie in der ungewohnten Helligkeit nach Miss de Beer suchen.

»Was hat er gesagt?«

»Natürlich hat er gesagt, dass Sie noch nicht gesund genug sind, um alleine zurechtzukommen. Er bat mich, nicht zu beachten, was Sie gesagt haben, und so lange zu bleiben, bis Ihre Tochter aus Oxford zurück ist.«

»Ich verstehe. Gute Nacht, Miss de Beer.«

»Ich hab Ihnen eine Thermoskanne Ovaltine ins Zimmer gestellt und Ihre Schlaftablette bereitgelegt. Es ist sehr schwer für mich, dort zu bleiben, wo ich nicht erwünscht bin.« Während Ruth langsam die Stufen hinaufging, sprach sie mit jedem Wort ein bisschen lauter, damit ihre Stimme weiter trug.

»Es tut mir leid«, sagte Ruth.

Sie schloss die Schlafzimmertür. Der Raum war warm und behaglich. Sie nahm den Zettel aus der Tasche, faltete ihn auseinander und las Namen und Anschrift erneut. Sie wusste inzwischen, dass Miss de Beer ihre Schubladen durchsuchte, alle ihre Briefe las, die meisten ihrer Telefongespräche belauschte. Sie dachte darüber nach, den Zettel unter ihr Kopfkissen zu legen, aber was, wenn sie vergaß, ihn wegzunehmen, bevor Miss de Beer das Bett machte? Wenn sie ihn in eine ihrer Schubladen oder Taschen steckte, würde de Beer ihn mit Sicherheit finden, wenn sie ein Bad nahm.

Wo versteckte man Dinge? Sie sah sich hektisch im Zimmer um. Unter dem Teppich, in einem Schuh, in einer Hutschachtel? Sie faltete das Papier sehr klein zusammen und schob es unter die blaue Seidenbettdecke der Spieluhr. Sie drehte nicht an der Kurbel, obwohl sie dazu versucht war, sondern stupste die zerbrechliche Wiege zweimal mit ihrem Finger an. Sie schaukelte ein paarmal und stand dann still.

19

Der Tagesbeginn: Sie liegen in ihren Betten, als wäre der Schlaf so unvermittelt über sie gekommen, dass sie keine Zeit mehr gehabt hatten, in einer etwas schicklicheren Imitation des Todes ihre Hände zu falten und die Fußspitzen himmelwärts zu richten.

Rex liegt auf dem Rücken. Sein Mund steht offen, als würde die Luft mit Gewalt in ihn hineingedrückt. Ein Arm liegt quer über seiner Brust, es mag ihn bei dem Versuch, sich zu wärmen, erwischt haben.

Von ihm abgewandt schläft Maxine wie ein Kind, das auf dem Boden eingedöst ist und schwer und schlaff ins Bett getragen wurde. Ihr Arm liegt als Kissen unter ihrem Kopf, ihre Pausbäckchen sind nach oben geschoben; ihre Lippen öffnen sich, schließen sich, der Atem so unmerklich wie der einer Luftpflanze.

Er wollte Liebe. Warum sollte er sie nicht haben? Sie fand ihn attraktiv, großzügig, sogar geistreich. Sie lachte über seine Witze. Er wusste, dass es keine guten Witze waren; sie wusste es auch und lachte dennoch.

Ja, genau das meine ich mit Liebe. Ich weiß, dass ich dick bin, und sie weiß, dass ich dick bin. Aber sie sagt, ach was, du hast einen tollen Körper, wirklich, ich hasse so hagere Typen wie Herb. Das könnte man wohl höflicher ausdrücken, aber was zählt, ist die Lüge – die Liebe.

O Gott, man will diese Lügen so sehr. Sie ist eine gute Lügnerin. Oh, Rex, ich fühle mich richtig schlecht, ja, wirklich, du hast so eine reizende Frau, aber ich spüre, dass du mich brauchst, ganz einfach, und wenn ich spüre, dass jemand mich braucht, ja, dann kann ich nichts dafür, dann kann ich einfach nicht anders … Oh, Rex.

Kleines, dummes Ding. Dummes, unkompliziertes Ding. Sag, dass ich jung bin, Maxine, sag, dass ich erfolgreich bin, sag, dass mich jeder liebt. Sag, dass ich nett bin. Mach weiter. Sag, dass ich nett bin.

Sie tut es, fügsam, keine Spur von schlechtem Gewissen. Dankbarkeit erweicht sein schlafendes Gesicht. Der offene Mund entspannt sich zu einem Lächeln der Erleichterung.

Ruth? Ruth? Er wimmert, dieser massige, alternde Mann; er wacht auf, die Mundwinkel herabgezogen, als wäre er den Tränen nah. Es ist grau und kalt und Freitag. Er dreht sich um, sein Bauch fällt wie ein schlaffer, schwerer Sack zwischen ihn und Maxine. Er traut sich nicht, sie zu wecken. Er liegt da und schaut auf ihren Hinterkopf, ohne Trost.

Angela schläft in ihrer Zelle, ihr Zimmer sollte bunt und fröhlich sein, voller Kissen, Theaterprogramme oder witziger Keramik, ist es aber nicht. Weit entfernte Uhren haben die ganze Nacht lang geschlagen und geklingelt, um die Zeit zu vertreiben. Sie liegt auf dem Bauch, um Zeit zu verstecken oder zu schützen, ein Arm hängt über die Bettkante, der Kopf ist zur Seite gedreht.

Alles an ihr ist gerade ungeformt. Ihr Verstand hat die Arbeit eingestellt. Sie ist sie selbst und, wie sie so von einem

Traum zum anderen taumelt, fliegt und fällt, nicht auszumachen.

Wie sehe ich aus? Ich meine, wer bin ich?

Du bist ein Untersuchungsergebnis, meine Liebe. Vielleicht, irgendwann, ein Stipendium. Vielleicht ein Examen mit Auszeichnung. Streng dich mehr an.

Aber ich – ich meine, mein Ich?

Vielleicht findest du dich in den Ratgebern wieder oder irgendwo im Neuen Testament. Wenn nicht, können wir diverse Vorbilder zur Verfügung stellen, etwa Johanna von Orléans, Florence Nightingale, Schwester Cavell. Das ist zwar eigentlich nicht unsere Aufgabe, aber wir haben ein paar Heldinnen zur Hand, nur für den Fall.

Aber wie soll ich mit mir zurechtkommen? Was soll ich mit mir mein Leben lang anfangen?

Du solltest mal ins Lösungsbuch schauen. Du musst dich kontrollieren, disziplinieren, dich aufopfern, dich respektieren. Falls nötig darfst du dich verteidigen und erniedrigen, und Selbstvertrauen zu haben bei gleichzeitiger Bescheidenheit ist auch nicht vollkommen verkehrt. Du darfst dich jedoch niemals selbst lieben oder Mitleid mit dir haben, dich selber loben oder dir gestatten, einen Willen oder eine Meinung zu haben. Gönn dir nichts, hab kein Gefühl für dich, sei nicht selbstvergessen und nimm dich vor allen Dingen niemals wichtig. Wir hoffen, das ist soweit klar.

Aber was ist, wenn da kein anderer ist, den ich lieben, bemitleiden oder loben kann? Wenn niemand von mir weiß, sich an mich erinnert, wenn ich für niemanden wichtig bin?

Dafür gibt es Gott, meine Liebe. Wie sagt unser Herr: *Verkauft man nicht fünf Sperlinge für zwei Groschen? Dennoch ist vor Gott nicht einer von ihnen vergessen.* Dich selbst zu vergessen, ist auf eine bestimmte Weise erstrebenswert, auf eine andere Weise selbstvergessen zu sein, ist es hingegen nicht, wie wir bereits erwähnten. Also, wenn wir jetzt die ergänzten Sätze umschreiben, sie schärfen, indem wir die Warnungen, abgedroschenen Zitate, indirekten Behauptungen und Vulgarismen weglassen, dann wird alles, da sind wir ganz zuversichtlich, gleich viel klarer erscheinen; oder alternativ: glasklar.

Sie schüttelt ihren Kopf, schlägt mit einer vagen, kraftlosen Geste auf die Matratze. »Aber das schaffe ich nicht«, sagt sie, eine erwiesene Tatsache feststellend. »Das werde ich niemals schaffen.«

Die Uhren wiederholen sich. Sie dreht sich auf den Rücken und reibt sich im Schlaf den Bauch mit der unglücklichen, sorgenvollen Miene eines Kindes, das einen sauren Apfel gegessen hat.

Jane Tanner liest.

»Tabitha Twitchit gehörte der einzige andere Laden im Dorf. Sie gab keinen Kredit.«

»Warum?«

»Ginger und Pickles gaben unbegrenzt Kredit.«

»Vorlesen. Weitermachen.«

»Also, ›Kredit‹ heißt, dass …«

»Nicht einschlafen. Vorlesen. Weitermachen.«

»Wenn eine Kundin ein Stück Seife kauft, holt sie nicht

ihre Geldbörse heraus und bezahlt dafür, sondern sagt stattdessen …«

»Warum weinst du? Hast du dir auf die Zunge gebissen?«

Ein weißer Nebel wälzt sich über das Common, die Luft dieses neuen Tages hat nie die Sonne gespürt. Betty Johnson schläft und ist eifersüchtig auf die Träume ihres Ehemanns. Er träumt davon, auf seinem eigenen Rasen Kricket zu spielen. Miss de Beer hört eine Glocke und bemüht sich, die Tür zu öffnen. »Es ist für Vater«, sagt sie, verliert den Faden und ist noch im Schlaf schockiert von ihrer Vergesslichkeit.

20

Ruth konnte im Halbdunkel den Wecker nicht finden. Sein Klingeln schien das ganze Haus zu erfüllen. Irgendwann stieß sie ihn um, würgte ihn ab. Die Luft war kalt wie in einem Gewölbe, und sie zitterte, während sie sich anzog; als sie in den Spiegel blinzelte, um ihren Hut aufzusetzen, ließ ihr Atem das Glas beschlagen. In Kostüm, Hut und Mantel tappte sie auf Strümpfen durchs Zimmer, eine seltsame, oberlastige Gestalt, die lautlos hin und her trippelte, weil sie fast etwas vergessen hätte – Lippenstift, Scheckbuch, Taschentuch, Kamm, Geldbörse, Autoschlüssel, Doktor Ficksteins Adresse aus der Spieluhr. Sie öffnete zentimeterweise die Tür und schlich mit den Schuhen in der Hand den Treppenabsatz entlang. Das Gefühl, töricht zu sein – eine erwachsene Frau, die aus ihrem eigenen Haus türmt –, verwandelte sich in Aufgeregtheit. Ihr Herz klopfte, ihre Muskeln waren angespannt, sie war angenehm ängstlich wie ein Kind, das Verstecken spielt. Die Stufen knarzten, und die Küchentür quäkte in ihren Angeln. Sie bemerkte, dass Miss de Beer, obwohl sie die Nacht zuvor großmütig ihretwegen aufgeblieben war, das Geschirr nicht abgewaschen hatte. Die Küche roch säuerlich nach altem Essen. Die Fliesen waren wie Eis unter ihren Füßen, und sie stolperte über Rex' Gummistiefel, die er immer trug, wenn er mit dem Gärtner sprach. Sie hielt einen Moment lang mit angehaltenem Atem inne, dann stieg sie über die Stiefel und entriegelte die Hintertür. Der Dunst wirbelte herein und legte sich feucht auf den gefliesten Boden, die aufgehängten Regenmäntel, die schlammigen Gummistiefel, die mitten im Flur herumlagen. Sie ließ die Tür offen, teils aus Bosheit gegenüber Miss de Beer und teils, um die Küche zu lüften; dann ging sie auf Zehenspitzen und unter Schmerzen über den scharfkantigen Schotter in die feuchtkalte, nach Benzin riechende Garage.

Es war unmöglich, die Garagentüren leise zu öffnen, aber jetzt wäre es zu spät, selbst wenn man sie hören würde. Sie zog die Schuhe an, stieß die Türen auf und stieg ins Auto. Der Motor hustete, stotterte und erstarb. Sie zog am Anlasser und drückte den Fuß aufs Gaspedal. Der Motor gab ein lautes, asthmatisches Röcheln von sich und verstummte zitternd. Jetzt hatte sie wirklich Angst, ihr Mund stand offen vor Schock. Sie stellte sich vor, wie Miss de Beer in ihrem Chenillenachthemd in die Garage gestürmt kam, ihr Haar unter einer Haube, und sie aus dem Auto zerrte, dann Rex anrief, John Phillips anrief … Sie presste ihren Daumen auf den Startknopf und trat mit ihrem ganzen Gewicht aufs Gaspedal; mürrisch, keuchend, hustend und stöhnend wie ein alter Mann: Die Anstrengungen waren ohrenbetäubend. Sie fluchte flüsternd. Dann lehnte sie sich zurück und zählte bis zehn, die Hände locker aufs klamme Lenkrad gelegt. Kein Laut bis auf das Geräusch herabfallender Tautropfen aus den Büschen. Sie schaltete den Motor aus und wartete.

Nach zehn langen Sekunden drehte sie sanft den Schlüssel um und drückte mit ihrer Handfläche den Startknopf, liebkoste ihn. Sofort erfüllte das tiefe Schnurren des Motors die Garage. Sie lächelte dankbar und atmete mit einem erleichterten Stoßseufzer aus. Als sie rückwärts in die Ausfahrt rollte, sah sie das erleuchtete Viereck von Miss de Beers Fenster und eine aufgeregte Gestalt von innen daran rütteln. Ruth winkte fröhlich aus dem Auto und ließ die Hand flattern, als sie die Ausfahrt hinunterkurvte.

Die Hochstimmung hielt fast bis Ramsbridge an. Dann kam langsam das Gefühl zurück, töricht zu sein, eintönig wie Zahnschmerz. Warum hatte sie Miss de Beer nicht einfach gesagt, dass sie nach London fahren würde, nachdrücklich und würdevoll? Weil sie sich einen Grund hätte ausdenken müssen. Warum? Mit welchem Recht verlangte diese Frau nach Gründen? Weil sie von Rex eingestellt worden war, um eine, wie sie es nannte, Gesellschafterin zu sein: eine, die den Kranken, Alten oder harmlos Verrückten Gesellschaft leistete, Rasierklingen und Schnürsenkel versteckte und immer zur Stelle war, um die Strickwolle zu halten. Sie würde zu Recht nach einem Grund verlangen, dafür wurde sie bezahlt. Und wenn eine überzeugende Lüge gefunden worden wäre, hätte sie womöglich darauf bestanden, mitzukommen. Sie parkte das Auto auf dem Bahnhofsgelände und schloss sich der angespannten, blutenden, offenkragigen Schar der Pendler an.

Als der Zug in Paddington einfuhr, war der Himmel über den Schlackenhalden klar und winterblau, und während die Vernunft sich daranmachte, den Zweck ihrer Reise anzuzweifeln, wurde ihr klar, dass Miss de Beer inzwischen Rex Bescheid gesagt hatte. Sie hatte nicht die geringste Ahnung, was sie dagegen tun konnte, außer jeden Gedanken daran zu vermeiden. Sie erwartete fast schon, ihn am Bahnsteig auf sie warten zu sehen, finster und gut aussehend und stattlich in seinem hellgrauen Mantel. Sie sprang aus dem Zug und eilte zu den Taxis; während sie in der Schlange stand, hielt sie den Mantel eng geschlossen und den Kopf gesenkt, wie eine zaghafte, verhüllte Spionin.

»Hallo, Ruth. Du bist aber früh dran heute Morgen.« Robert Johnson hielt mitten in der Bewegung inne und machte zwei Schritte rückwärts, als würde ein Film über einen Mann in Eile angehalten und zurückgespult. Seine Augen unter dem schwarzen Filzhut sahen feucht und traurig aus, und wie üblich hatte er sich beim Rasieren geschnitten.

»Oh. Hallo, Robert.« Ansonsten fiel ihr nichts zu sagen ein.

»Wartest du auf ein Taxi?«

»Ja. Ja, das tue ich.«

»Schrecklich kalt war es heute Morgen da draußen, oder?«

»Ja, eisig.« Sie stampfte mit den Füßen, um ihm zu bestätigen, wie außerordentlich kalt es war, und bewegte sich dabei verstohlen in der Schlange weiter. Er machte einen weiteren Schritt zurück und blickte immer noch in Richtung Bahnsteigausgang, wie um zu beweisen, dass er auf dem Weg war, dass das hier keine Verabredung war.

»Ich hab dich gar nicht im Zug gesehen.«

»Nein, ich dich auch nicht.«

»Ich nehme lieber die U-Bahn. Weißt du, am Ende ist man damit immer schneller.« Sein melancholischer Blick, seine müde Stimme gaben der Bemerkung eine traurige Tiefgründigkeit. Wohin kam man damit schneller, fragte sie sich, und an welchem Ende? Armer Robert, von Begierde gequält. Sie lächelte ihn warmherzig an.

»Da hast du vermutlich recht«, sagte sie.

Er errötete und wechselte seinen Regenschirm und seine Aktentasche von Hand zu Hand. »Wir müssen uns unbedingt mal wieder alle treffen«, sagte er.

»Ja, das müssen wir.« Sie drängelte vorwärts. Er setzte sich in Bewegung und rannte förmlich den Bahnsteig hinunter. »Hab einen schönen Tag«, rief sie ihm verwegen hinterher. Er winkte mit dem Schirm, ohne sich umzudrehen, ein Mann, der es übertrieb.

Was dachte er wohl, was sie vorhatte? Wie er gestrickt war, stellte er sich wahrscheinlich ein Rendezvous in Swiss Cottage vor, einen Liebhaber in Finchley. Sie spürte ein stechendes Bedauern, dass dem nicht so war; dass die Bedeutsamkeit des Tages nicht mit ihr zu tun hatte, sondern mit Angela. Sie hätte Robert zum Mittagessen einladen können. Warum nicht? Vielleicht, dachte sie, jetzt wieder heiter, bin ich wirklich ein bisschen verrückt. Sie stieg ins Taxi, wie eine vielbeschäftigte, schöne Frau in ein Taxi stieg, absichtsvoll geziert, der Rock eng an ihren Schenkeln, schick und verführerisch und ein bisschen hochnäsig.

21

Sie schaute neugierig aus dem Fenster, während sie die Praed Street und dann die Edgware Road entlangkrochen. Im Schutz des Taxis heftete sie sich an die Massen, die Fahrräder, die in den Läden hingen wie Fleischstücke, die Nackten außen am Metropole-Kino, die Sackkarren und die wuschelköpfigen Jungs mit schwarzem Schlips, die waghalsigen Busfahrer und die alten Frauen, die auf- und abspringen wie Krähen; alles, um Doktor Fickstein beiseitezuschieben, den Gedanken an Rex, das Nachdenken darüber, was sie hier tatsächlich vorhatte. Maida Vale kam bedrohlich in Sicht, das Viertel war leer, niemand auf der Straße bis auf vereinzelte Polizisten und Lieferjungen, die gemächlich das Halbrund der vornehmen, schwermütigen Häuserreihen entlangradelten. Sie zog ihre Handschuhe aus und wieder an, befeuchtete ihre Lippen, hielt ihr Portemonnaie bereit. Den Hügel hinauf, an einer Ampel anhalten, um ein kleines Kind auf seinem Dreirad vorsichtig über die Straße fahren zu lassen, durch ein Straßenlabyrinth, in dem frei stehende Häuser einander hinter hohen Mauern die kalte Schulter zeigten und Seitentüren als Lieferanteneingänge ausgewiesen waren. Sie blickte verstohlen auf das Taxameter und zählte zwei Schillinge mehr ab. Ihre Uhr sagte fünf vor elf, aber sie wusste nicht mehr, wann sie sie zuletzt gestellt hatte. Ging sie vor oder nach? Sie schüttelte ihr Handgelenk und lauschte, ob die Uhr stehen geblieben war. Sie befanden sich in einer Stadt aus neuen Gebäuden, unkenntliche, hohe, schmale Häuserblöcke, willkürlich zusammengestellt wie Bauklötze, die aus einem Beutel gepurzelt waren. Ihre Höhe verdeckte die Sonne, aber die Rasenstücke vor ihnen waren knallgrün wie gefärbter Bast.

»Rowntree House?«, fragte der Fahrer, er lehnte sich zurück, als würde er sein Taxi mit Zügeln lenken.

»Ja.« Sie schaute auf das zerknitterte Papier.

Er guckte herum, während er die Straße entlangschlich, die wirkte, als hätte hier die Pest gewütet, hier waren keine Katzen, keine Hunde, nichts als tausend musselinverhängte Augen, die auf das dahinkriechende ameisengroße Taxi hinabstarrten.

»Na bitte«, sagte er. »Hier ist es.«

Ruth zahlte und wartete, bis er zurück in die Londoner Sonne gesaust war. Sie fragte sich, wie sie je von hier wegkommen sollte, sah sich schon bis in die Nacht durch die Straßenschluchten irren. Sie drückte nervös gegen die Tür, die lautlos nachgab. Ein kleiner, blasser Portier erhob sich von seinem Stuhl und fragte sanft: »Jawohl, Madam?«

In der Düsternis sah sie eine weitläufige Halle mit Marmorboden. In die Mitte hatte man aus irgendeinem Grund zwei Stühle gestellt, wie Throne für Zwerge. Von irgendwoher kam das seltsame Geräusch von tropfendem Wasser. Große Vasen, aus denen Venushaarfarn und Nelken quollen, standen herum, als würde eine makabre Trauung vorbereitet. Sie zuckte zusammen und klammerte sich mit beiden Händen an ihre Tasche.

»Nummer 38?«, flüsterte sie, dann wiederholte sie laut: »Nummer 38, bitte.«

»Doktor Fickstein?«

Sie nickte.

»Einmal durch die Halle, der Aufzug ist links hinter der Tür, es ist im ersten Stock.«

»Vielen Dank.«

Sie trat vom Teppich auf den Marmor. Ein flaches, rechteckiges Becken stellte sich als Quelle des tropfenden Wassers heraus; das Wasser war klar, aber die Fische, die darin hin und her trieben, sahen tot aus. An einer Seite der Halle reihten sich Kinderwagen unterschiedlicher Größe und Gestalt aneinander, außerdem Karren und Dreiräder. Einige waren in Decken oder Plastikabdeckungen gehüllt; sie sahen aus, als würden sie hier für Kinder bereitgestellt, die niemals kommen würden, wie Badestühle in einer aufgelassenen Kuranstalt.

Die Halle war eine Verrücktheit, die Folge einer kurzen Zeit des Wahnsinns. Jenseits von ihr befand sich hinter einer Schwingtür ein Kaninchenbau aus engen Gängen, kaum breit genug, dass man ohne anzustoßen hindurchgehen konnte. Der Aufzug war eine Raumkapsel, in der es ihr mit einigen Verrenkungen und Schwierigkeiten gerade so gelang, ihren Arm aus dem Ellbogen heraus hoch genug zu heben, um den Knopf zu drücken. Als die Türen automatisch aufglitten, fand sie sich in einem dunklen Flur wieder, eine Art Balkon hing über dem Aufzugschacht. Es herrschte absolute Stille und beinahe vollkommene Dunkelheit. Sie hatte keine Streichhölzer dabei, und so war es unmöglich, die Nummern an den Türen zu erkennen. Sie hielt sich nahe der Wand, schaute von Seite zu Seite, unschlüssig, was jetzt zu tun war, jederzeit bereit, zurück in den Aufzug zu springen. Plötzlich glitt der Aufzug eilig davon, und gleichzeitig gingen alle Lichter an. Sie läutete bei Nummer 38.

Nach einer langen Minute wurde die Tür von einer Sprechstundenhilfe in weißem Kittel geöffnet. Die Räumlichkeiten schienen darauf ausgerichtet zu sein, einer Belagerung standzuhalten. Die Frau führte Ruth durch drei Flure, einer größer als der andere und alle fensterlos. Nachdem sie sie durchschritten hatten, schloss sie fest die Türen. Dann kamen zwei miteinander verbundene Räume, die keinem offensichtlichen Zweck dienten, da sie über keinerlei Möbel verfügten, auf denen man sitzen, liegen oder etwas ablegen konnte; es gab jede Menge Uhren, Nippes, Vasen mit Pampasgras, Podeste, perlmuttgerahmte Spiegel, aber wieder keine Fenster. Als die Sprechstundenhilfe Ruth in den letzten Raum führte, war das Tageslicht eine Überraschung. Die Sprechstundenhilfe schaltete alle Lampen an, die Ständer waren aus grünem Glas und Porzellan, das mit Drachen bemalt war, die Schirme alle aus Seide, gefaltet und mit Quasten. Dann ging sie hinaus und schloss die Tür hinter sich.

Ich will hier raus. Ich bin in der Falle. Warum tue ich das? O Gott, ich will hier raus. Ruth ging schnell zur Tür, dann drehte sie um und ging zurück zum Fenster. Ihre Absätze klapperten in der Stille nervös auf dem Parkett. Sie setzte sich auf einen kleinen vergoldeten Stuhl, griff nach einem französischen Modemagazin, schaute glasig hinein, legte es wieder weg. Immerhin ist es nicht schmutzig.

Sie war nicht sicher, ob sie es laut ausgesprochen hatte, und presste ihre Lippen fest zusammen. Wenn du den Mund geschlossen hältst, können die Töne nicht raus, hatte sie früher Angela gesagt, wenn sie geweint hatte. Julian und Mike durften laut heulen, außer bei Rex, der ihr vorwarf, sie würde aus ihnen zwei Schwuchteln machen. Was würden sie von all dem hier halten? Nichts. Sie würden nicht wissen, was sie davon halten sollten. Pech gehabt, so eine dumme Kuh. Übrigens, meine Schwester hatte eine Abtreibung, sie wäre fast gestorben dabei. Übrigens, Whitings Schwester hatte eine Abtreibung, er sagt, sie wäre fast gestorben. Übrigens, Whitings Mutter hat seine Schwester zu einer Abtreibung gezwungen, und dabei ist sie gestorben …

»Hör auf«, flüsterte sie. Sie wäre für jeden dankbar gewesen, selbst für Miss de Beer. Selbst für Rex, wenn er die Festung stürmte, sie suchte, hier fand und endgültig mit ihr brach.

»Doktor Fickstein wird Sie jetzt empfangen.«

Sie nahm ihre Handschuhe und ihre Tasche, räusperte sich.

»Vielen Dank.«

22

»Wie spät ist es?«, fragte Angela.

»Das hast du mich in der letzten halben Stunde sechs Mal gefragt.«

»Und, wie spät ist es?«

»Etwa fünf Minuten später als vorhin.«

»Oh, Himmel noch eins, ist es denn *so schwer*, auf deine Uhr zu sehen?« Sie beugte sich vor und schob unsanft seinen Ärmel nach oben. Er zog sein Handgelenk weg und sank noch tiefer in den wuchtigen Ledersessel.

»Es ist zehn vor acht. Also ist es in zehn Minuten acht.« Er sah sich flüchtig in der fast leeren Lobby um. »Kannst du aufhören zu nörgeln?«

»Ich nörgel nicht.«

»Wenn wir schon hier rumsitzen müssen, könnten wir zumindest einen Drink nehmen.«

»Oh, schon gut, schon gut«, herrschte sie ihn flüsternd an. Sie kramte in ihrer Handtasche, holte einen Zehnschillingschein heraus und warf ihn auf den Tisch. »Dann hol dir doch einen Drink.«

»Wenn du das so sagst, würde ich nicht mal dran denken.«

Sie zuckte die Schultern und schaute weg von ihm und dem Geld.

»Was hast du gesagt?«, fragte er hoffnungsvoll.

»Ich hab gar nichts gesagt.«

»Also wirklich, Angela, du wirst langsam unmöglich.« Er wandte ihr den Rücken zu und rückte etwas von ihr ab. Jemand kam durch die Drehtür herein, und der Zehnschillingschein hob sich in die Luft und segelte auf den Teppich. Keiner von ihnen bewegte sich, um ihn aufzuheben, aber beide beobachteten ihn argwöhnisch aus dem Augenwinkel.

»Du musst hier nicht sein«, sagte Angela. »Ich bin durchaus in der Lage, alleine einen Telefonanruf zu tätigen.«

»Wenn ich nicht hier wäre«, murmelte er, »würdest du sagen, es ist mir egal.«

»So ist es doch, oder? Dass du hier bist, ändert daran auch nichts.«

»Ach, halt den Mund.«

Sie schwiegen. Am anderen Ende der Lobby flüsterten sich, tief in ein Ledersofa versunken, ein Junge und ein Mädchen Dinge zu. Sie starrten einander an, den Weichzeichner der Liebe im Blick. Sie atmeten des anderen Atem. Sie waren behutsam, so als wären sie bereits sehr alt.

»Lass uns nicht streiten«, sagte Angela ergeben. »Es tut mir leid.«

»Grundgütiger, die Einzige, die hier streitet, bist du.«

»Bin ich nicht. Bin ich wirklich nicht.«

»Es ist acht. Warum rufst du nicht an und bringst es hinter dich?«

»Schon gut. Kommst du mit?«

»Die Telefonzelle ist zu klein.«

Sie stand auf, hob den Zehnschillingschein auf und

gab ihn Tony. »Holst du uns dann einen Drink?« Sie versuchte, zu lächeln, attraktiv zu wirken, liebenswert zu sein. Er nickte und nahm das Geld, er verzieh ihr. Während die Telefonistin die Verbindung herstellte, beobachtete sie, in die Telefonzelle gequetscht, wie er den Kellner herbeiwinkte, in den Sessel gefläzt wie ein Mann in einem Club, ein reicher Mann. Sie hörte, wie die Telefonistin sagte: »Miss Angela Whiting ruft Sie von einem Anschluss aus Oxford an und möchte, dass Sie …« Dann machte es klick, und es war still. Zwei Mädchen gingen durchs Foyer und blieben stehen, um mit Tony zu sprechen, sie verdeckten ihn mit ihren steifen Röcken und ihren molligen, nackten Schultern.

»Hallo? Angela?« Die Stimme war sehr weit weg.

»Hallo …« Die beiden Mädchen ließen sich nieder, indem sie ihre Röcke ausbreiteten und sich dann, die kleinen Füße manierlich unter sich arrangiert, auf die Sesselkante setzten. Angela drehte ihnen den Rücken zu. »Hallo«, wiederholte sie schroff. »Warst du … warst du bei ihm?«

»Ja, war ich.«

»Und, was hat er gesagt?« Die Leitung schien tot zu sein. »Hallo? Bist du noch da?«

»Tut mir leid.« Ihre Mutter klang überdreht, angespannt, als würde ihre Stimme bei falscher Geschwindigkeit abgespielt werden. »Ich bin gerade erst nach Hause gekommen. Ich dachte nicht, dass du so früh anrufst.«

»Es ist acht.«

»Wirklich?«

»Was hat er *gesagt?* Habt ihr etwas vereinbart?«

»Gib mir eine Minute, ja?« Angela hörte das Geräusch

eines Hörers, der auf einem Tisch abgelegt wird. Sie drehte sich um und schaute durch die Glastür. Der Kellner beugte sich vor, stellte Drinks auf den Tisch, wartete, bis Tony den Zehnschillingschein aus seinem Portemonnaie gezogen hatte. Die beiden Mädchen erhoben ihre Gläser, lächelten affektiert, sagten »Cheers«. Tony trank Bier. Ein Männergetränk. Ihr wurde plötzlich schlecht vor Hass – oder Liebe, eins von beidem.

»Hallo?«, rief sie in den Hörer. »Hallo?«

»Ja. Da bin ich.« Die Stimme war jetzt ruhiger. »Es wird alles klappen, aber wir brauchen noch einen Arzt.«

»Wieso denn das? Ich dachte, du hast schon einen gefunden? Ich meine, Fickstein ist doch Arzt, oder?«

»Ja, aber ein … ein normaler Arzt muss einen Brief schreiben, dass er denkt, es sei erforderlich, dass du … dass du außerstande bist …«

»Aber warum?«

»Und danach musst du zu einem Psychiater gehen, damit sie sagen können, dass du nicht, du weißt schon, psychisch in der Lage oder so …« Die Stimme riss wieder ab. Tony bot den beiden Mädchen Zigaretten an.

»Mummy? Mummy, bist du noch da?«

»Ja. Schau, das ist am Telefon schwer zu erklären …«

»Aber wir müssen eine Entscheidung treffen! Hast du ihm das gesagt? Ich meine, hast du ihm gesagt, dass es dringend ist?«

»Natürlich. Aber es geht nicht anders.«

»Es geht wohl anders! Ich könnte es morgen wegmachen lassen, ohne diesen ganzen Quatsch. Und ich denke«, sie kämpfte mit den Worten und den Tränen wie ein Kind, »ich denke, genau das werde ich auch tun!«

»Angela ...«

Sie hätte den Hörer aufknallen sollen. Das hätte sie tun sollen. Jede mit ein bisschen Mumm hätte den Hörer aufgeknallt und wäre aus dem Hotel gestürmt, würde ihren Worten Taten folgen lassen. Warum war sie immer noch am Telefon, hörte sogar zu? Weil sie immer noch hoffte, etwas zu hören, was sie niemals hören würde; etwas zu fühlen, was sie niemals fühlen würde.

»Angela? Bist du noch dran?«

Sie schniefte wütend. »Ja.«

»Ich habe es schlecht erklärt. Es ist gar nicht so schwer. Wir finden bestimmt ganz leicht einen Arzt. Es ist nur eine Frage von ...«

Die beiden Mädchen erhoben sich und griffen nach ihren kleinen Handtaschen. Tony stand auf und sah auf die Uhr.

»Alles klar. Ich ruf dich nächste Woche an.«

»Aber nächste Woche kommst du nach Hause – du musst Freitag zu Fickstein gehen ...«

»Das meine ich ja. Ich ruf dich an, bevor ich losfahre. Wenn du bis dahin niemanden gefunden hast, kann ich ja hierbleiben.«

»Aber ...«

»Ich muss los. Tut mir leid. Bis bald.«

Sie stieß die Tür auf und eilte durch die Lobby. Die beiden Mädchen sahen sie steif und pink lächelnd an.

»Ihr kennt euch?«, murmelte Tony.

»Nein. Nein, ich denke nicht.« Ihre Handtasche hing nachlässig über der Schulter; ihre Füße waren riesig; ihre Fingernägel waren dreckig. »Hast du mir einen Drink besorgt?«

»Annabel hat gesagt, wir könnten noch mit auf eine Party kommen …«

»Hast du mir einen Drink besorgt?«

»Nein«, sagte er. »Hab ich nicht.«

Sie sahen sich an. Die beiden Mädchen raschelten, während sie atmeten, knirschten und knackten wie Unterholz.

»Ich bin müde«, sagte Angela. »Geh du auf die Party.«

Im kurzen Moment des Zögerns wartete sie auf ein Wunder.

»Bist du sicher?«, fragte er.

Sie nickte.

»Du kannst mir die – du weißt schon, die Neuigkeiten, ja morgen erzählen.«

Sie nickte wieder. Erlaubnis erteilt. Auf Wiedersehen, Tony. Oh, bitte, mach, dass das aufhört.

»Also dann …«, sagte er unbehaglich.

»Auf Wiedersehen.« Sie gewährte allen genau dasselbe Lächeln und bemerkte, wie sie sich umdrehte, durch das Foyer ging, ihre Hand gegen die Drehtür drückte, die kalte Luft spürte. Sie war nicht mit dem Fahrrad gekommen, und sie hatte kein Geld. Sie ging zu Fuß. Ich komme nie an, ich komme nie an. Und mit jedem »nie« machte sie einen Schritt vorwärts, sodass es für Außenstehende aussehen musste, als wäre sie zügig unterwegs, mit großer Entschlossenheit, so als käme sie zu spät.

23

Ruth saß neben dem stillen Telefon und fühlte sich, als hätte ihr jemand befohlen, Stroh zu Gold zu spinnen. Langsam, ohne recht mitzubekommen, was sie tat, zog sie ihre Schuhe aus.

»Nun«, sagte Miss de Beer, die plötzlich in einer Tür am Ende des Flurs erschien. »Nun, vielleicht könnten wir jetzt ein Wörtchen miteinander reden, Mrs Whiting?«

»Ja«, sagte Ruth matt. »Warum nicht.«

»Ich hatte einen furchtbaren Tag, einen ganz grauenhaften Tag.«

»Das tut mir leid.«

»Ich habe natürlich Mr Whiting angerufen. Ich hatte ja keine Ahnung, wo Sie hin sind. Es hätte sonst was passieren können.« Sie hatte Tränen in den Augen. »Einfach ohne ein Wort zu verschwinden. Das war grausam, Mrs Whiting, grausam.«

»Es tut mir leid«, sagte Ruth.

»Mr Whiting kommt mit dem Zug um Viertel nach sieben. Ich habe darauf bestanden. Ich habe ihm gesagt, dass ich nicht länger die Verantwortung übernehmen kann.«

»Heute Abend? Aber er hat gesagt, er kann nicht … dass er es unmöglich einrichten könne …«

»Es kommt ihm extrem ungelegen.«

»Aber ich war doch nur einkaufen! Ich wollte nur …«

»Das hätten Sie mir sagen müssen.«

»Miss de Beer, ich bin siebenunddreißig Jahre alt, ich habe drei Kinder, ich bin gewohnt, allein zu leben. Ich bin nicht gewohnt, jedes Mal jemandem Bescheid zu sagen, wenn ich aus dem Raum gehen will!«

»Vor gerade mal zwei Wochen hatten Sie einen Nervenzusammenbruch …«

»Und trotzdem wollten mich alle nach Frankreich schicken!«

»Aber Sie hatten gesagt, Sie sind dafür nicht gesund genug!«, zischte Miss de Beer triumphierend.

»Oh, verstehe …« War es so wichtig? »Ich habe das Auto in Ramsbridge stehen lassen. Vielleicht könnten Sie das Mr Whiting sagen, wenn er kommt. Und bitte richten Sie das Bett im Gästezimmer her.«

»Das habe ich bereits getan. Darf ich fragen, wie Sie ohne Auto von Ramsbridge hierhergekommen sind?«

»Ich bin gelaufen.«

»Sie sind *was?*«

»Ich bin auf einem Besenstiel geritten.«

»Mrs Whiting!«

»Ich bin mit Mr Johnson gefahren, Himmel noch mal.«

Die Lichter im Nebel waren Monde gewesen, die in die Dunkelheit verschwanden; die Strecke zwischen Ramsbridge und dem Common war in ihrem Kopf zu einer Unendlichkeit aus Hügeln und Tälern geworden, in der sie durchaus sterben könnte, trotz Angela, trotz Angelas Kind. Als Robert plötzlich im gelben Dunst auftauchte, hatte sie ihn gebeten, sie nach Hause zu bringen.

»Es ging Ihnen nicht gut genug, um Auto zu fahren«, stellte Miss de Beer schlüssig fest.

»Unsinn. Das Auto ist nicht angesprungen. Die Batterie ist leer oder so was. Gute Nacht, Miss de Beer.«

»Aber wenn Mr Whiting kommt …?«

»Sagen Sie ihm, ich bin schon zu Bett gegangen.«

Sie war noch nicht eingeschlafen, als er kam. Er ging ungewöhnlich leise die Treppen hinauf; die Tür öffnete sich knarrend; sie sah den Umriss seiner großen Gestalt gegen das Flurlicht.

»Ruth?« Seine Stimme war fast zärtlich. »Ruth? Bist du wach?«

Er ging auf Zehenspitzen durch den Raum, und sie spürte, wie er neben ihr stand, auf sie herabblickte. Sie war verwirrt. Warum machte er nicht einfach das Licht an, und dann war es gut? Aber er stand einfach da. Endlich, als sie glaubte, den beständigen, stummen Blick nicht länger ertragen zu können, drehte er sich um und schlich schwerfällig zur Tür. Sie öffnete die Augen, aber die Tür schloss sich, und sie war allein.

»Meine liebe Kleine«, sagte er am nächsten Morgen, als er gewaschen und rasiert im Bademantel auf ihrer Bettkante saß, »ich meine das nicht als Vorwurf. Aber warum hast du nicht bei mir vorbeigeschaut? Wir hätten zusammen Mittagessen gehen können.«

Sie fasste es nicht. »Na ja, ich dachte, du hättest keine …«

»Du hast mich nicht mal angerufen, oder?«, fragte er mit traurigem Tadel.

»Nein, ich …«

»Im Apartment auch nicht?«

»Nein.«

Er zündete sich eine Zigarette an. Sie beobachtete ihn unbehaglich. Sie hatte gelernt, ihm nie zu vertrauen, aber er konnte sie durch seltene Momente der Güte immer noch in die Hoffnung hineintricksen.

»Na ja, du hast Miss de Beer jedenfalls ganz schön durcheinandergebracht.«

Sie lachte vorsichtig. »Ja, ich fürchte, das hab ich.«

»Sie hat darauf bestanden, dass ich komme. Ich musste einige Termine über den Haufen werfen.«

»Tut mir leid. Das war absolut nicht notwendig.«

»Ach ja.« Er tätschelte ihren zugedeckten Fuß. »Ich wäre natürlich viel lieber hier bei dir. Ich bin überhaupt nicht gerne übers Wochenende in der Stadt, weißt du.«

»Nein, bestimmt nicht.«

»Nein. Nun gut.« Er stand auf, und sie hatte wieder Platz, sich zu bewegen. »Ich hab gehört, du hast das Auto am Bahnhof stehen lassen.«

»Ja. Es ist … es ist nicht angesprungen.«

»Tanner fährt heute Morgen nach Ramsbridge. Ich lass mich mitnehmen und hole es dann. Ach, übrigens, was hat es eigentlich mit dieser Rackworth-Party auf sich?«

»Keine Ahnung. Welche Party?«

»Ich bin gestern Abend zu den Tanners rüber, nachdem ich gesehen habe, dass du schon schläfst. Sie haben über nichts anderes geredet. Ist wohl eine Art Rock-'n'-Roll-Party. Offenbar ist das ganze Dorf eingeladen.«

»Oh … Ach ja. Ich weiß nicht, wo ich sie hingelegt habe.«

»Was hingelegt?«

»Die Einladung. Wir haben eine bekommen. Da, sieh mal, auf dem Kaminsims.«

Er studierte sie stirnrunzelnd. »Merkwürdig«, sagte er. »Der Mann muss verrückt sein.«

»Ich hab sie vollkommen vergessen. Wann ist die Party?« Sie versuchte, interessiert zu klingen, und übertrieb es. Sie klang verbissen.

»Heute. Du willst da nicht hin, oder?«

»Na ja, aber du vielleicht? Ich meine, es ist so langweilig für dich hier …«

»Langweilig? Warum sollte es langweilig sein?«

»Ach, du weißt schon … ich dachte …«

»Grundgütiger, du willst doch nicht etwa einen ganzen Abend mit einem Haufen Bauern herumtoben, oder? Ich will es jedenfalls nicht.«

»Nein«, sagte sie. »Nein, natürlich nicht.«

»Ja, und warum hast du dann gedacht, dass ich es will?«

Ganz mühelos, ohne es auch nur zu bemerken, war er in seinen üblichen herrischen Ton zurückgefallen, seine übliche gereizte Stimmung. Sie stand schnell auf, legte ihren Morgenmantel um und ging zur Kommode hinüber.

»Ich nehme an, du hast noch nicht mal auf die Einladung geantwortet, oder?«

Sie stand so, dass er sie nicht sehen konnte, hatte ihre Hände auf eine geöffnete Schublade gelegt und schloss für einen Moment die Augen. Dahinter war nichts. Sie nahm

Strümpfe und Unterwäsche aus der Kommode und schloss die Schublade dann mit ihrer Hüfte.

»Gibt es hier noch einen anderen Arzt?«, fragte sie beiläufig. »Ich meine, außer John.«

»Was hat das damit zu tun, ob du auf die Einladung von Rackworth geantwortet hast?«

»Nichts. Warum sollte es?«

»Ist irgendwas mit John?«

»Nein, gar nichts. Ich habe nur …«

»Jetzt hast du also etwas gegen John. Warum?«

»Habe ich nicht, Rex, wirklich …«

»Warum fragst du dann?«

»Oh …« Sie wandte sich von ihm ab, die wenigen Kleidungsstücke fest umklammert. Es war ein schwarzer Morgen, der letzte im November. Der Regen prasselte auf die immergrünen Pflanzen herunter, die kahlen Bäume trieften vor Nässe. Der Schlachterbursche quälte sich in schwarzem Ölzeug auf seinem Fahrrad die Einfahrt hinauf. »Ist auch egal«, sagte sie. »Ich hab mich das nur gefragt.«

»Es gibt jede Menge Ärzte in Ramsbridge, möchte ich meinen.«

»Ja, das nehme ich an.«

»Aber John ist ein sehr guter Arzt, soweit ich weiß.«

»Oh, ja, das ist er.«

»Jeder hier geht zu ihm, oder?«

»Ja.«

»Und warum in Gottes Namen willst du dann wissen, ob es noch jemand anderen gibt?«

»Ich …« Sie blinzelte, wie jemand, der wieder und wieder geschlagen wurde. »Ich hab doch nur gefragt«, sagte sie.

»Aber warum« – geduldig – »hast du gefragt?«

Obwohl der Weg kurz war, rannte sie ins Badezimmer – rannte wirklich, Knie und Füße hebend, knallte die Tür zu und schloss hinter sich ab. Sie setzte sich auf den Korkhocker und schlang die Arme um sich, hielt sich umfangen, hielt den Atem an. Irgendwann hörte sie ihn nach unten gehen und löste die Umklammerung, strich mit den Fingerspitzen über ihre Wangen, legte sie an ihre Lippen und ließ den Atem ihre kalten Hände wärmen.

24

Beim Frühstück saßen sie sich als Mann und Frau gegenüber, jeder eine gefaltete Zeitung neben dem Teller, der elektrische Toaster machte Toast, die elektrische Kaffeemaschine blubberte, die Marmelade war in ihrem Glas. Ralph Rackworths Einladung lag auf dem Tisch wie die Markierung bei einem Tauziehwettbewerb. Obwohl Rex sie dorthin gelegt hatte, würdigte keiner von beiden sie eines Blickes.

»Wann kommt Angela nach Hause?«

»Nächsten Donnerstag.«

»Ich hoffe, sie gammelt nicht wieder die ganzen Ferien bloß rum.«

Ruth lächelte und schenkte Kaffee ein.

»Was ist mit diesem Jungen? Erzählt sie von ihm?«

»Ich denke, sie trifft ihn ab und zu.«

»Ich muss schon sagen, den fand ich gut. Fandest du ihn auch gut?«

»Ja. Ja, er war recht nett.«

Dann war Stille. Ruth betrachtete die Einladung. »Rock and Roll in Rackworth House! Mr und Mrs Whiting sind eingeladen, ihre Nachbarn kennenzulernen. Kein Lametta, keine Schwerter.«

»Was ist mit den Jungs?«

»Den Jungs?«

»Wann kommen sie?«

»Oh. Am Achtzehnten.«

»Ja, bald ist Weihnachten.«

»Ja. Morgen ist der erste Dezember.«

Es war weniger ein Gespräch als vielmehr ein heimliches und separates Sondieren der Zukunft. Sie bemerkte nicht, dass er sich auffällig für die Ankunft der Kinder interessierte. Er bemerkte nicht, dass sie auf einmal wusste, was für ein Datum war. Normalerweise war sie die Art von Frau, die aus dem Fenster sah und anhand der Naturerscheinungen herausfand, welche Jahreszeit war.

Er zog die Einladung zu sich heran und ließ sie auf dem polierten Tisch kreiseln.

»Offenbar haben alle eine bekommen.«

»Ich weiß.« Dummerweise hatte sie seinen Stimmungswechsel nicht bemerkt. »Wenn Angela nach Hause kommt …«

»Die Tanners gehen hin. Und die Johnsons auch.«

»Oh, sie glauben, dass sie hinmüssen, da das ganze Dorf eingeladen ist. Ich schätze, jeder wird gehen.« Ganz in Anspruch genommen von Problemen bewegte sie sich, ohne nachzudenken, in altbekanntes Gefahrengebiet. Erst hinterher dachte sie sich, was immer mich dazu gebracht hat, das zu sagen, ich wusste, es war ein Fehler.

Er zündete sich eine Zigarette an und legte das abgebrannte Streichholz vorsichtig ganz gerade auf den Tellerrand.

»Wenn das so ist«, sagte er, »dann ist es eher sonderbar, wenn wir nicht kommen.«

»Warum gehst du dann nicht hin?«

»Aber du hast auf die Einladung nicht geantwortet, oder etwa doch?«

»Nein, aber du kannst sie bestimmt anrufen und es erklären.«

»Ich nehme an, du hast es vergessen?«

»Ich dachte, ich wäre gar nicht hier.«

»Und hast ihnen geschrieben und gesagt, dass du nicht hier sein würdest?«

»Nein, Rex. Nein, habe ich nicht. Oh, *bitte*, warum ist das so wichtig?«

»Weil ich es für eine Sache der Höflichkeit halte.«

Wie kannst du nur, dachte sie und starrte ihn an; wie kannst du das nur so wichtig nehmen? Dieser Ausfluss von Grausamkeit, den er Vernunft nannte, ein dünnes, giftiges Rinnsal, würde jetzt in jede Lücke und jede Nische des Tages hineinlaufen. Es würde keine Zeit und keinen Ort geben, um in Ruhe nachzudenken. Nichts, gar nichts wäre mehr Thema außer dieser nichtigen, bedeutungslosen Rackworth-Party. Er würde nicht ohne sie gehen. Das hätte ihr klar sein sollen. Du bist Großvater, wollte sie schreien. Willst du ausnahmsweise mal die Wahrheit hören? Du bist Großvater, kein kleiner Junge, der Fliegen quält. Sie presste ihre Fäuste gegen die Stirn, rang sich selbst nieder.

»Und worüber«, seufzte er schwer, »regst du dich jetzt auf?«

Sie hatte es geschafft. Sie stand auf und nahm die Zeitung, die sie niemals lesen würde.

»Wenn du möchtest, gehen wir hin«, sagte sie.

Er war hereingelegt worden. »Aber du willst doch nicht.«

»Ach, ich würde schon ganz gerne.«

»Warum hast du dann nicht auf die Einladung geantwortet wie alle anderen auch?«

Sie zögerte. Ihr kam eine Idee: Wenn sie ihre Hände ganz fest an seine Schläfen legte, seinen Kopf wie in einem Schraubstock hielt, dann gäbe er vielleicht Ruhe. Seine Unerbittlichkeit ihr gegenüber, sich selbst gegenüber, war nichts weiter als Getöse, um eine unerträgliche Stille zu füllen. Sie schaute auf sein massives, glänzendes Kinn, seine schmale Nase, die zwischen Augen hervorstach, so tot wie Glas, die geraden, bereits ergrauenden Augenbrauen.

»Fühlst du dich einsam?«, fragte sie.

»Was?«

Sie stand im Türrahmen, rieb ihre Wange mit der zusammengefalteten Zeitung. »Fühlst du dich jemals einsam?«

»Ja«, sagte er, als wäre er hypnotisiert. »Manchmal.«

Sie nickte und ging, die Tür mit einer Art Zögern hinter sich schließend. Nach ein paar Augenblicken begann er sich zu ärgern.

25

Als Ralph Rackworths Vater noch ein Baby war – er sah im Wesentlichen aus wie jetzt und hatte immer Krupp –, strahlten diese Räume oft im Glanz von Festlichkeiten. Oh, die Feuer in den Schlafzimmern, die Frisuren und die Korsagen, Geigen sägten, bis der Morgen dämmerte; Trüffel und Champagner, keine sehr angenehmen Leute, die da unter den Kronleuchtern torkelten, gewiss nicht, aber unvergesslich. So unvergesslich, dass der alte Mann bis zum heutigen Tag im tiefsten Schlaf manchmal die Hände auf die Ohren schlug und wimmerte.

Ralph, der mit hochgeschlagenem Pelzkragen durch das Halbdunkel pirschte, hatte angeordnet, alle Wertgegenstände zu entfernen. Und zwar nicht, weil er Bruchschaden fürchtete, wie er erklärte, sondern Diebe aus dem Common. Am hinteren Ende des Salons war ein Podest errichtet worden, unter den finsteren Blicken der Ahnenreihe derer zu Rackworth. Hier lungerten den ganzen langen, nebligen Nachmittag vier junge Männer in Pullovern mit Reißverschluss und Jeans herum, während die Kronleuchter kalt auf die Parkett bohnernden Dienstmädchen herabglitzerten; sie zupften und schlugen abwesend ihre Instrumente, löschten ihre Zigaretten in Crown-Derby-Tassen mit chinesischem Tee und kratzten sich die ungekämmten Haarschöpfe, die ihnen bis über die Augenbrauen hingen. Die Dienstmädchen verstanden sie nicht, weder, was sie sagten, noch, was sie vorhatten. Sie bohnerten vom Podest aus auf die Doppelflügeltüren in siebenundzwanzig Metern Entfernung zu, kicherten dabei ein bisschen und schauten gelegentlich verstohlen über ihre Hüftkämme hinweg nach hinten, um zu sehen, was die jungen Männer dort trieben. Ralph schritt in seinen Stiefeln zwischen ihnen umher und trank Whisky aus einem silbernen Flachmann.

Seine Freunde waren bereits überall im Haus einquartiert. Die meisten von ihnen verbrachten den Tag damit, auf dem Boden ausgestreckt frühe afrikanische Folkmusik zu hören. Andere blieben im Bett. Einer, Jocelyn MacDermott, hatte auf einem langen, dunstigen Flur den General getroffen.

»Ich bin einem Gespenst begegnet«, sagte er zu Ralph. »Es sah schlecht aus.«

»Das war mein Vater«, sagte Ralph. »Er ist noch nicht tot.«

Sie zogen ihre Mäntel enger, ließen den Flachmann hin und her gehen und beobachteten die Vorbereitungen aus zusammengekniffenen Augen.

Die Gäste waren für halb zehn geladen. Im Hauptspeisesaal standen Essen und Getränke bereit, genug, um eine Armee zu versorgen. Die jungen Männer hatten ihre Pullover ausgezogen und standen in ordentlichen weißen Hemden, durch die man die sittsamen Linien ihrer Unterhemden durchscheinen sehen konnte, auf der Bühne. Ralph trug einen blauen Anzug, im selben Schnitt wie seine übliche Kleidung und energisch aufgelockert durch einen scharlachroten Kummerbund, nach dem Vorbild von General Gordon. Er und MacDermott lehnten brütend an einer Säule. Ein Mädchen in einem Rock, der geschnitten war wie der Schwanz einer Meerjungfrau, außer dass er kurz über ihren blassen Knien endete, stolperte über den Flur und sagte: »Oh, da bist du ja, Liebling. Ich habe dich überall gesucht.«

Niemand antwortete ihr. Sie zitterte leicht, hielt ihre nackten Arme umfasst und summte, um die Stimmung hochzuhalten.

Die Dorfbewohner kamen am Stück, schoben sich mit gemächlicher Arroganz durch die Doppelflügeltüren, die Männer steuerten, die Hände in den Hosentaschen, sofort ihr natürliches Schutzgebiet an der Wand an, die Mädchen in gemusterten Stoffen und Satin waren in kichernden Gruppen unterwegs, die Haare onduliert, die Lippen ein schmales, resolutes Feuerrot. Die Mütter kippelten auf kleinen Schuhen und hielten nach Stühlen Ausschau. Es gab keine. Die Väter rieben sich ihre gegerbten Nacken.

Ralph und MacDermott glitten, ohne sich abzusprechen, zur Tat. Förmlich und ernst, geschmeidig wie in gut geölten Scharnieren, berührten sie mit ihren Händen fast, aber nicht ganz die Arme der Frauen, steuerten sie, während sie ihnen zuhörten, und lösten so die fest zusammengeknäuelte Menge auf. Sie bewegten sie in Richtung des Speisesaals und sahen ihnen mit einer Art herber Freundlichkeit dabei zu, wie sie aßen und tranken. Genau im richtigen Moment kamen die Freunde dazu, gingen auf die ihnen zugewiesenen Positionen und machten sich bekannt. Die jungen Männer spielten leise im leeren Salon. Es war so friedlich wie die ersten Bewegungen am Morgen einer Schlacht.

Die meisten der Commoner kamen, wie die Dorfbewohner, in Gruppen. Für diese schreckliche Tortur nahmen sie es sogar auf sich, Fahrgemeinschaften zu bilden, mit den Männern raumgreifend auf den Vordersitzen und den Frauen raschelnd und nervös auf der Rückbank wie Kinder. Viele von ihnen hatten gemeinsam zu Abend gegessen, in Vierergruppen, bevor sie sich auf den Weg machten. Da die ausländischen Hilfen ebenfalls eingeladen waren, kam es rund um den Abwasch zu heiklen Situationen. Die Schwedin der Wilmington-Smiths war vor ihnen angekommen, ganz majestätisch auf einem Fahrrad. »Ich bin vor dem Abtrocknen gegangen«, sagte Meg demütig, als sie sie in der Damengarderobe traf. »Abtrocknen«, knurrte sie heiser, »hasse ich am meisten.«

Sie hatten sich mit letzten Runden gestärkt. Sie waren wild entschlossen, Eindruck zu machen, während die Dorfbewohner, die die ganze Angelegenheit als reine Unterhaltung auffassten, vollkommen unbeteiligt waren, vorausgesetzt, man zog sie nicht über den Tisch. Die Frauen trugen Schwarz und umringten Ralph mit der ungeduldigen Begehrlichkeit von Raben, die seinen toten, ungewöhnlichen Körper bekreischten. Sie hielten das für höflich, aber er suchte das Weite und ließ sie irritiert zurück.

»Ein äußerst merkwürdiger Mann. Meine Liebe, was *ist* das?«

»Scotch. Ich dachte, du trinkst Scotch.«

»Das dachte ich auch. Ach, du liebe Güte, da ist Watson. Hallo, Mr Watson!«

Ein strahlendes Lächeln, ein fast schon ungehöriges Winken dem Gärtner.

»Er sieht eigentlich ganz fesch aus. Sind alle da?«

»Nein, die Tanners fehlen noch.«

»Und die Whitings sehe ich auch nirgends.«

»Sie kommen zusammen. Es ist alles nicht so, wie es sein sollte, ihr wisst schon.«

»Du meinst wegen Ruth?«

»*Nein*, meine Liebe. Ich meine wegen *Rex* …«

Ernsthaft und entspannt wie ein Mann, der mit einem Fisch an der Angel spielt, tanzte Ralph mit der verängstigten Tochter der Watsons.

26

»Wie läuft es?«, flüsterte Jane, als sie ihre Mäntel in Ruths Schlafzimmer legte. »Irgendwelche Fortschritte?«

»Ich muss einen Arzt finden. Damit der sie an einen Psychiater überweist.«

»Aber kann Fickstein sie nicht zu einem Psychiater schicken?«

»Nein, es muss ein normaler Arzt sein.«

Ihre Stimmen, wispernd und gedämpft wie die von Verschwörern, trugen eine schreckliche Besorgnis in sich.

»Aber das ist absurd, wenn er es am Ende sowieso macht …«

»Ich weiß.«

»Man wird es ihr bald ansehen.«

»Ich weiß. Können wir Maxine noch einmal fragen?«

Jane blickte sie an. »Nein«, sagte sie. »Lieber nicht.«

»Aber sie weiß bestimmt …«

»Wir sollten sie lieber nicht fragen. Warte. Wir finden eine Lösung. Es muss doch Tausende von Ärzten geben …«

»Ja, aber wen?«

»Ich habe einen Cousin, aber der ist in Durham, verdammt. Trotzdem, wenn alle Stricke reißen. Wann kommt sie nach Hause?«

»Donnerstag. Ich bin ganz sicher, wenn ich Maxine fragen würde …«

»Du willst nicht näher mit Maxine zu tun haben. Du weißt, wie diese Leute sind.«

Da sie nichts Näheres wusste und Janes Meinungsumschwung für ein weiteres Hindernis hielt, das sie überwinden musste, sagte Ruth nichts. Jane, die es nicht näher erklären konnte, sah unglücklich aus.

»Das ist ja göttlich«, rief sie heiter und hielt die Spieluhr hoch. »Was ist das?«

»Eine Spieluhr. Du musst an der Kurbel drehen, hier, an der Seite.«

Die Melodie sprudelte hinaus, erst schnell, dann langsamer. Im Takt nickend, dümmlich lächelnd, kurbelte Jane weiter.

»Das ist *Bye, Baby Bunting*«, erkannte sie begeistert. »Aber es ist so traurig! *Bye, Baby Bunting,*

Daddy's gone a-hunting,

Gone to fetch a rabbit skin…«

»Ich habe es für Lucinda gekauft«, sagte Ruth brüsk. Da niemand je Babys eigentlichen Namen benutzte, war das eine Überraschung. »Aber dann habe ich mir gedacht, dass sie dafür zu jung ist. Also habe ich sie behalten.«

»Sehr vernünftig. Sie macht alles kaputt«, sagte Jane kalt.

Die Misshelligkeit zwischen ihnen war, für den Moment, überwunden. Sie gingen nach unten, wo Rex und Richard gerade ihren Whisky austranken.

»Eine letzte Runde«, forderte Rex. Er war rot im Gesicht und sah aus, als wäre ihm in seinem Londoner Anzug unbequem.

»Wir sind wahnsinnig spät dran«, sagte Jane. »Ralph der Ruchlose wird uns das niemals verzeihen.«

Als sie am Ende der langen Fahrt dort ankamen, strahlte Rackworth House wie ein Liniendampfer auf hoher See. Die Musik war bis draußen zu hören, aber die Menschen, die hinter den hellen, hohen Fenstern hin und her kreuzten, schienen sich zu bewegen wie Geister.

»Das wäre was für Angela«, rief Richard Tanner aufgekratzt. »Warum ist Angela nicht hier?« Er wankte ein wenig, als er auf die Eingangstür zuging und zackig vor einer feucht glänzenden, bröckelnden Statue salutierte. »Komm mit rein, alter Junge. Versteck dich nicht hier draußen. Brauchst dich für nichts schämen.« Kopf voraus stürmte er durch die offene Eingangstür hinein.

»Beängstigend!«, zischte Jane, nachdem sie einen Blick riskiert hatte. »Ich stelle fest, dass Ralph der Ruchlose mit unserer Bessie verschwunden ist. Und ist das etwa Lorna? Mein Gott«, fügte sie ernüchtert hinzu, »das ist sie.«

Ruth war wie im Traum, eine Abwesende, bekam gar nichts mit. Ihre Augen waren über die letzten Wochen zu tiefen Schatten geworden in einem Gesicht so klein und unstet wie eine Spiegelung im Wasser. Ihr Körper schien alle schnellen, zielgerichteten Bewegungen vergessen zu haben; sie bewegte sich wie ein Kind, zögerlich und anmutig, sie stand mit herabhängenden Armen da oder saß herum, als wäre das die natürliche Ruhestellung. Sie trug mattes Braun, in Farbe und Beschaffenheit wie trockenes Laub, und auch nur, weil das schwarze Kleid, die offensichtliche Wahl, ihr inzwischen zu groß geworden war.

»Du bist so dünn wie Angela«, hatte Rex mit Abscheu gesagt. Und sie hatte korrigiert: »Nein. Dünner.« Angela hatte jetzt Gewicht zu tragen.

Die jungen Männer hatten ihre Hemden aufgeknöpft und schoben sich breitbeinig über das Podest, sie stampften und schlurften auf gebeugten, steifen Beinen wie kleine Jungs, die zu weit gegangen sind. Die Lieder, die der Jüngste von ihnen herausschrie, waren ohne Worte.

»*I e'er 'e 'ore I i-n-ng a Looos*
I e'er aw a I e'er ooze …«

»*Deine Liebe, Schatz*«, sang Bessie glücklich und grinste das reservierte, ausdruckslose Gesicht an, »*lässt mich von Leiden singen …*«

»*Mond und Sterne*«, heulte der junge Watson in Meg Wilmington-Smiths Ohr, »*haben ihren Glanz verloren …*«

»*Ich hab die Liebe verloren*«, rief Robert Johnson unbekümmert, während er Mary Budge kreiseln ließ wie einen glänzenden Penny, »*von der ich dachte, sie wär mein …*«

»*There's nothing left for me to do,*
But cry-ei-ei-ei over you …«

»Augenblick mal«, murmelte MacDermott. Er sah Ralph nicht an, sondern stand mit gesenktem Kopf mitten auf der Tanzfläche und schaute auf seine Wildlederstiefel, als würde er zuhören.

»Ja?«

»Wer ist die Frau neben der Tür?«

Ein teilnahmsloses Flackern. »Ich habe nicht die leiseste Idee. Eine Schlampe aus dem Common.«

MacDermott ging wieder zur Säule zurück. Er war betrunken. Er verfügte nicht über Ralphs Widerstandsfähigkeit in diesen Dingen. Er drehte durch, erleichterte sich in einsamen Weinkrämpfen oder sogar Gebeten. Er war zu nichts gut. Er trug sein Haar wie Ralph und kleidete sich wie er, hüllte sich in Geheimnisse. Aber da gab es nichts, worum man ein Geheimnis machen müsste. O Gott, dachte er, warum bin ich nicht verdorbener?

»Guten Abend«, sagte ein dicker, glatzköpfiger Mann in einer geblümten Weste. »Ich glaube, wir haben uns noch nicht miteinander bekannt gemacht. Mein Name ist Phillips.«

MacDermott knurrte etwas.

»Ich bin Allgemeinarzt in dieser Gegend. Ich habe gehört, Sie seien ebenfalls Mediziner.«

»Wer«, fragte MacDermott verzweifelt, »hat Ihnen das gesagt?«

»Das hübsche junge Ding da drüben.« MacDermott folgte dem Rucken des Glatzkopfs und sah das Mädchen im Meerjungfrauenrock, sie lächelte inbrünstig. Ein Junge mit offenem Hemdkragen, einer von Ralphs Farmhelfern, zog sie auf die Tanzfläche. Sofort verhärtete sich ihr Gesicht und war zwanzig Jahre älter.

»Haben Sie eine eigene Praxis?«

»Ja.«

»Darf ich fragen, wo?«

»Sie dürfen, aber es würde Ihnen nichts sagen.« Er war nur gut darin, unhöflich zu sein, die eisige Verachtung, die steinerne Einsilbigkeit beherrschte er nicht.

»Ich kenne die meisten Orte«, redete Phillips geduldig weiter.

»Schön für Sie«, sagte MacDermott. Er stieß sich von der Säule ab und trottete davon. Er schob sich durch die Tür und starrte dabei die Frau im braunen Kleid an. Ihre Augen glitten über ihn hinweg, ohne zu sehen. Er füllte sein Glas zur Hälfte mit Whisky, trank es aus und ging zu ihr zurück.

»Tanzen Sie mit mir?«

Ihr Mund öffnete sich, eine weitere Dunkelheit in ihrem Gesicht.

»Na komm«, sagte er grob und griff nach ihrem Handgelenk. Wenn Ralph das sieht, dachte er verworren, wird es ihm leidtun.

27

Sie sprachen nicht, während sie sich in loser Umarmung über die Tanzfläche bewegten.

Schließlich fragte er säuerlich: »Sind Sie von hier?«

»Ja.« Sie nahmen eine Kurve und schritten entschlossen voran. »Und Sie?« Natürlich wusste sie, dass er es nicht war.

»Nein.«

Sie sah John Phillips an der Säule stehen. Er legte den Kopf schief und wich zurück. Er meidet mich, dachte sie und hasste ihn dafür. Als sie wieder hinschaute, sah sie, wie sich sein gedrungener Rücken durch die Menge drängelte. Sie konnte fühlen, wie er dachte, sieh an, die verkommene Mutter amüsiert sich, während das arme Kind leidet. Die Wut ließ sie langsam lebhaft werden. MacDermott spürte die Veränderung in ihr und lockerte seinen Griff.

»Das läuft doch alles sehr gut«, sagte er.

»Ja.« Sie war schockiert, Betty Johnson an einen jungen Mann geklammert zu sehen, dessen taumelnde Schritte und weißes, glänzendes Gesicht signalisierten, dass er sich jeden Moment zum ersten Mal wegen Alkohol erbrechen würde. »Ein toller Erfolg«, sagte sie. Betty Johnson öffnete ihre Augen und sah sie kalt an; dann schlossen sich ihre Lider wieder, und sie wiegte sich in den Armen des jungen Mannes weiter von einem Fuß auf den anderen.

»Aber«, fragte Ruth, »könnten wir aufhören zu tanzen?«

»Gewiss«, sagte er gleichgültig. »Was wäre Ihnen lieber, ein Ausflug ins Gewächshaus?«

»Nein.«

»Lassen Sie uns noch einen Drink nehmen.«

Er hielt sie leicht an der Hand und führte sie durch den Speisesaal. Rex und Richard Tanner hatten es sich am gewaltigen Kamin bequem gemacht. Das Essen war aus, aber es gab noch jede Menge zu trinken. Ein alter Mann schnarchte friedlich in einem hochlehnigen Stuhl. MacDermott goss Whisky in zwei benutzte Gläser.

»Und?«

Sie stand mit dem Rücken zu Rex und hielt ihr Glas in beiden Händen. »Was … was haben Sie gerade gesagt?«

»Genießen Sie diese demokratische Orgie?« Er zuckte zusammen, als er das sagte.

»Ja. Vielen Dank.«

Ihre Augen flackerten auf, nahmen Notiz von ihm. Sie tat so, als würde sie trinken, ließ den warmen, brackigen Whisky aber nur ihre Lippen berühren.

»Was ist das Geheimnis?« Traurig hörte er sich selbst zu.

»Was meinen Sie damit?«, fragte sie sanft.

»Warum sehen Sie so traurig aus?«

»Oh …« Sie wusste, dass Rex sie gesehen hatte; sie konnte fühlen, wie sein Blick ihren Rücken durchbohrte.

»Und was machen Sie so?«, fragte sie schnell. »Sind Sie ein Schriftsteller oder so etwas?«

»Nein.«

»Was sind Sie dann?«

»Sehen Sie diesen aufgeblasenen Idioten, der da gerade

durch die Tür kommt?« Sie hob den Blick und sah John Phillips. Er ging ohne ein Zeichen des Erkennens vorbei. Anscheinend wollte er sich zu den Männern am Kamin gesellen.

»Ja.«

»Kennen Sie ihn?«

»Ja.«

»Dann lassen Sie uns gehen.« Er griff nach einer ungeöffneten Flasche und, jetzt wieder fest, nach ihrer Hand.

»Wohin?« Sie eilte ihm hinterher und traute sich nicht, zurückzuschauen. Er antwortete nicht.

»Wohin gehen wir?«, beharrte sie.

»Ach, kommen Sie schon.«

Auf halber Höhe der Treppe ließ er ihre Hand los. »Sie müssen nicht mitkommen, wenn Sie nicht wollen«, sagte er mürrisch. »Gehen Sie zurück, wenn Sie das möchten.«

Ruth sah auf die steingeflieste Halle hinunter. Mary Budge kam durch die offene Eingangstür hinein. Sie sah sich um, griff durch ihr gemustertes Kleid entschlossen nach ihrem Miedergürtel und zog ihn über ihre Hüften nach unten. Dann strich sie sich über die Haare und ging in Richtung Speisesaal davon.

»Warum mögen Sie John Phillips nicht?«

»Ich verabscheue Ärzte. Ich schätze, Sie sollten lieber zurückgehen.«

Robert Johnson kam durch die Eingangstür. Er sah sich um, ordnete mit gewölbten Händen seine Frisur und eilte in den Waschraum mit der Aufschrift »Herren«. Ruth hielt sich mit einer Hand am Geländer fest.

»Warum?«

»Aus demselben Grund, aus dem ich Freimaurer, Rotarier, Gewerkschafter und Pfadfinder hasse. Selbst wenn ich denselben Beruf habe, gibt das diesem gummigesichtigen Idioten noch lange nicht das Recht, mir auf die Schulter zu klopfen – ich habe gehört, Sie seien ebenfalls Mediziner, alter Junge, alter Junge. Herrgott.«

Er kletterte voll Abscheu weiter nach oben, dem dunklen Treppenabsatz entgegen.

»Ich nehme an, Sie kommen nicht mit. Dann gute Nacht.«

Sie folgte ihm, anfangs fast rennend, den langen Korridor entlang. Er sah sich nicht um, hielt ihr aber die grüne Filztür zum Dienstbotentrakt auf, dann trottete er noch mehr Treppen hinauf, durch noch mehr Türen, sodass sie wie bei Fickstein das Gefühl hatte, als würde man sie durch eine Festungsanlage führen.

»Das ist Ralphs Wohnung«, sagte er. »Waren Sie schon mal hier?«

Sie schüttelte den Kopf. In dem Raum, wo kein Möbelstück höher als fünfundvierzig Zentimeter war und in dem es ohnehin nur sehr wenige Möbel gab, wirkte er riesengroß. Sogar sie kam sich ungelenk vor, wie ein Reiher, der sich zu allem herabbeugen muss.

»Setzen Sie sich. Ich hole uns Gläser.«

Sie kauerte sich zwischen die Kissen auf dem Boden. Da es keinen Kamin gab, schien es kalt zu sein; und doch war die Luft, als sie in das Apartment hereingekommen waren, warm wie in einem Treibhaus gewesen.

»Das ist ein sehr schöner Raum«, sagte sie zitternd.

»Finden Sie?« Weit unter ihnen toste die Musik, ein unterirdisches Dröhnen. MacDermott hockte sich im Schneidersitz ihr gegenüber und arrangierte Gläser, Whisky und Soda auf einer schwarzen Marmorplatte. Er war jetzt sehr nervös und bereute, hierhergekommen zu sein. Er sah ständig zur Tür, als erwartete er, eine dringliche Vorladung zugestellt zu bekommen.

»Wir genehmigen uns nur schnell einen«, sagte er. »Und dann gehen wir wieder runter. Ralph hat eine Menge hier reingesteckt. Er ist ein außergewöhnlicher Mann. Kennen Sie ihn überhaupt?«

»Nein, ich kenne ihn so gut wie gar nicht. Wir haben keinen …«

»Manche Leute finden, es sei idiotisch, dass er hier lebt, aber es passt zu seiner Einstellung, es macht ihn frei, verstehen Sie, was ich meine? Natürlich hat nicht jeder den Mut, so zu leben, wie er will, selbst wenn er die Mittel dafür hat. Ein Übermaß an Mut ist dasselbe wie Wahnsinn, wenn Sie verstehen, was ich damit sagen will.« Er sah hoffnungslos von ihr weg. »Aber das tun Sie natürlich nicht.«

Sie sah auf ihr Glas herunter. »Sie sind«, fragte sie, »Arzt?«

»Ralph lebt in einer Fantasiewelt, ganz klar. Nehmen Sie diesen Raum hier. Sie sagen, er sei sehr schön. Ich sage, er ist ein Übermaß an Mut plus ein Übermaß an Reichtum. Er ist nicht gemütlich. Er ist nicht stilvoll. Er hat einen Tiefkühler. Er liebt das Geräusch. Und was bewahrt er darin auf? Eine Packung Erbsen und einen übrig gebliebenen Weihnachtspudding vom letzten Jahr. Solche Exzesse leistet man sich nur im Traum. Stimmt doch, oder?«

»Wie ist Ihr Name?«, fragte sie.

»Name? Was sind schon Namen. Ich hab nicht nach Ihrem gefragt. Ich will ihn gar nicht wissen. Wissen Sie, was passieren würde, wenn ich Ihren Namen wüsste? Wir würden herausfinden, dass mein Großonkel im Jahr 1931 Ihre Mutter auf einem Kirchenbasar in Upper Norwood getroffen hat.«

Sie war verwirrt. »Würden wir das? Aber ich bin sicher, dass meine Mutter …«

»Also gut.« Er stand auf und leerte sein Glas. »Gehen wir.«

Sie holte tief Luft. »Ich würde lieber bleiben.«

»Warum?«, fragte er düster.

»Ich … ich möchte einfach. Kann ich noch einen Drink haben?«

»Sie haben noch nicht mal ausgetrunken.«

Sie trank aus, wobei sie eine Grimasse des Abscheus nicht verbergen konnte, und hielt ihm ihr Glas hin.

»Sie mögen ihn nicht«, sagte er sanft.

»Doch, tue ich.«

»Sie sind verheiratet, nehme ich an.« Er sah sie zum ersten Mal an, betrachtete das Matschbraun, die verschatteten Augen, die nervösen Hände. »Glücklich, hoffe ich. Oder leiden Sie?«

»Was …?«

»Was ich damit meine?« Er seufzte und streckte sich, auf den Ellbogen gestützt, auf dem Boden aus. »Oh, aus irgendeinem Grund leiden Sie. Ihr Mann ist ein Scheusal. Ihr

Liebhaber hat Sie verlassen. Ihre kleine Welt ist ins Dunkel gestürzt. Sie sind eine arme, kleine Frau, die denkt, dass, indem Sie hier bei mir sind, etwas, Gott weiß was, aber irgendwas, gelöst wird. Hab ich recht?«

»Ja. Ich meine, ich hab nicht gedacht …«

»Oh, um Gottes Willen. Ich löse gar nichts. Warum nehmen Sie nicht einen dieser fleischigen Arbeiter? Ralph könnte wahrscheinlich einen empfehlen. Ich frag ihn, wenn Sie möchten. Einen garantiert durch und durch aufrichtigen Muskelprotz. Ich glaube nicht mal, dass man Sie danach mit Erpressung behelligen würde.«

»Sie sind sehr albern«, sagte sie steif. Sie kniete auf dem Boden, die Hände im Schoß zusammengepresst.

»Was bin ich?«

»Lächerlich.«

»Das bin ich.« Er grinste plötzlich. »Was ist Ihr Problem?«

»Nun …«

Aber sie stellte fest, dass sie es ihm nicht sagen wollte. Sie war nie weiter von ihrem Leben entfernt gewesen als jetzt – anonym, eine Frau, die er, warum auch immer, aufgegabelt hatte; ein Geheimnis. Sie könnte ihm erzählen, dass sie Witwe sei, eine umschwärmte Halbweltdame, eine Keramikerin aus Bath. Sie könnte eine große Liebe haben, ganz für sich; ein Sturm, in dem sie das traurige, mysteriöse Zentrum wäre. Warum all das ruinieren? Sie stand auf, ging auf leisen Sohlen durch den Raum und verschwand im Dunkeln, ihr Kleid raschelte wie Gras. »Es ist etwas schwierig«, sagte sie aus einiger Entfernung.

»Natürlich.«

»Sind Sie wirklich ein Arzt?«

Er zögerte, stöhnte leise. »Ja. Ich mache keine Abtreibungen, wenn es das ist, was Sie wollen.«

Es gab eine lange Pause. »Aber Sie sind Arzt?«

»Guter Gott, das sagte ich Ihnen doch. Ich arbeite in der Klapse.«

»In der Klapse?«

»Einer Nervenklinik. Einem Irrenhaus.«

»Sie meinen mit Verrückten?«

»So ist es.«

»Oh.«

Es folgte eine weitere lange Stille. Die Musik vibrierte jetzt mit dem Furor eines Presslufthammers; die üppig verhangenen Fenster zitterten.

»Was machen Sie überhaupt da hinten?«

»Nichts.«

»Warum kommen Sie nicht her und setzen sich? Sie machen mich nervös, wenn Sie so herumlaufen.«

Zögerlich kam sie zurück und setzte sich auf die Kissen, wobei sie den Rock ausbreitete und herabsinken ließ wie ein Paar Flügel. Er wirbelte herum und legte seinen Kopf auf ihre Knie.

»Wenn wir schon bleiben«, sagte er schwermütig. Sie sah erschrocken auf ihn herab, als hätte er gesagt: »Würden Sie den bitte für einen Moment halten?«, und damit seinen Kopf gemeint.

28

Als sie sich um drei Uhr früh zu Hause auszog, bewegte Ruth sich so schnell und selbstvergessen, als wäre sie allein; sie wusch ganz gelassen ihr Gesicht, faltete ihr Nachthemd auseinander, summte vor sich hin. Sie übersah Rex nicht absichtlich, der auf dem Stuhl am Fuße des Bettes saß und auf seine Schuhe starrte, so als überlegte er, ob es den Aufwand lohnte. Es war nur so, dass er ausnahmsweise ruhig war. Seine Anwesenheit wurde gewöhnlich durch Lärm angezeigt.

Er wartete, zunehmend besorgt. Sie ging ins Bett, legte sich hin, schaltete das Licht auf ihrer Seite des Bettes aus, drehte sich um, seufzte tief und war still. Er blieb im Halbdunkel mit der Erkenntnis zurück, dass er, wenn er die ganze Nacht auf dem Stuhl sitzen und auf seine Schuhe starren wollte, das auch tun könnte.

»Ruth?« Er musste es etwas lauter wiederholen. »Ruth?«

Ein fragender Laut, mehr nicht.

Er wartete ein paar Augenblicke, bis ihr Atem tief und gleichmäßig geworden war. »Schläfst du?«

Sie wühlte auf der Matratze, als versuchte sie hineinzukriechen. Sein Unbehagen konnte nicht warten. Er stand auf und ging angespannt, die Hände in den Taschen, an ihre Seite des Bettes.

»Ruth!«

Sie erkannte durch ihren leichten, warmen Schlaf hindurch, dass er da war. Ein enormer Widerwille ließ sie so tun, als schliefe sie noch.

»Ich will nicht mit dir streiten«, murmelte er. »Ich muss mit dir reden.«

Sie war hellwach. Da war etwas Neues in seiner Stimme. Das ist nur ein Trick, sagte sie sich. Gleichwohl öffnete sie ihre Augen, blinzelte zu ihm hinauf.

»Kann es nicht bis morgen warten?«

»Nein. Dann kann ich nicht schlafen.«

»Oh. Verstehe.«

Er begann, auf und ab zu gehen. Das Wissen, dass MacDermott Angela am Donnerstag treffen würde, war, als hielte jemand unter der Decke zur Beruhigung ihre Hand. Er hatte sich als ganz normaler Mann herausgestellt: normal hilfsbereit, normal freundlich, gerne bei dem behilflich, worum sie ihn bat, aber erleichtert, dass es so wenig war. »Wir kriegen das schon hin. Schlaf gut, Großmütterchen.« Sie hatte das in dem Moment nicht gemocht. Jetzt, wo sie damit konfrontiert war, wie Rex sich an seinen Gefühlen abarbeitete, war es ein Trost.

»Du scheinst manchmal zu glauben«, sagte er, »ich hätte keine Gefühle.«

»Tut mir leid.«

»Ich schätze, du hast es mir heimgezahlt.« Er blieb stehen und wandte sich ihr mit erstaunlicher Eindringlichkeit zu. »Hast du?«

»Was meinst du damit?«, fragte sie verwirrt.

»Was hast du die ganze Zeit gemacht?«

»Welche ganze Zeit?«

»Heute Abend, in Gottes Namen! Anderthalb Stunden lang! Ich vermute, du wirst mir erzählen, ihr hättet das Aufnehmspiel gespielt. Was also? Was habt ihr gemacht?« Seine Stimme zitterte, aber nicht nur vor Wut. Sie schien aus der falschen Stelle aus ihm herauszubrechen, als würde sie unbeholfen hervorgepresst. Sein großer, stämmiger Körper sah absurd zerknautscht aus; in seiner Verzweiflung hatte er sich die Haare gerauft, und nun standen sie dünn nach oben und ließen die rosige Kopfhaut durchschimmern.

Sie setzte sich ein wenig auf. »Ich hab geredet«, sagte sie erstaunt.

»Du? Geredet?« Er lachte theatralisch, dann stieß er zu. »Worüber?«

»Weiß ich nicht mehr.«

»Wenn ihr anderthalb Stunden lang geredet habt, musst du doch wissen, worüber. Worüber?«

»Ich hab doch gesagt, dass ich mich nicht erinnere. Der Mann war ein Freund von Ralph, von Rackworth. Über den haben wir geredet, über die Party und …«

»Wo seid ihr hingegangen? Niemand wusste, wo ihr wart.«

»Wir sind in Ralphs Wohnung gegangen.«

»War da noch jemand?«

»Nein, aber …«

»Ihr habt also anderthalb Stunden lang in Ralphs Wohnung geredet. Allein. Während unten meine Freunde …«

»Oh, Rex, sei nicht albern! Ich habe mich unterhalten. Nur unterhalten.«

»Du bist mit diesem aufgepudelten Geck ins Bett gegangen«, rief er. »Oder?«

»Nein.«

»Was habt ihr dann gemacht? Was zur Hölle habt ihr die ganze Zeit gemacht?«

»Das habe ich schon gesagt«, rief sie. Ihre Stimmen erhoben sich zum Chor. »Nur geredet.«

»Das glaube ich dir nicht.«

»Warum glaubst du mir das nicht? Weil es nicht das ist, was du getan hättest?«

Sein Gesicht am Fuße des Bettes wirkte verstört. »Na schön«, sagte er. »Raus damit. Jetzt kommen wir zur Sache. Bringen wir es hinter uns, in Gottes Namen. Es ist nicht, was ich getan hätte.«

»Es tut mir leid«, sagte sie ruhig. Mit einer fließenden Bewegung glitt sie zurück aufs Bett. »Lass uns schlafen gehen. Es ist schon spät. Es tut mir leid.«

Er war so lange still, dass sie fast wieder eingeschlafen wäre. Als sie das unerbittliche »Ruth« hörte, kam es von sehr Nahem, war fast zärtlich. Wieder öffnete sie ihre Augen. Er kniete neben dem Bett, sein Gesicht nur Zentimeter von ihrem entfernt. Es ist wirklich wahr, dachte sie. Er hat tatsächlich Gefühle. Sie war verwirrt, nach so langer Zeit außerstande, das zu begreifen. Sie wusste, dass es ihm unangenehm war, dort zu kauern.

»Bitte, sag es mir.«

»Was soll ich dir sagen?« Beinahe hatte sie Angela vergessen. Was wollte er so dringend wissen? »Was soll ich dir sagen?«, wiederholte sie verzweifelt.

»Ich weiß«, sagte er unter großen Mühen, »dass bei uns alles schiefgelaufen ist. Du denkst, dass ich mich danebenbenommen habe. Ich hab mich danebenbenommen. Ich bin von Natur aus ein Mistkerl, das ist mein Problem.«

Ihr eines unter der Decke hervorschauendes Auge blickte alarmiert, misstrauisch. Versuchte er wieder, sie einzuwickeln? Sie suchte nach Anzeichen dafür, einer verzogenen Oberlippe, einem jungenhaften Blick von unten, das feiste, mittelalte Gesicht missbilligend und demütig und mitleiderregend. Aber er sah sie einfach nur an, mit leicht gerunzelter Stirn.

»Du hast mich heute morgen gefragt, ob ich mich einsam fühle. Und ja, das tue ich.«

»Ja«, sagte sie aufmerksam.

»Du musst kein angenehmer Mensch sein, um dich einsam zu fühlen, weißt du. Es ist sogar so: Je unangenehmer du bist, desto einsamer fühlst du dich.«

Sie nickte, die Augen noch immer wachsam auf ihn gerichtet.

»Und was du dann machst, um da wieder rauszukommen, ist noch unangenehmer als alles andere. Was nicht heißt, dass du nicht weißt, dass es das ist. Verstehst du?«

»Nein.«

Er seufzte. Er war zu schwer, um auf dem Boden zu hocken, und bekam einen Krampf. Er zog sich hoch und setzte sich auf die Bettkante. Sie bewegte ihre Beine zur Seite, machte Platz für ihn.

»Wegen diesem MacDermott«, sagte er, »gebe ich dir keine Schuld. Ich gebe mir selbst die Schuld. Ich möchte nicht, dass du denkst, ich gebe dir die Schuld, mehr nicht.«

»Weil du«, fragte sie, ohne recht zu wissen, was sie damit meinte, aber sie kannte ihn so gut, »dich dann besser fühlst?«

Er hatte ihr vergeben, und diese Vergebung, das wusste sie, war sehr wichtig. Sie gab ihm Selbstvertrauen, überbrückte die Leere zwischen ihnen, beruhigte ihn wegen aller Verbrechen, die er glaubte, begangen zu haben. Dass er ihr eine Tat vergeben konnte, die für ihn nachvollziehbar war, aber die sie leider nicht begangen hatte, könnte ihnen beiden etwas Frieden geben. Das verstand sie. Es war zu spät, aber sie verstand es.

»Tatsache ist«, sagte er gewichtig, »dass ich dich sehr gern hab.«

Sie behielt den sanften Ton bei. »Wegen heute Abend?«

»Heute habe ich es begriffen«, sagte er etwas vollmundig. Dann stieß er wieder zu. »Du gibst es also zu? Ich hab recht? Du hast dieses Schwein rangelassen? Ja?«

Sie konnte sich das Lächeln nicht verkneifen. Es war so unpassend wie ein Lächeln in der Kirche, auf einer Beerdigung, eine unkontrollierbare Wärme, die ein frömmelnd versteinertes Gesicht zum Schmelzen bringt. Als ein Schuldeingeständnis, das begriff sie, während sie den Kopf im Kissen verbarg, war das mehr als ausreichend.

»Also gut.« Er stand auf, seine Stimme klang matt. »Ich hab es dir gesagt. Ich gebe dir keine Schuld.«

»Aber …«

»Ich werde nicht mal anmerken, dass du dir passendere Umstände hättest aussuchen können. Oder an die Kinder hättest denken können. Besonders an Angela. Dass du an mich denkst, erwarte ich gar nicht erst.«

»Aber, Rex …«

»Ich verstehe, warum du es getan hast.« Seine Vergebung zog sich hin, womöglich könnte es noch Jahre so weitergehen. »Wir werden es nicht mehr erwähnen.«

»Gut«, hauchte sie und legte sich wieder hin.

Er begann sich auszuziehen. Von Zeit zu Zeit fiel ihm noch etwas ein, was er sagen könnte, und er hielt inne, die Krawatte auf Halbmast, ein Bein aus der Hose befreit, die Weste an einem Arm herabhängend; aber er überlegte es sich jedes Mal anders und machte weiter. Irgendwann stieg er ins Bett und löschte das Licht auf seiner Seite. Sie lagen in der Dunkelheit, wartend.

Schließlich bewegte er sich, seine Hand griff nach ihr.

»Wir könnten neu anfangen«, sagte er. »Nach all dem.«

Ein unwillkommenes, beinahe erbittert abgelehntes Entsetzen lähmte sie.

»Nein.«

Seine Hand erstarrte.

»Nicht jetzt«, sagte sie ins Kissen. »Bitte.«

Er ließ die Hand fallen und zog sie schnell zurück. »Alles klar«, sagte er. »Ich verstehe.« Seine Vernunft erfüllte ihn mit Ehrfurcht, mit Respekt für sich selbst. »Aber vielleicht ja später.«

Sie nickte in der Dunkelheit. Aber das Entsetzen blieb. Es bestimmte ihren Schlaf – sie murmelte, warf sich hin und her, schrie immer wieder auf – bis zum Morgen.

29

»Aber warum muss ich alleine gehen?«, fragte Angela. »Es ist so weit, und das im Stockdunkeln.«

»So weit ist es gar nicht. Und deine Fahrradlampe funktioniert, ich hab es ausprobiert.«

»Was ist mit dem Rückweg? Ich werde es diesen Hügel nach oben *schieben* müssen. Wirklich.«

Dieses Mal hatte es kein stürmisches Willkommen zum Ferienbeginn gegeben, keine Leckereien zum Tee oder Blumen im Schlafzimmer. Angela hatte ihre Bücher und ihre kleine Segeltuchtasche dabei, sie trug einen Rock und schwarze Wollstrümpfe. Der Rock wurde mit einer Sicherheitsnadel zusammengehalten, der klaffende Verschluss von einem langen, geflickten Medizinstudentenpullover verdeckt. Sie hatte ihr Haar mit einem dicken Gummiband zurückgebunden, und ihr Gesicht war abgehärmt, eingefallen vor Kälte.

»Außerdem«, sagte sie, »fühle ich mich hundeelend.«

»Dann fahre ich dich«, sagte Ruth unbehaglich. »Aber ich komme nicht mit rein. Verstehst du?«

»Das kommt mir alles so dämlich vor. Mitten in der Nacht etwas auszumauscheln, auch noch in Rackworth House. Hättest du nicht einen richtigen Arzt finden können?«

»Er ist ein richtiger Arzt.«

»Na, ich weiß nicht. Es wirkt alles ausgesprochen dämlich.«

Sie warf sich in einen Sessel, legte die Beine über die Lehne und begann, in der *Vogue* zu blättern. Alle Gefühle – Reue, Angst, Einsamkeit – schienen sich in schlechter Laune aufgelöst zu haben. Sie war auf jeden wütend und wusste nicht, warum. Auf ihre Mutter am meisten. Wenn ich verheiratet wäre, dachte sie verbittert, würde sie stricken. Sie wollte nicht verheiratet sein oder ein Kind bekommen, für das etwas gestrickt wird. Es ging einfach, etwas undeutlich, ums Prinzip. Da braucht jemand Zuwendung, und sie schicken dich auf deinem Fahrrad nach draußen, in die Dunkelheit, in den Nebel. Was für ein Empfang.

»Ich hab mir überlegt, dass wir morgen einkaufen gehen könnten«, sagte Ruth energisch. »Nachdem wir bei Fickstein waren.«

»O Gott, bitte nicht das volle Oxford-Street-Programm.«

»Wir gehen nur zu Harrods. Ich möchte Boxhandschuhe für Julian kaufen.«

»Ich wette, bei Harrods kriegst du keine Boxhandschuhe.«

»Oh, ich denke, doch.« Es war, als würde man ein schweres Gewicht einen Hügel hinaufschieben und dabei die ganze Zeit plaudern. »Was wünschst du dir zu Weihnachten?«

»Weiß ich nicht. Nichts.«

»Ich dachte, du würdest dich über ein Kleid freuen. Du weißt schon, für Partys. Ein hübsches.« Sie fühlte sich, als würde sie ein Totenhemd beschreiben.

»Wozu denn bloß? Ich trag auf Partys keine Kleider.«

»Was trägst du denn dann?«

»Ach, weiß ich nicht ...« Sie wandte sich finsteren Blickes wieder Nerz und Leder zu.

In ein paar Wochen, dachte Ruth und versuchte, sie nicht anzuschauen, wird sie anders sein. Wenn sie verheiratet wäre, würden wir vielleicht hier sitzen und über das Baby sprechen. Da hätten wir dann etwas, worüber wir reden könnten. Wird es ein Junge oder ein Mädchen, und hast du schon einen Namen? Du brauchst dir keine Sorgen machen, es ist nicht annähernd so schlimm, wie sie sagen, und außerdem vergisst du es. Das vergisst du auch. Nun, du brauchst mindestens drei Dutzend, und ich vermute, in der Entbindungsklinik wollen sie, dass sie gekennzeichnet sind. Das mach ich für dich. Nichts Schweres heben, du fährst auf keinen Fall mit dem Rad, ich fahre dich. Vielleicht stricke ich sogar etwas. Beide stricken, zwei Frauen am Kamin, die gähnend und redend darauf warten, dass die Monate vorüberziehen.

Stattdessen würde es gar nichts geben.

»Wie geht es Tony?«

»Gut.«

»Triffst du dich noch mit ihm?«

»Oh, um Himmels willen, was soll das werden, die Inquisition oder so was? Ich treffe mich manchmal mit ihm. Natürlich tue ich das.«

Miss de Beer kam mit einem Tablett voll Abendessen hinein. Es gab Eintopf, die Fleischbrocken und Karottenstücke schwammen in einer blassen, fettigen Flüssigkeit. Auf dem Beistelltisch war nicht genug Platz für alles, den Eintopf und die Teller, die Schüssel mit den zerfallenen Kartoffeln, die Schüssel mit dem zermatschten, triefenden Rosenkohl.

»Wie gemütlich«, sagte sie. »Abendessen am Feuer.«

Angela blickte mit Abscheu auf das Essen und verkroch sich hinter ihrer Zeitschrift.

»Mrs Whiting muss sehr glücklich sein, dass sie Sie wieder bei sich hat. Das sind Sie doch, oder, Mrs Whiting?«

»Und wie«, sagte Ruth und lächelte strahlend.

»Eine Tochter ist die beste Gesellschaft. Meine Mutter war meine engste Freundin. Kein Geheimnis, das wir nicht geteilt hätten. Es war schlimm, sie zu verlieren.«

»Das war es bestimmt«, sagte Ruth.

»Nehmen Sie später noch einen Kaffee?« Kaffee, das legte sie immer nahe, gehörte sich so.

»Nein, danke. Wir gehen noch einmal aus.«

»Aus?«

»Ja.«

»Bei diesem Nebel?«

»Ja.«

Es gab einen Moment des Zögerns. Miss de Beers Verstand arbeitete. »Und wenn Mr Whiting anruft, was sage ich ihm, wo er Sie erreichen kann?«

»Wir sind bis zehn zurück.«

»Ich verstehe. Ich werde auf Sie warten.«

»Bitte machen Sie sich keine Umstände.«

»Wenn Sie bei diesem Nebel ausgehen, um diese Uhrzeit, Mrs Whiting, dann ist Aufbleiben das Mindeste, was ich tun kann. Mr Whiting erwartet das von mir.«

Sie stelzte hinaus und ließ einen schmutzigen Topflappen zwischen den fest werdenden Mahlzeiten auf dem Tablett zurück.

»Warum ist diese schreckliche Frau immer noch hier? Warum können wir nicht in der Küche zu Abend essen wie sonst? Warum essen wir nicht einfach ein Ei oder so etwas?«

»Ich weiß es nicht!«, wollte Ruth schreien. »Um Gottes Willen, Kind, ich weiß es nicht!« Stattdessen sagte sie, während sie sich zusammengekauert das abstoßende Essen auftat: »Wo lässt du deinen Teller? Auf dem Schoß?«

»Schon vom Anblick wird mir schlecht.«

Alleine und schweigend kämpfte sich Ruth durch die Mahlzeit. Sie fühlte sich seltsam, als würde sie etwas Widerliches tun. Angela blätterte in einer weiteren alten *Vogue*. Von Zeit zu Zeit seufzte sie und rutschte unruhig im Sessel herum.

Ruth parkte das Auto in der Auffahrt, schaltete den Motor aus. Es tropfte von Blättern, und Nebel schloss sich um die Fenster. Das Massiv von Rackworth House war nicht zu sehen. Bis auf Angelas trauriges, unaufhörliches Schniefen war es still im Auto.

»Klingel einfach an der Tür«, sagte Ruth unbehaglich, »und sag, dass du gekommen bist, um Doktor MacDermott zu sehen.«

»Was, wenn niemand aufmacht?«

»Natürlich macht jemand auf.«

»Aber sie werden es sehr merkwürdig finden, dass ich

alleine komme. Ich kenne den Mann nicht. Ich kenne die Rackworths nicht. Wenn du mitkämst, wäre alles einfacher.«

Das klang vernünftig. »Ich kann es dir nicht erklären«, sagte Ruth.

»Ach, verdammt, da muss es ja weit gekommen sein, wenn *du* mal was nicht erklären kannst.« Sie weinte und kramte im nebligen Dunkel nach einem Taschentuch.

»*Irgendwas* von dem Ganzen musst du selber tun«, sagte Ruth verzweifelt.

»Ich gehe morgen alleine zu Fickstein. Mach ich wirklich. Du kannst solange einkaufen gehen oder was auch immer. Bitte.«

»Also gut.« Sie musste nachgeben.

»Nur, wenn es dir nichts ausmacht.«

»Natürlich macht es mir nichts aus. Jetzt komm.«

Die Tür wurde von einem kleinen, zitternden Mann in grüner Fließschürze geöffnet.

»Weihnachtssänger?«, fragte er, als er vorsichtig herausblinzelte.

»Nein, wir wollen zu Mr Rackworth«, sagte Ruth. »Aber vielleicht gibt es noch eine andere Tür …«

»Nein, nein. Kommen Sie rein. Ich habe nur gerade …« Er brauchte einen Moment, um sich zu erinnern, dann bekam er es triumphierend zu fassen: »… das Silber geputzt. Scheußliche, kalte Aufgabe. Kann man die Bediensteten heutzutage nicht mehr zu bringen.«

Im Flur hallte es, die Flügeltüren waren geschlossen. Er begann, die Treppen hinaufzusteigen, entschlossen wie eine Ameise, die eine Felswand hochkraxelte.

»Ein sehr glücklicher Umstand«, sagte er, »dass ich gerade … Silber geputzt habe. Deshalb habe ich die Glocke gehört. An einem Mittwoch oder Freitag hätte ich sie zum Beispiel nicht gehört. Ralphs Freunde nehmen natürlich den Seiteneingang.«

»Verzeihung«, sagte Ruth. »Das wusste ich nicht.«

»Gar kein Problem. Ich habe die Glocke ja gehört. Waren Sie letzte Woche auf dem Ball?«

»Dem Ball?«

»Mein Sohn Ralph hat einen Ball veranstaltet, wissen Sie. Absolut schauderhafter Lärm. Ich glaube, es war schlimmer«, er hielt inne, seine Hand zitternd um einen Türknauf gelegt, und dachte nach, »erheblich schlimmer, glaube ich, als in Zeiten meiner Mutter. Ja. Schlimmer. Erheblich schlimmer.«

»Oje«, sagte Ruth.

»Meine Frau hat es natürlich nicht gehört. Sie ist leicht taub.«

»Es tut mir sehr leid«, sagte Ruth mit einem Seitenblick auf Angela, sie wünschte, sie würde auch etwas sagen, »dass Sie uns den ganzen Weg bringen müssen.«

»Macht gar nichts. Ich dachte, die Weihnachtssänger wären etwas früh dran. Sie geben sich überhaupt keine Mühe, wissen Sie. Läuten einfach nur. Ohne zu singen. Also kann man nie wissen. Oder die Männer mit den Sachen von den Blinden, die auch, Haarbürsten und so weiter. Man geht immer hin und her.«

»Das muss anstrengend sein.«

»Es ist ja sonst kaum etwas zu tun. Silber putzen. Die

Tür öffnen. Ab und zu eine Partie Domino. Die Begonien abstauben.«

»Was?«

»Ein bisschen Ausästen. Wir führen ein ruhiges Leben, zum Glück ohne Radio. Sie kommen aus London, nehme ich an?«

»Nein. Nein, wir leben auf dem Common.«

»Ah ja.« Er versuchte es, aber konnte nichts damit anfangen. Er schaute Angela milde an. »Und Ihre Mutter ist wohlauf?«

»Das ist meine Mutter«, sagte Angela aufgeschreckt.

»Natürlich. Wie dumm von mir.« Er blieb vor Ralphs Apartmenttür stehen. »Wen darf ich ankündigen?«

»Whiting«, murmelte Angela. »Mrs und Miss Whiting«, wiederholte sie deutlicher.

»Sehr erfreut, Sie kennenzulernen.« Er streckte eine magere kleine Hand aus, von Silberpolitur geschwärzt. »Vielleicht kommen Sie mal auf einen Tee vorbei. Im Frühling.«

Er verschwand den Korridor herunter.

»Wer war das denn bloß?«, keuchte Angela.

»Ich nehme an, das war General Rackworth.«

»Der ist doch verrückt!«

»Das tut mir leid«, sagte Ruth. »Ich meine, wenn er dich beunruhigt hat.«

»Ich verstehe nur nicht, warum das alles so sein muss, mehr nicht. Verrückte Generäle. Deine bizarren Freunde. Keine Erklärungen. Diese furchtbare Gruft.«

»Dir wäre die alte Frau in Cowley lieber?«

Sie sahen sich in schockiertem Schweigen an. Sie stritten erbittert wegen eines toten Kindes.

»Lass uns reingehen«, fauchte Angela. »Wo wir schon hier sind.«

Sie ging voran, und Ruth folgte ihr.

30

»Er ist nett«, sagte Angela.

»Ja.«

»Sie sind beide nett.«

»Freut mich, dass du sie magst.«

»Schätze, die sind vom anderen Ufer.«

»Das weiß ich nicht.« Sie steuerte das Auto auf die Fahrbahn, durch den Nebel.

»Auch egal, es ist jedenfalls gut, dass du ihn getroffen hast – auf dem Ball.«

Beide lachten kurz auf.

»Wie dem auch sei«, sagte Ruth. »Der erste Schritt ist getan.«

»Ja.«

Miss de Beer begegnete ihnen, als sie, zitternd und gähnend, durch die Hintertür hereinkamen.

»Mr Whiting hat angerufen«, sagte sie mit Befriedigung. »Und Mrs Tanner auch. Sie bittet um Ihren Rückruf.«

»Danke Ihnen.«

Miss de Beers Blick blieb an Angela hängen, am unfrankierten, aber adressierten Briefumschlag, den sie umklammert hielt.

»Brauchen Sie eine Briefmarke?«, fragte sie. »Ich hab jede Menge. Ich kann ihn morgen dem Briefträger mitgeben.«

»Nein, vielen Dank.«

»Es macht keine Umstände.«

Angela stopfte den Brief in ihre Tasche und verschwand aus der Küche.

»Morgen fahren wir in die Stadt«, sagte Ruth. »Um zehn nach acht. Wir machen uns das Frühstück selbst.« Alles zu erklären, was sie vorhatte, war anstrengender als das Vorhaben selbst. Sie wartete auf das unvermeidliche »In die Stadt? Morgen?« und nickte stumm.

»Ich hoffe, Sie sagen Mr Whiting Bescheid.«

Ruth murmelte »Gute Nacht« und ging zum Telefon. Ich muss sie loswerden, dachte sie. Ich ertrage es nicht. Sie wird es herausfinden, ich weiß es.

»Jane?«

»Ruth. Du warst unterwegs.« Die Stimme war zutiefst vorwurfsvoll.

»Tut mir leid.« Sie würde nichts mehr erklären. »Du wolltest mich sprechen?«

»Hast du das mit Robert gehört? Du hast, oder? Ich nehme an, du warst deswegen unterwegs. Ist es nicht *furchtbar?*«

Ruth setzte sich. So unerklärlicher- wie energischerweise wollte sie nichts von Robert wissen. Sie war müde. Sie wollte nichts hören. Sie raffte ihr Unwissen zusammen wie eine kleine, unzureichende Bedeckung.

»Nein«, sagte sie. »Was ist mit ihm?«

»Meine Liebe, er ist im *Krankenhaus!*«

»Krank?«

»Schädelbruch. Betty war's, offenbar hat sie ihn fast umgebracht, kannst du dir das *vorstellen?*«

»Oh, nein«, sagte Ruth. Sie schloss die Augen. Da war Leere. »Das ist nicht wahr.«

»Doch, ist es. Er kam heute Abend nach Hause, ging durch die Eingangstür und Bumm. Sie hat es mit einer Uhr getan. Einfach so, ohne ein Wort. Dann hat sie John angerufen, und als er kam …«

»Woher weißt du das alles?«

»John ist auf dem Rückweg vom Krankenhaus auf einen Drink vorbeigekommen. Sie hat ihm alles erzählt.«

»Und er hat es dir erzählt«, sagte Ruth stumpfsinnig.

»Er war ganz verstört. Ich habe ihn noch nie so angefasst erlebt. Ich meine, wir sind doch schließlich alle Freunde. Gott weiß, dass keiner von uns irgendwelche Geheimnisse hat. Man kennt doch lieber die Tatsachen statt nur Gerüchte, hab ich immer gedacht.« Sie war forsch, bissig.

Hatte er ihnen von Angela erzählt? Hatte Jane?

»Und Betty?«, fragte sie. »Wie geht es ihr?«

»Gut. Hat ihm eine Tasche fürs Krankenhaus gepackt, hat keinmal gesagt, dass es ihr leidtäte oder so. Meg meint, es sind seltsame Dinge passiert auf der Party bei den Rackworths, und das war der Auslöser von allem, obwohl jeder weiß, dass Betty sowieso krankhaft eifersüchtig ist. Ich war zu sehr damit beschäftigt, Rex davon abzuhalten, den Laden auseinanderzunehmen, um etwas zu bemerken.«

»Nun, du weißt ja, was los war.«

»Ja, *ich* schon. Aber sonst weiß es keiner. Ich muss schon sagen, du hast mittlerweile den schillerndsten Ruf, und natürlich kann sich niemand einen Reim darauf machen, was mit Angela ist und allem. Sie behaupten sogar, dass du und Robert …«

»Vielleicht«, unterbrach Ruth scharf, »wäre es besser, wenn wir es erklären würden.«

»Das mit Angela? Aber das kannst du nicht! Du würdest Maxine mit hineinziehen und alles!«

»Maxine? Warum?« Maxine schien am wenigsten bedeutsam, ein dummes, unkompliziertes Mädchen, fast vergessen.

»Na ja, ich meine … Also, auf jeden Fall geht es nicht! Was ist mit Rex? Was ist mit Angela, mal daran gedacht? Du wärst verrückt, es zu sagen!«

»Ich weiß. Armer Robert.«

»Ich muss schon sagen, es ist ziemlich was los. Erst dein kleines Drama, und jetzt wird Robert mit einer Uhr auf den Schädel gehauen, und dann diese *Orgie* am Samstag, ich weiß gar nicht, wo wir da hinkommen. War der junge Mann hilfreich?«

»Ja. Er hat eine Menge Lügen aufgeschrieben.«

»Na ja, am Ende ist es egal, ob es Lügen sind. Ist irgendwas nicht in Ordnung?«

»Nein, alles in Ordnung.« Sie gab sich große Mühe, auf sicheren Grund zu kommen. »Wie geht es Baby?«

»Oh, sie ist ein Monster, wie üblich …« Es funktionierte. Die Welt konnte zerbersten wie ein gespaltener Apfel und der Tod bevorstehen, ja, erwartet werden. Monde konnten über den Himmel jagen und Liebe dazu verdammt sein, an unmöglicher Stelle ums Überleben zu kämpfen. Und immer noch würde Baby eine niedliche Bemerkung lispeln, den

Spinat nicht essen, Gamaschen brauchen, die nirgends zu bekommen waren. Während sie zuhörte, fühlte Ruth sich in einen Kult hineingesogen, eine Gemeinschaft, in der Erwachsene nicht mehr alleine stehen konnten, sondern von ihren Kindern unterstützt wurden. Wie sollen wir gehen, denken, atmen, stöhnten sie, wenn wir an diesen lebendigen Krücken hängen? Aber ohne sie wäre das Leben zu gefährlich; eine Leere, in der es das Beängstigendste war, dass es keine Zeit gäbe, keine Wegmarken.

»... und dann kam sie natürlich schon um sieben und wollte Mrs Tiggy-winkle, also war ich um neun nach zwei Stunden Schlaf praktisch tot ...«

»Das kann ich mir vorstellen«, sagte Ruth. Sie dachte an die Johnsons, die ganz allein waren, bis auf ihren hysterischen Hund. Ein Hund nützte gar nichts. Der Hund hatte wahrscheinlich die ganze Sache mit angesehen und sich dabei gekratzt.

»Du weißt gar nicht, was du für ein Glück hast, dass deine fast erwachsen sind«, plapperte Jane, ohne es so zu meinen. »Und außerdem warst du so jung, selbst als Mike noch ein Baby war. Ich bin einfach zu alt, um bis zwei Uhr morgens Kaufmannsladen zu spielen, und ich mache es einfach nicht gern.«

»Warum tust du es dann?«

»Man kann doch nicht *Nein sagen*, meine Liebe!«

So ging es weiter. Es gab keinen Punkt, an dem man es anhalten konnte. Baby hatte alle Schwierigkeiten aufgelöst, alle Probleme auf einen bekömmlichen Schlag Quarkspeise in einer unzerstörbaren Aufbewahrungsschüssel reduziert.

Angela ging in ihrem Pyjama die Treppen nach oben und schaute nicht in den Spiegel. Miss de Beer betete darum, nicht in Versuchung geführt zu werden. Ralph Rackworth nahm MacDermotts Dame und fragte, wie jeden Abend: »Willst du wirklich weitermachen?« Überall auf dem Common waren Frauen, die nicht telefonierten, ängstlicher als sonst, verkrochen sich, um mit ihren kleinen Helfern Fernsehen zu schauen, schrieben ihren Kindern (»Nur noch zwölf Tage! Ist das nicht aufregend?«), machten Listen für Weihnachten. Bilder von Fahrrädern, Luftgewehren und Chemiebaukästen schwebten durch ihre angespannten Gemüter und wirkten auf wundersame Weise beruhigend. Bei uns ist alles in Ordnung, sagten sie sich, wir sind sicher; nichts kann uns je passieren. Sie sehnten sich nach ihren Männern und waren in dieser ungemütlichen Nacht fast wieder in sie verliebt.

Ruth saß für lange Zeit in ihrem Schlafzimmer. Die Johnsons und Angelas Baby gerieten in ihrem Kopf durcheinander, die sinnlose Vernichtung von etwas, das man liebte, zu sehr brauchte. Aber Angela liebte das Kind nicht. Wer konnte es auch lieben, einen Embryo, blind, seine seetanghaften Glieder noch nicht einmal beweglich. Es ist nicht meins, sagte sie sich immer wieder, es ist nicht meins. Und wenn sie ihn wirklich umgebracht hätte, selbst wenn sie das gewollt hatte, dann wäre jetzt nichts mehr für sie übrig. Sie hätte ihn nicht wieder zusammensetzen können. Niemals. Es wäre für immer geschehen; Robert, dieser ausnehmend sanfte, getriebene Mann, für immer weg. Das Töten selbst scheint ganz leicht zu sein – sie dachte an Zweige, die zwischen Fingern zerbrochen wurden, nichts als eine Handvoll

Müll, die man wegwarf –, aber hinterher ging es doch sicherlich für immer weiter, eine ewige Leere. Mord ist unwiderruflich. Sich das herauszunehmen heißt, sich für Gott zu halten, in der Lage zu sein, Unsterblichkeit zu gewähren. Aber, sagte sie sich verzweifelt, es ist nicht meins. Ich tue das nicht. Es ist nicht meins. Niemand ist Gott, und der Tod ist das Ende von allem. Aber wir müssen praktisch denken; uns den Tatsachen stellen; was auch passiert, nicht rührselig sein. Robert ist kein ungeborenes Kind. Er hat länger gelebt.

Es gab keinen Zusammenhang in ihren Gedanken; sie türmten sich unkontrolliert zu einer beängstigenden Vorstellung von Gewalt auf. Lange nachdem Angela eingeschlafen war, zusammengerollt und bewusstlos dalag wie ihr Kind, kämpfte sich Ruth durch einen Wachtraum, in dem MacDermott, Fickstein und die Johnsons sich am Tod labten und ihr sagten, sie solle mitmachen, das wäre das Vernünftige.

31

Am nächsten Morgen saß sie Angela im Zug gegenüber und war sich dessen bewusst, dass Robert im Krankenhaus war, dass ein Mann fehlte und vermutlich von niemandem vermisst wurde außer von ihr. Es kam ihr ungerecht vor, dass niemand auf ihn wartete, nach ihm Ausschau hielt, »Wo bleibt Johnson?« fragte. Er muss, überlegte sie, diesen Zug fünf Tage die Woche genommen haben, fünf Jahre lang, bis auf den einen Monat, in dem er und Betty sich gefährlich weit nach Portofino hinausgewagt hatten.

»Jackson hat ›Grippe‹«, sagte ein hagerer Mann in der Ecke, er hatte seine *Financial Times* gesenkt, um die Verkündung zu machen.

»Hab mir auch was eingefangen«, murmelte ein zitternder großer Mann hinter seinem gelben Schnauzbart. Er balancierte eine große Schachtel Papiertaschentücher auf seinen Knien und rupfte handvollweise davon heraus, eine Handvoll, um seine Nase zu putzen, eine weitere, um seinen Schnauzbart zu säubern; dann schob er das Fenster herunter, ließ sie fliegen und lehnte sich mit geschlossenen Augen zurück, bis er gequält die nächste Handvoll entnahm.

»Du gehörst ins Bett«, sagte der hagere Mann mitfühlend.

»Ich bin mitten in einer Verhandlung, zehnter Tag, sehr verzwickt. Typen wie Jackson können das machen.« Er nieste heftig. »Vor Gericht geht das nicht«, keuchte er. Er war sehr krank.

Meinen sie Jackson, fragte Ruth sich, oder Johnson? Wissen sie, dass Johnson umgebracht, beinahe von seiner Frau umgebracht wurde? Sie wollte es ihnen so gerne sagen.

Angela beugte sich vor und flüsterte dringlich: »Meinst du, wir könnten das Fenster öffnen?« Sie sah aus, als müsste sie sich übergeben. Ruth schob das Fenster ein paar Zentimeter runter, und Angela stand auf, atmete mit geöffnetem Mund Nebel und Dampf ein. Die beiden Männer starrten Ruth feindselig an. Sie gewährte ihnen ein ausdrucksloses Lächeln und schaute dann weg, säuberte energisch eine kleine Stelle auf dem beschlagenen Fenster und blickte mit unbewegtem, mildem Interesse hinaus.

Meine Tochter ist schwanger, könnte sie sagen, und deshalb ist ihr schlecht, besonders bei Ihrem Geschniefe. Endlich setzte Angela sich wieder. Sie litt eindeutig.

»Ich glaube, ich komme lieber mit dir«, sagte Ruth mit leiser Stimme.

Angela schüttelte den Kopf, ihre Hände auf den Bauch gepresst.

»Ich glaube, das wäre besser.«

Was sie als Mangel an Zuneigung empfunden hatte, war in Angela jetzt zu bitterer Befriedigung geworden. Es war unmöglich, zu artikulieren, was sie fühlte: Niemand liebt mich, niemand kümmert sich um mich, ich könnte genauso gut tot sein, ich werde in ekelhafte Züge gezwungen, will eine Wärmflasche, will Kakao, will Süßes und Liebe, wenn ich tot bin, wird es ihnen leidtun, aber wenn sie es so wollen, dann werde ich es ihnen schon zeigen, niemand interessiert sich dafür, was ich durchmache, und es wird ihnen noch leidtun … und so weiter, eine bodenlose Verzweiflung.

Niemanden, wiederholte sie hoffnungslos bei sich, kümmert es, ob ich tot bin oder nicht. Sie denkt nicht an ihr Kind oder ihre Karriere. Angela denkt nur an sich, dachte Ruth. Aber als jemand, die außen stand, eine Fremde, sah sie das nicht als Bedürfnis an, sondern als Unvollkommenheit.

»Hast du den Brief?«, fragte sie.

Angela nickte.

»Du wirst doch nicht …« Ruth warf einen Seitenblick auf die Männer und zögerte. »Lass ihn nicht denken, dass du …« Sie gab es auf und sank in ihren Sitz zurück. Sei nicht gleichgültig, hatte sie sagen wollen. Sitz nicht einfach so da, als wäre dir das alles egal. Aber sie konnte es nicht sagen. »Frag ihn, wie schnell er es machen kann. Ich meine, ob du über Weihnachten weg sein musst.«

»Aber ich kann Weihnachten nicht weg sein«, murmelte Angela. Jetzt war sie um das Herz des Jahres gebracht, selbst Weihnachten wurde ihr genommen, kein Strumpf, kein Baum, keine Geschenke, kein Glückspfennig im Pudding; verbannt, allein. Dass sie das zulassen konnten, es auch nur in Erwägung zogen, schien ihr der endgültige Verrat zu sein.

»Aber falls sie nichts finden …« Wieder schaute Ruth zu den beiden Männern. Der mit dem Schnauzbart schlief jetzt, sein massiges Gesicht wurde vom Zug durchgerüttelt; der andere schrieb etwas in ein kleines schwarzes Buch. »Falls sie vor Weihnachten keinen Ort finden können, dann …«

»Dann gehe ich danach.«

»Das kannst du nicht, er fährt weg, das habe ich dir gesagt.«

»Warum suchen wir uns dann nicht jemand anderes, um Himmels Willen?«

Der kranke Mann schreckte aus dem Schlaf; der hagere steckte sein Buch in die Brieftasche und setzte sorgfältig seinen Bowlerhut auf.

»Wir können uns jetzt niemand anderes mehr suchen«, sagte Ruth. »Das weißt du.«

Angela zuckte die Schultern. Zum ersten Mal wurde ihr klar, dass sie sich all dem verweigern könnte. Sie würde es nicht tun, natürlich nicht, aber sie könnte. Und was würden sie dann alle tun?

»Wie dem auch sei«, sagte sie steif. »Ich werde alleine gehen, wenn es dir nichts ausmacht. Das finde ich tatsächlich leichter.«

Der hagere Mann beugte sich plötzlich vor. Er hatte ein freundliches, verwittertes Lächeln. Sein Gesicht leuchtete mit einem ungesunden Schimmer in der Trübnis des Waggons.

»Verzeihen Sie«, sagte er, »aber ich kam nicht umhin, Ihr Gespräch mitzuhören. Darf ich Ihnen einen Rat geben?«

Ruth und Angela starrten ihn an.

»Denken Sie daran, sie werden Sie nicht fressen.«

Keine von ihnen sprach, ihre Lippen waren geöffnet, die Augen leer.

»Ich sehe so viele Mädchen. Leider kann ich es ihnen nicht sagen, aber wenn sie sich nur vorstellen würden, wie ich auf einer Bananenschale ausrutsche, wie ich ein Bad nehme – tja, das würde es für uns beide leichter machen. Ich hoffe, Sie verzeihen mir?«

»Ja«, sagte Ruth.

Er lehnte sich zufrieden zurück. Der Zug schlängelte sich in den schwarzen Bahnhof.

»Also dann«, sagte er, »viel Glück. Wir sehen uns heute Abend, Reg.«

Die beiden sprangen aus dem ausrollenden Zug und verschwanden.

»Ich vermute, du kanntest den Mann?«, fragte Angela bitter. Sie drückte sich in die Ecke, als wäre sie entschlossen, nicht aus dem Zug auszusteigen, als würde man sie dazu zwingen müssen.

»Natürlich nicht.«

»Ich vermute, du hast mit all deinen Freunden darüber getratscht. Ich vermute, jeder weiß es. Ich vermute, du tust jedem schrecklich leid …«

»Angela, sei nicht albern. Er dachte, du wärst …«

»Mir egal, was er gedacht hat! Mein Gott, ich wünschte, ich hätte es selbst in die Hand genommen, ich wünschte, ich wäre zu dieser Frau gegangen, ich wünschte, ich hätte es dir noch nicht mal gesagt.« Sie sprang auf, weinend. »*Du* würdest so etwas nie machen, du würdest niemals zu Fickstein, oder wie er auch heißt, gehen, du kämst nie in irgendein grauenhaftes Entbindungsheim! Bei dir ist alles in bester Ordnung, du hast in deinem ganzen Leben nicht so etwas getan, und du erwartest von mir, dass ich …«

Atemlos hielt sie inne, zerrte die Waggontür auf und ließ sich unbeholfen auf den Bahnsteig fallen.

»Wo gehst du hin?«, schrie Ruth und stolperte hinter ihr her. »Wo gehst du hin?«

»Zu dem verdammten Arzt! Das willst du doch, oder nicht?« Sie lief schwerfällig den Bahnsteig hinunter, schubste und kämpfte sich durch in dem Bemühen, ihrer Mutter zu entfliehen.

»Wir treffen uns zum Mittag bei Harrods …«, rief Ruth mit sterbender Stimme. Es war wie ein Wehklagen aus einer anderen Welt, ein verwirrter Schrei nach Vornehmheit und Behaglichkeit, der nicht weiter drang als ihre Atemwolke in der kalten Luft.

32

»Abtreibung ist illegal«, sagte Doktor Fickstein.

»Ja«, sagte Angela. »Ja, ich weiß.«

Er nickte, lehnte sich weit in seinem Stuhl nach hinten und musterte sie über seine gefalteten Hände hinweg. Er hatte ein trauriges, längliches Gesicht und weiches, farbloses Haar. Er kam ihr alt vor, aber tatsächlich war er um die fünfzig. Auf dem Schreibtisch standen kolorierte Fotografien einer Frau, ansonsten war er bis auf eine rosafarbene Schreibunterlage und eine grüne Tischlampe leer.

»Ich tue nichts Illegales«, sagte er. »Ich möchte, dass das klar ist.«

»Ist es«, sagte Angela. »Aber was immer Sie da tun, lassen Sie uns zur Sache kommen. Sie haben mich untersucht, und Sie haben den Brief. Was kommt als Nächstes?«

»Sie sind sehr ungeduldig.«

»Natürlich bin ich das. Ich will es hinter mich bringen.«

»Aber wir haben noch nicht festgestellt, dass wir es, wie Sie es ausdrücken, hinter uns bringen können, oder?«

»Haben wir nicht?«

»Nein.« Er beugte sich vor. Wenn sie kleinlaut und dankbar genug waren, konnte er ihnen vertrauen. Dieses Mädchen schien zu glauben, sie hätte ein Anrecht darauf, ihr Kind loszuwerden. Sie musste noch lernen, dass man auf gar nichts ein Anrecht hatte. Sie war, dachte er müde, eine typische Intellektuelle, unterentwickelt und schlicht. Sie hatte es wahrscheinlich noch nicht mal genossen.

Ehrliches Mitleid mit Frauen hatte seine ganze Karriere begründet, hatte seine Behandlungsräume in Wien mit einigen der exklusivsten Schwangerschaften Europas gefüllt. Ob er ein lebendes Kind entband oder einen Embryo entfernte, immer hatte er ihnen hinterher Blumen geschickt, Büsche von dornenlosen Rosen für die traurigen, weichen, schönen Geschöpfe, die von Männern entstellt worden waren. Er überzeugte sie davon, ihre Kinder nicht zu stillen, da er es nicht ertragen konnte, eine Brust falsch gebraucht zu sehen; wenn er konnte, band er ihre kleinen Eileiter zu Knoten, sodass sie nicht noch einmal leiden mussten. Verfolgung, Gefahr, Flucht und Internierung hatten diese sanfte Haltung nicht ändern können. Frauen waren seine Lieblinge, die vor den Verwüstungen der Geburt und aller Hässlichkeit zu beschützen waren. Der Sexualakt selbst war für ihn nur tolerierbar, wenn er mit so viel Könnerschaft vollzogen wurde, so viel Sorgfalt und Hinwendung zu den richtigen Zonen, Klimata und Meridianen, dass er mehr einer Expedition ähnelte als einer notwendigen Liebesbekundung.

Er hatte hart dafür gearbeitet, sich nach dem Krieg in London zu etablieren. Englische Frauen waren nicht immer leicht zu lieben, englische Ärzte waren unsensibel und vulgär, und die englischen Gesetze, die er nach außen einhalten musste, waren lächerlich. Jedes Mal, wenn er einem dieser unglücklichen Mädchen half, riskierte er seine gesamte Karriere. In den privaten Entbindungsheimen behandelte man ihn mit Geringschätzung, sogar mit Unverschämtheit. Seinen Patientinnen gab man die schlechtesten Zimmer, sie wurden von den Schwestern vernachlässigt und von den Oberinnen verachtet. Und er, dessen Klinik in Wien ein Vorbild für die Welt gewesen war, musste das hinnehmen. Für eine schöne, tränenreiche Frau war es das immer noch wert, aber …

»Sie sind so gar nicht wie Ihre Mutter«, sagte er traurig.

Angela wusste, was er meinte. Sie erwiderte nichts.

»Ich brauche noch ein psychologisches Gutachten, verstehen Sie?«

»Ich hätte es gerne vor Weihnachten erledigt.«

»Es wird auch vor Weihnachten erledigt werden müssen«, sagte er mit leichtem Trotz. »Ich fahre am 26. Dezember weg. In den Urlaub.«

Sie sah ihn mit aufflackerndem Interesse an. »Ach ja. Ich erinnere mich. Wann kann ich also zu diesem Psychologen?«

»Sie scheinen sehr sicher zu sein, dass sein Gutachten die Beendigung Ihrer Schwangerschaft empfehlen wird.«

»Wenn Sie mich da hinschicken, wird sein Gutachten das natürlich tun.« Sie stand auf und zog ihren Mantel an. »Ich meine, es sind doch nur lauter Lügen, oder? Ich bin völlig gesund und völlig zurechnungsfähig. Es gibt keinen Grund auf Erden, warum ich dieses Kind nicht austragen sollte, außer dass ich es nicht will. Das weiß doch jeder.«

»Das weiß nicht jeder«, sagte er verzweifelt. »Und wenn das Ihre Einstellung ist, so fürchte ich, dass ich nicht in der Lage bin, mich Ihres Falles anzunehmen. Meine liebe Miss Whiting, Sie müssen die *Rechtslage* verstehen.«

»Sie meinen, Sie wollen die Wahrheit nicht hören? Sie wollen sie noch nicht mal kennen?«

»Wenn Sie es so ausdrücken wollen – genau.«

»Aber ist das nicht etwas albern? Schließlich«, sie grinste ihn flüchtig an, er sah eine große Angst, »schließlich lege ich mein Leben in Ihre Hände.«

Er lächelte. »In dem Fall«, sagte er, »fürchte ich, dass ich Sie sehr lange in meinen Händen haben werde.«

Beide lachten leise. Sie sah hübscher aus, ihr Haar weniger strähnig, ihre Unbeholfenheit eher rührend.

»Nun denn«, sagte er. »Ich werde meinen Bericht und Doktor MacDermotts Brief an den Psychologen schicken, der sich üblicherweise um meine Patienten kümmert. Sein Name ist Doktor Worbright, seine Praxis ist am Cornwall Place … Ist etwas? Kennen Sie ihn?«

»Nein. Ich kenne nur jemanden, der am Cornwall Place arbeitet. Ein Zahnarzt.«

»Tja, das ist kaum überraschend. Meine Sekretärin wird Ihnen Bescheid geben, wann Doktor Worbright Sie empfangen kann. Ich denke, das wäre dann alles.«

»Vielen Dank.« Sie zögerte. Ihr wurde zum ersten Mal bewusst, dass er ein Risiko einging. »Wegen des Geldes …«, begann sie ungeschickt.

»Darüber sprechen wir später.« Er sah ihr lächelnd in die Augen, die noch vor ein paar Momenten feindselig und ehrlich gewesen waren. »Ich glaube, Ihre Mutter hat gesagt, dass der junge Mann dafür verantwortlich wäre.«

»Ja.« Sie bemerkte, dass sie attraktiv für ihn sein wollte. Sein langes Gesicht erschien ihr plötzlich schön und weise.

Seine Stimme war romantisch. Sie versah ihn mit all den Qualitäten des Mitgefühls und Verständnisses, mit denen sie vor langer Zeit die Geschichtslehrerin und den Schulseelsorger geschmückt hatte. Sie wünschte, sie könnte mit ihm über Tony reden. Für einen Moment träumte sie, dass Doktor Fickstein in sie verliebt war.

»Ja, dann«, sagte sie, während sie linkisch zur Tür ging, »vielen Dank. Auf Wiedersehen.«

Als sie weg war, seufzte er tief und wandte sich wieder seinem Schreibtisch zu. Er nahm MacDermotts Brief, betrachtete ihn und ließ ihn auf die saubere, rosafarbene Schreibunterlage fallen. Was für eine Dummheit. Ein achtzehnjähriges Mädchen – sie hätte vor Jahren zu ihm kommen sollen. Zweifelsohne war sie gegen Pocken geimpft worden. Die Wahrscheinlichkeit, dass sie schwanger werden könnte, war hundertmal größer als die, dass sie sich mit Pocken ansteckte. Die Verantwortungslosigkeit schmerzte ihn. Er konnte es wirklich nicht verstehen. Eine Ausschabung würde nicht einfach sein bei ihr, sie war bemerkenswert unreif für ihr Alter. In jedem Fall war es nicht so einfach, wie eine simple und vollkommen legale Vorkehrung zu treffen – ganz zu schweigen von den Kosten, dem Risiko, den emotionalen und psychologischen Gefahren, die damit verbunden waren, wenn ein Mädchen unvorbereitet und ungeschützt aufgewachsen war. Die Mutter war doch so jung. Nervös, das schon, aber intelligent. Warum hatte sie zugelassen, dass das passieren konnte? Warum?

Er lehnte sich zurück und rieb sich den Nacken, wo sein weißer Kragen in die Haut schnitt, er war ernsthaft ratlos.

Auf völlig unspirituelle Weise war er wie ein Priester, der Unglauben nicht verstehen konnte. Es bekümmerte ihn, dass die Leute so bemerkenswert, so unbegreiflich dumm sein konnten. Es machte ihn traurig.

Die Sprechstundenhilfe öffnete die Tür. »Mrs Bennett«, sagte sie knapp. Selbst sie verachtete ihn. Er schaute auf und sah eine wuchtige, mittelalte Frau im Pelzmantel, gefolgt von einem ängstlichen Mädchen. Das Mädchen trug einen albernen Hut. Von ihrer Mutter ausgesucht, ohne Frage. Er lächelte schwach. Abtreibung, Mrs Bennett, ist illegal. Ich möchte, dass das klar ist. Ich tue nichts Illegales.

»Guten Morgen«, seufzte er. »Bitte setzen Sie sich …«

33

God rest you merry, gentlemen,
Let nothing you dismay …

Die Krippen bei Woolworths waren von unzerbrechlichen Ochsen und unzerbrechlichen Hirten gesäumt. Eine rückhaltlose Besessenheit von Sauberkeit ließ die Läden schier platzen vor Wagenladungen von Reinigungszeug, Minen von Badesalz, Ozeanen von Essenz und Parfüm, Neuentwicklungen von Waschlappen und Schwämmen sowie tatkräftigen, sprudelnden, energetisierenden Chemikalien und genug Seife, um alle Sünden der Welt wegzuwaschen. Betty Johnson zog zu ihrer Mutter nach Deal, und der Lastwagen der British Railways fuhr wiederholt über das Common, beladen mit Schrankkoffern, die vorab mit dem Gepäcktransport geschickt wurden, verschlossen, unheilbringend, voller nützlicher Kladden und mühevoll bestickter Zierdeckchen.

Miss de Beer schnitt sich mit dem Brotmesser in den Finger. Wenn sie stirbt, sagte sie, gibt es niemanden, der zu ihrer Beerdigung kommt.

»Ich hab etwas für dich, Maxine. Eigentlich ist es ein Weihnachtsgeschenk.«

»Ein Weihnachtsgeschenk? Aber bis Weihnachten ist

es doch noch Wochen hin, Rex!… Oh, Rex, das wäre doch nicht nötig …«

»Na ja, ich dachte, sie würden dir gefallen.«

»Aber du hättest kein Geld für mich ausgeben sollen, wirklich nicht, ich fühle mich ganz *mies* dabei.«

»Willst du sie nicht anziehen?«

»Später. Ich ziehe sie gleich an.«

»Sie sind von Asprey.«

»Oh, Rex, das hättest du nicht tun sollen. Ich würde dir am liebsten einen richtig dicken Kuss – nein, Liebling, nicht *hier*. Bitte.«

»Ich dachte, wir könnten vielleicht ins Apartment zurück und dort zu Abend essen, es uns gemütlich machen …«

»Wir sehen mal, wonach uns ist! Cheers. Frohe Weihnachten.«

»Gott, mir graust es davor.«

»So darfst du nicht reden. Da werden doch all diese Kinder sein.«

»Nur zwei.«

»Na ja, und Angela. Sie ist im Grunde ja noch ein Kind. Denk doch nur daran, dass du ihnen einen Baum schenken kannst und all die hübschen Sachen dran und Geschenke. Und Strümpfe. Kriegen sie Strümpfe?«

»Keine Ahnung.«

»Also, das musst du doch wissen! Du solltest dich als Weihnachtsmann verkleiden. Daddy hat das immer gemacht. Du gäbst einen wunderbaren Weihnachtmann ab.«

»Es gibt keinen Grund, zickig zu sein.«

»Bin ich nicht. Ich denke nur darüber nach, was für eine

herrliche Zeit ihr haben werdet, während ich ganz alleine in London bin. Es ist nicht gerade schön für mich, so ganz alleine.«

»Wirst du nicht sein.«

»Aber natürlich werde ich das. Was meinst du mit ›wirst du nicht sein‹?«

»Du wirst schon jemanden finden. Diesen furchtbaren Herb. Irgendjemanden.«

»Oh, Rex, sei nicht so *albern*. Lass uns noch einen Drink nehmen. Ich wünschte, sie würden hier etwas Musik spielen. Ich bin recht sicher, dass das hier die ödeste Bar in ganz London ist.«

»Das tut mir leid. Wir gehen woandershin.«

»Wohin?«

»Nun, es gibt jede Menge Bars in London.«

»Ich weiß, dass es jede Menge Bars in London gibt.«

»Was hält dich dann davon ab, dorthin zu gehen? Ich hab dich drei Tage lang nicht gesehen. Was hast du gemacht? Zu Hause gesessen und gestrickt?«

»Nein, das habe ich nicht.«

»Was hast du dann gemacht? Was?«

»Oh, Rex, schrei mich nicht an. Du bist völlig albern.«

»Tut mir leid.«

»Cheers.«

»Cheers.«

»Wie es der Zufall will, habe ich Herb heute Morgen getroffen.«

»Oh.«

»Er kennt jemanden, der für die Besetzung eines Fernsehspiels verantwortlich ist. Es handelt von jugendlichen Straftätern, und da gibt es ein Mädchen. Er findet, ich könnte die Rolle übernehmen. Er sagt, ich sähe nicht einen Tag älter aus als achtzehn, und sie soll achtzehn sein. Ich mache mir einfach einen Pferdeschwanz, und Gott sei Dank habe ich eine gute Knochenstruktur. Wie dem auch sei, morgen treffe ich den Produzenten.«

»Oh. Gut.«

»Viel Geld gibt es nicht, natürlich nicht, aber es ist eine schöne Rolle. Da kann man Gefühl reinlegen. Du weißt schon, so richtig darin aufgehen. Die Mutter des Mädchens will sie auf die Straße setzen, aber natürlich lässt sie das nicht mit sich machen. Und dann stellt sich raus, dass die Teenager wirklich viel bessere Menschen sind als ihre Eltern, selbst wenn sie Rock 'n' Roll tanzen und alles. Herb sagt, das Stück sei in der Tradition von Paddy Chayefsky geschrieben.«

»Aha.«

»Du weißt nicht, wer Paddy Chayefsky ist, oder?«

»Nein. Und ich kann nicht behaupten, dass es mich sonderlich interessiert.«

»Offensichtlich tut es das nicht. Dich interessiert ziemlich vieles nicht, oder?«

»Stimmt, außer dich für immer im Apartment zu behalten …«

»Oh, Rex! Nie kann ich mit dir reden! Ich kann dir nie irgendwas erzählen. Du behandelst mich, als wäre ich ein … Kind oder so was.«

»Worüber willst du denn reden?«

»Ach, ich *weiß* doch nicht, worüber ich reden will.«

»Sprich drauflos, wenn du willst. Ich höre zu.«

»Du hörst überhaupt nicht zu! Du verstehst kein Wort von dem, was ich sage. Ich bin sehr sensibel, und …«

»Du meinst, Herb sagt, du seist sehr sensibel.«

»Ja, das tut er. Ich war sehr sensibel mit dir, oder nicht? Du hast gesagt, ich verstehe dich. Du hast mir leidgetan.«

»Dir leidgetan? Guter Gott. Warum?«

»Du weißt genau, warum. Weil du eine verrückte Frau hast und kein richtiges Zuhause.«

»Du hast keine Ahnung, wovon du sprichst. Du solltest lieber austrinken, und dann gehen wir zurück ins Apartment.«

»Hör dir mal zu!«

»Warum, was stimmt nicht?«

»Also wirklich, Rex … Oh, jetzt hör doch auf, mich die ganze Zeit zu begrapschen.«

»Sag mir nur, dass du mich magst. Komm schon. Sag mir etwas Nettes.«

»Oh, hör auf. Hör um Gottes Willen auf. Hol mir einfach noch einen Drink.«

»Du kriegst einen, wenn du mir sagst, dass … Maxine! Maxine! Warte. Ich hab es nicht so gemeint.«

»Dann hol mir einen Drink.«

»In Ordnung. Es tut mir leid. Ich hole dir einen Drink.«

O come, all ye faithful,
Joyful and triumphant,
O come ye, o come ye
To Bethlehem

Die Veteranen marschierten trompetend die Ramsbridge High Street hoch und runter, der Ansturm wurde lauter, wütender, nur noch zehn Tage zum Einkaufen, achtzig Stunden. Der Weihnachtskranz für die Eingangstür der Tanners wurde geliefert, und Baby äußerte eine Reihe niedlicher Ansichten über Jesus, die sie von der deutschen Haushaltshilfe übernommen hatte, die an jedem Adventssonntag eine neue Kerze anzündete und ihr Zimmer mit vertrocknenden Tannenbaumzweigen übersäte.

»O Gott, er ist unausstehlich. Ich halte es nicht aus, ich schwöre, ich schaffe es nicht. Warum schreit er die ganze Zeit?«

»Sei still ...«

»Warum soll ich still sein? Nur weil er mein Vater ist, hat er nicht das Recht ...«

»Wir wollen doch nicht, dass er denkt, irgendwas stimmt nicht, oder?«

»Worüber tuschelt ihr beiden schon wieder? Was stimmt mit euch nicht? Ist etwas? Was ist?«

»Nichts ist.«

»Was hast du mit deinen Haaren angestellt? Du siehst aus wie eine kranke Lehrerin. Warum wäschst du sie nicht oder so was?«

»Lass mich in Ruhe! Lass mich in Ruhe! Lass mich in Ruhe!«

»Was habe ich denn gesagt? Was habe ich jetzt wieder falsch gemacht?«

»Nichts, Rex. Gar nichts.«

»›Nichts, nichts, nichts!‹ Vielleicht gibt es euch gar

nicht? Vielleicht ist dieses ganze Haus nur ein Produkt meiner Fantasie? Ich komme müde nach Hause, nach einer Woche Arbeit, ich komme nach Hause und …«

»Es tut mir leid.«

»Ich will ja gar nicht wütend sein. Ich ertrage nur nicht, wie sie hier herumlungert. Immer lungert sie nur herum. Nie tut sie irgendwas.«

»Ich glaube – ich glaube, sie fährt vielleicht über Weihnachten weg.«

»Was? Angela?«

»Ja, sie …«

»Wohin? Mit wem? Sie stellt nicht irgendeinen Blödsinn mit diesem Jungen an, oder?«

»Was meinst du damit?«

»Der Gedanke ist dir wahrscheinlich noch gar nicht gekommen, oder? Du würdest sie freudestrahlend mit irgendeinem Jungen davonziehen lassen. Du würdest nicht einmal nachfragen. Du würdest sie einfach so gehen lassen und wärst dann überrascht, wenn sie schwanger zurückkäme. Wo fährt sie hin? Mit wem?«

»Ich – ich weiß nicht, es ist noch nichts fest vereinbart, es ist …«

»Nun, sie wird nicht fahren. Was ist mit den Jungs? Es ist Weihnachten. Kann sie nicht an Weihnachten bei ihrer eigenen Familie sein? Sag ihr, dass sie nicht fahren kann.«

»Warum sagst du es ihr nicht selbst?«

»Ja. Nun. Nun warten wir es mal ab. Um Himmels Willen, warum meckerst du die ganze Zeit an mir herum? Was ist los?«

»Nichts ist los, Rex. Das sage ich dir die ganze Zeit. Gar nichts.«

Once in royal David's city,
Stood a lowly cattle shed –

»Warum spielen sie immer dasselbe, die ganze Zeit dasselbe?«

»Du musst das Radio nicht den ganzen Tag laufen lassen.« Aber wenn es nicht das Radio war, waren es die Veteranen oder die Weihnachtssänger oder Miss de Beer, deren traurige Altstimme aus der Küche klang.

»Was gibt es hier denn sonst? Beer und ihre Familiengeschichten? Du mit deinen Listen, die du die ganze Zeit abhakst? Gott, es muss doch etwas *geben* …«

Es gibt doch etwas, wollte Ruth schreien, obwohl sie wusste, dass es eine Lüge wäre. Angela trug das Kind in ihrem Körper; Ruth trug es in ihrer Vorstellung. Für Angela war es eine nutzlose Wucherung, bereits tot. Für Ruth war es eine Vorstellung, ungeformt, eingefaltet und zusammengekrümmt, nur mit Überleben beschäftigt. Ihre Fantasie errichtete schützende Mauern um ihre Vorstellung von dem Kind. Nachts träumte sie von ihm, ein pflegeleichter, unbekümmerter Zwerg, vollständig bekleidet und erwachsen, es lächelte ihr über den Rand eines gewaltigen Tischs hinweg zu. »Sie wird überhaupt keine Mühe machen«, versicherte sie Rex. »Sie ist schon erwachsen.« Diese Träume entsetzten sie, denn in ihnen war es ihr Kind, und Angela gab es nicht.

»Es ist zehn Tage her, seit du bei Fickstein warst.«

»Ich weiß.«

»Hätte ich ihn anrufen sollen?«

»Warum solltest *du* ihn anrufen? Außerdem hat er mich gestern angerufen.«

»Oh. Das hast du mir gar nicht erzählt.«

»Ich weiß.«

»Tja … was hat er gesagt?«

Angela spielte am Radio herum. Zwischen *Jingle Bells* und *Religion für die Schule* füllte frenetisches Schreien die Luft, anscheinend die Zerstörung des Weltalls.

»Er sagte, ich hab am Mittwoch einen Termin bei Worbright.«

»Worbright?«

»Das ist der Psychologe. Hab ich dir *gesagt.* Du kannst dich ja wirklich an gar nichts erinnern.«

»Nun … wann am Mittwoch?«

»Elf. Aber ich kann alleine hingehen.«

»Mittwoch kommen die Jungs. Ihr Zug ist um halb eins da.«

»Ich verstehe nicht, welchen Zusammenhang es da gibt. Ich hab es dir gesagt. Ich kann alleine gehen.«

»Ich meinte damit – dass ich ohnehin nach London fahren werde.«

Sie sah sich in Angelas Zimmer um. Das Bett war ungemacht, der Tisch zugemüllt mit Büchern und Zeitungen und schmutzigen Tassen, die Ankleidekommode leer, der Papierkorb quoll über. Es war ein kalter, verhasster Raum, in dem nichts der Beachtung wert war, nichts jemals zu Ende gebracht wurde. Ruth fühlte, wie sich ihre Arme bewegten, sich zu einer hilflosen Geste des Mitleids öffneten.

»Also, wenn du möchtest, könnte ich mitkommen …«

»Es macht keinen Unterschied. Komm mit, wenn du willst. Mir egal.«

»Es tut mir leid. Es tut mir leid. Ich wünschte, ich könnte …«

»Du machst das wunderbar. Warum lässt du mich nicht in Ruhe?«

Sie schaltete das Radio wieder an und drehte die Lautstärke voll auf.

God rest you merry, gentlemen,
Let nothing you dismay

Ruth machte es aus. In der Stille schien es nichts zu sagen zu geben. Am Ende gab es für keine von ihnen einen Trost. Sie sahen sich an, erschrocken und unbehaglich.

»Ich helfe dir, dein Bett zu machen«, sagte Ruth und wandte sich ab. Aber sie machte es allein, als wäre es eine Bestrafung.

34

»Da gibt es noch etwas, das ich dir nicht gesagt habe«, sagte Angela. Ruth guckte fragend. Mehr brachte sie nicht zustande. Sie heiterte ihren Blick auf, hob ihre Mundwinkel ein bisschen, neigte den Kopf zur Seite. In ihr loderte Rebellion gegen diese Vorspiegelungen von Takt und Zartgefühl. Sie fragte nicht, was es war.

»Er ist am Cornwall Place. Dieser Doktor Worbright.«

»Oh.« Rex betrieb seine Praxis am Cornwall Place. Es war eine kurze, breite Straße, so überbevölkert von Ärzten, Zahnärzten, Psychiatern und Augenheilkundlern, dass viele von ihnen ihre Patienten in abgeteilten Kabinen oder Hohlräumen unter der Treppe sahen; die Wartezimmer waren ein Durcheinander an psychosomatischen Krankheiten, die wahrscheinlich jeder, den man zufällig anhand der Messingschilder draußen herauspickte, erfolgreich behandeln könnte. Es war daher nicht weiter bemerkenswert, dass Doktor Worbright am Cornwall Place praktizierte. »Welche Nummer?«, fragte sie und tat so, als wüsste sie nicht, wo das Problem wäre.

»Siebenunddreißig.«

»Dann ist es wenigstens auf der anderen Straßenseite«, sagte Ruth heiter.

»Ich dachte, du würdest nicht mitkommen, wenn du es weißt.«

»Hast du es mir deshalb nicht gesagt? Oder sagst du es mir deshalb?«

Angela sah weg. Irgendwann murmelte sie: »Du hast heute Morgen einen Brief von Tony bekommen, oder?«

»Ja.« Sie hatte ihn jetzt in ihrer Handtasche, während sie einander gegenüber im bekannten Zug saßen. Sie hätte ihn vernichten sollen, aber auf seltsame Weise schien das zu gnädig zu sein. Sie waren allein im Abteil, und sie hatte Angst, dass ihre Wut unkontrollierbar wäre, wenn sie sich erst mal gestattete zu sprechen. Sie verstärkte den Griff um ihre Handtasche und sah aus dem Fenster.

»Was – was hat er gesagt?«

»Nichts. Wirklich, nichts.«

»Ging es ums Geld?«

»Zum Teil.« Dann fügte sie schnell hinzu, flehentlich: »Hat er dir nicht geschrieben?«

»Oh, ja. Er schreibt mir. Ich hab nur gedacht …«

»Und was schreibt er dir?«

»Oh …, dass es ihm leidtut. Du weißt schon.«

»Und was denkst du darüber?«

»Warum willst du die ganze Zeit wissen, was ich denke? Das wolltest du früher nicht. Warum bohrst du ständig nach?«

Ruth senkte ihre Stimme. »Ich möchte wissen, was du denkst. Mehr nicht. Das würde es einfacher machen.«

»Also gut, wenn du es unbedingt wissen willst, ich denke gar nichts! Ich habe keine Meinung dazu, verstehst du? Es bringt nichts, eine von mir zu verlangen. Ich habe einfach keine!« Sie hatte angefangen zu schreien, ihre kalten, bloßen Hände klammerten sich aneinander.

»Wirst du das Doktor Worbright sagen?«

»Ich weiß nicht, was ich Worbright sagen werde!«

Wie üblich kamen sie abrupt vor einer Mauer des Schweigens zum Halten. Ruth öffnete ihre Handtasche und nahm den Brief heraus.

»Möchtest du ihn sehen?«, fragte sie sanft.

»Mir egal.«

»Bitte, lies ihn, wenn du willst.«

Angela schnappte sich den Brief, zog ihn aus dem Umschlag und begann zu lesen. Ruth beobachtete sie, aber ihr Gesicht veränderte sich nicht, zeigte keinen Abscheu. Sie las langsam, den Mund leicht geöffnet, wie ein Kind.

Liebe Mrs Whiting,
ich möchte mich aufrichtig dafür entschuldigen, dass ich Ihnen nicht früher geschrieben habe, aber ich war sehr beschäftigt und, wie Sie sich sicher vorstellen können, belastet mit der Sorge über diese höchst betrübliche Situation. Ich möchte direkt sagen, dass ich um meine Verantwortung in dieser Angelegenheit sehr genau weiß, und mir ist ebenfalls schmerzhaft bewusst, welchen Kummer ich über Sie und Ihre Familie gebracht habe. Und doch bin ich mir sicher, dass Sie meine Absicht begrüßen werden, wenn ich sage, dass ich es nicht vollkommen bereuen kann, da es ein wunderbarer Gedanke ist, dass neues Leben entsteht, selbst wenn die Umstände dergestalt sind, dass es unglücklich beendet werden muss, und das ist mir in den vergangenen Wochen ein gewisser Trost gewesen, und ich hoffe, dass es Ihnen genauso geht.

Wie die Dinge liegen, muss ich Sie leider höchst bedauerlicherweise darum bitten, vorerst die Kosten der Operation zu tragen, ich werde sie Ihnen natürlich erstatten, sobald ich dazu irgend in der Lage bin. Der Grund dafür ist, dass mein Freund, von dem ich gehofft hatte, das Geld zu bekommen, momentan außerstande ist, mir den Betrag zu leihen, da er beschlossen hat, Oxford zu verlassen und eine Schriftstellerkarriere anzustreben, was naturgemäß nicht unmittelbar profitabel ist. Wenn mein Vater von der Situation wüsste, müsste ich sofort das Haus verlassen und mir Arbeit suchen, da er in vielerlei Hinsicht ein bigotter und kleingeistiger Mann ist, obwohl er mir wahrscheinlich das Geld geben würde, wenn ich ihm die Lage erklären würde. Aber ich würde es unerträglich finden, dann von ihm weiterhin abhängig zu sein. Ich würde es tun und die Universität verlassen, wenn das notwendig ist, um zu verhindern, dass Angela ein ungewolltes Kind bekommt und Sie in finanzielle Schwierigkeiten geraten, aber ich hoffe, Sie verstehen, dass meine Karriere in Oxford für mich von größter Bedeutung ist und ich erst alle anderen Möglichkeiten probieren möchte, bevor ich zu solch extremen Maßnahmen greife.

Mein Gefühl sagt mir, dass es für uns alle leichter wäre, wenn Angela Mr Whiting die Lage erklären würde, da er eindeutig ein höchst vernünftiger und verständiger Vater ist, ganz anders als meiner. Ich habe ihr das ein paarmal vorgeschlagen, aber eingedenk der Umstände wäre es vielleicht hilfreich, wenn Sie Ihren Einfluss in dieser Angelegenheit geltend machen könnten. Ich möchte Sie in aller Aufrichtigkeit bitten, nicht zu denken, dass ich versuche, mich meiner Verantwortung zu entziehen, aber ich bin sicher, dass Sie einsehen werden, dass es für mich, wie die Dinge liegen, praktisch unmöglich ist, das Geld jetzt aufzubringen, ohne meine gesamte Laufbahn zu riskieren, und ich bin mir sicher, Mr Whiting wird das verstehen. Abschließend möchte ich noch einmal ausdrücken, wie außerordentlich leid es mir tut, Ihnen diesen ganzen Kummer anzutun. In gewisser Weise habe ich das Gefühl, dass es eine ausgleichende Gerechtigkeit gibt, denn während es zweifellos höchst schmerzhaft und bekümmernd für Angela ist, so ist sie zumindest in der Lage, in dieser Situation wirklich etwas zu tun, wohingegen ich sie allein ertragen und auch das Gefühl der Hilflosigkeit erdulden muss, was ziemlich überwältigend ist.

Ihr sehr ergebener
Anthony Bateman

Angela faltete den Brief langsam zusammen, schob ihn zurück in den Umschlag und reichte ihn Ruth. »Und?«, fragte sie. »Hast du das Geld?« Sie war ernst, aber nicht erschüttert.

»Nein«, sagte Ruth. Sie hielt den Brief in der Hand, unschlüssig, was damit zu tun sei. »Willst du es ihm sagen?«

»Daddy? Um Gottes Willen, nein. Das wäre das Ende.«

Ruth warf den Brief in ihre Handtasche. »Und was sollen wir deiner Meinung nach dann tun?«, fragte sie.

»Weiß ich nicht.« Sie leuchtete vor Eifer auf. »Kannst du es nicht von jemandem leihen?«

»Von wem?«

»Oh, keine Ahnung. Den Tanners. Jane Tanner. Sie haben einen Haufen Geld, oder nicht? Oder was ist mit diesem Rackworth-Typ, der dürfte in Geld schwimmen, und schließlich weiß er es ja bestimmt schon …«

»Nein«, sagte Ruth.

»Was?«

»Ich meine, ich kann nicht.«

»Warum nicht?«

»Weil …« Sie hatte einen tiefen Atemzug genommen, überzeugt davon, dass die Begründung eindeutig und unwiderlegbar sein würde. Sie war es nicht. Der Atem hing fest und kam als kurzer, entnervter Seufzer heraus. »Weil ich's nicht tun werde.«

»Du wirst nicht?« Angela starrte sie an, ihre Augen füllten sich mit Tränen. »Das heißt, du würdest es nicht mal tun, wenn es keinen anderen Weg gäbe?«

Ruth schüttelte den Kopf. Sie war stur; und für einen Moment sogar grausam. Tatsächlich hatte sie immer noch das Geld, das Rex ihr für Antibes gegeben hatte. Es würde ihm bald wieder einfallen, aber in der Zwischenzeit könnte sie es ausgeben, es war ihres. Warum nicht, wo sie doch so unzuverlässig war? Keine Sorge, Liebes. Ich billige deine Abtreibung stillschweigend, ich arrangiere sie, ich bezahle sie dir sogar.

Aber sie strauchelte unter der Last, gestattete sich selbst eine unwirksame Geste. »Warum sagst du es Rex nicht?«, fragte sie wütend. »Warum?«

»Aber das weißt du doch!« Das Mädchen war fassungslos. Nichts, niemand war verlässlich. Ihre Mutter war eine vollkommen Fremde. »Weil es nicht geht, ich meine, du weißt doch, dass man ihm unmöglich etwas erzählen kann …«

»Hast du es jemals versucht?«

»Hast du?«

Es war die gehässige, scharfe Erwiderung einer erwachsenen Frau. Zum ersten Mal hätte Ruth sagen können: »Ja, als ich ihm von dir erzählt habe.« Ihre Hände, fest ineinander verschlungen, lösten sich, wanderten ziellos über ihren Rock, strichen ihn glatt.

Sie fühlte sich benommen, als wäre sie gerade von einer Abbruchkante zurückgewichen, dem Ende der Welt. Nach ein paar Minuten sagte sie zögerlich: »Mach dir keine Sorgen wegen des Geldes. Ich bin mir sicher, wir können was arrangieren.«

»Gut.«

Sie sprachen nicht mehr, bis der Zug in Paddington einfuhr, aber die Spannung zwischen ihnen hatte sich, auf eine seltsame Weise, gelöst. Im Taxi zum Cornwall Place tuschelten sie, ganz verstohlen, als wären sie ein wenig betrunken.

»Also, wir müssen uns was überlegen, falls wir ihn sehen …«

»Na, wir sagen ihm, dass wir ihn besuchen wollten, ganz einfach.«

»Egal, er wird bestimmt damit beschäftigt sein, an irgendeiner Gräfin herumzubohren. Wir treffen wahrscheinlich auf diesen schrecklichen Craxton. Das wäre viel schlimmer.«

»Ich sehe nicht, wie wir es erklären können. Dass wir am Cornwall Place sind, meine ich.«

»Wir könnten uns was ausdenken. Wir könnten ihm sagen, dass wir deinetwegen da sind.«

»Wie meinst du das?«

»Sag ihm, dass *du* schwanger bist. Warum nicht? Das würde alle Probleme lösen, auch das mit dem Geld. Ich meine, er würde doch nicht wollen, dass du *jetzt noch* ein Kind bekommst, oder?«

Für einen Moment ging die Balance, hoch über der Realität schwebend, verloren. Da war nichts, nur Grauen. Ruth zog ihren Mund noch mehr in die Breite, lächelte. »Was für eine fabelhafte Idee.«

»Ja, oder?« Da sie triumphiert hatte, obwohl sie nicht so recht wusste, warum oder worüber, war Angela großzügig zumute. »Und immerhin ist es nicht unmöglich«, sagte sie. »Ich meine, es könnte schließlich stimmen, oder?«

Das Taxi hielt. Ruth sah Craxtons Auto am Bürgersteig parken. Sie schaute zum hohen Fenster im ersten Stock hinauf.

»Komm«, sagte Angela. »Jetzt komm schon.«

Aber Ruth ließ sich absichtlich Zeit damit, den Fahrer zu bezahlen. Selbst nachdem er davongefahren war, blieb sie am Bordstein stehen und verstaute ihr Wechselgeld, Silber in das eine Fach ihrer Geldbörse, Kupfer in das andere, dann steckte sie die Geldbörse in die Handtasche, verschloss diese und hängte sie über ihr Handgelenk, bevor sie sich umdrehte und die Stufen hinaufging. Die Tür war bereits offen, drinnen wartete Angela ungeduldig. Ruth schaute vom Eingang aus noch einmal zurück, als würde sie Rex dazu einladen, fast dazu bringen wollen, ans Fenster zu kommen. Jemand war bewusstlos da drinnen, Craxton hatte den Arm abgetupft, die Nadel hineingestochen und gewartet, während sich sein selbstsicheres Lächeln entfernte, sich mit der Ewigkeit verwirbelte. Rex arbeitete, entfernte ein kleines, zerfallendes Stück Knochen. Ewigkeit würde sich auf ihn senken; er würde warten, geduldig und beruhigend, bis die Verwirrung vorüber war; er würde an ihrem Ende sein. Da das Fenster leer blieb, war ihr einen Moment lang danach, über die Straße zu rennen und in diese monströse Intimität einzubrechen. Craxton kam aus dem Haus, lief die Treppe hinab und bückte sich, um die Tür seines Autos aufzuschließen. Sie eilte Angela hinterher, die dunkle Eingangshalle hinunter.

35

»Ich hatte meinen grünen Mantel«, sagte die Frau klagend. Sie trug einen Persianer und eine vierreihige Perlenkette eng um ihren dünnen Hals. »Ich hatte meinen grünen Mantel an, als ich heute Morgen aus dem Haus ging. Das weiß ich genau. Meinst du, ich hab ihn beim Friseur vergessen?«

»Ich weiß es nicht«, sagte ihre Freundin. Sie sah müde aus und trug einen kastanienbraunen Filzhut und ein Tweedkostüm, die Uniform der guten, sanftmütigen Frau. »Wir könnten dort anrufen.«

»Aber ich kann ihn nicht beim Friseur vergessen haben, oder? Ich meine, was hätte ich denn dann angehabt, als ich gegangen bin?«

»Lass uns einen Blick in den *Tatler* werfen«, sagte die Freundin. Die Frau zupfte ungetröstet an ihren Perlen und sah Ruth an, die wartete.

»Ich vermute, ich habe ihn irgendwo abgelegt«, sagte sie.

»Sieh mal«, sagte die Freundin eifrig, »da ist ein Foto von Bunty.«

»Kein besonders gutes.«

»Nein …«, urteilte die Freundin. »Nein, überhaupt kein gutes. Ihre Nase sieht überhaupt nicht so aus.«

»Oh, die Nase ist schon richtig. Es sind die Augen.«

»Ja, mit den Augen stimmt etwas nicht.«

»Ich hab ihn nicht am Empfang gelassen, oder?«

»Da haben wir schon gefragt, Liebes. Sie sagen, sie hätten ihn nicht gesehen.«

Die Frau lehnte sich zurück und knibbelte an ihrem Daumengelenk. Ihre Augen, dunkel, leuchtend, wachsam, schossen Blicke von einer Seite des düsteren Raumes zur anderen, als wollten sie etwas fangen.

»Hab ich ihn hier abgelegt«, fragte sie, »als wir gekommen sind?«

»Nein, Liebes. Du hattest deinen grünen Mantel nicht an, als wir gekommen sind.«

»Was hatte ich dann an?«

Zum ersten Mal blickte die Freundin zu Ruth hinüber. »Du hattest das an, was du trägst«, sagte sie munter. »Einen sehr schönen Mantel.«

»Den hier?« Die Frau hielt ein Stück des Mantels zwischen Daumen und Zeigefinger, ungläubig.

»Ja, Liebes. Oh, schau, hier ist was über das Bridgely-Geländerennen. Sieh nur, da ist Alison.«

»Alison wer?«

»Alison Blount-Montagu. Ihre Schwester hat diesen Griechen geheiratet, weißt du nicht mehr?«

»Ich bin so müde.«

»Ja, Liebes, wir rufen gleich ein Taxi. Wenn du dich etwas besser fühlst.«

»Ich bin so müde«, wiederholte die Frau bleiern. Sie war etwa in Ruths Alter, vielleicht jünger. Sie trug einen Ehering, und ihre Nägel waren sehr lang und sorgfältig lackiert.

Hungrig, misstrauisch und übermüdet durchleuchtete sie den Raum mit ihren glänzenden Augen. »Fortnums«, sagte sie. »Vielleicht habe ich ihn dort gelassen. Da haben wir Kaffee getrunken, oder nicht?«

»Nein, Liebes. Das war letzte Woche.«

»Wo waren wir dann heute Kaffee trinken?«

»Wir waren nirgendwo, weil heute um halb elf dein Termin war. Jetzt lass uns mal gucken, ob wir Annabels Hochzeit hier drin finden, ja?« Sie blätterte durch die Zeitschrift, als würde sich Annabel übermütig vor ihnen verstecken, wie eine Frau, die ein schwieriges Kind im Zaum hielt, eine Frau, die von ganzem Herzen an gutes Benehmen glaubte. Die Angespannte verlor den Glauben und das Interesse, als Annabel nicht zu finden war. Ihre Augen kehrten zu Ruth zurück, ein harter, kristallener Blick.

»Es macht einen wahnsinnig«, sagte sie, »wenn man etwas Wertvolles verliert. Das war mein Lieblingsmantel. Und jetzt«, sie zuckte ruhelos mit den Schultern, »ist er weg.«

Ruth lächelte, aber nur leicht, denn sie war nicht sicher, ob sie angesprochen war.

»Ich glaube, wir können jetzt gehen«, sagte die Freundin. »Fühlst du dich besser?«

»Es geht mir gut.«

»Dann kümmere ich mich um ein Taxi.« Sie ging hinaus und ließ die Tür offen stehen. Die Frau beugte sich vor und ratterte los.

»Würden Sie sie fragen? Ich weiß, dass er hier sein muss. Ich hatte ihn an, als ich kam. Ein grüner Mantel. Sie haben ihn irgendwo aufgehängt und dann vergessen, Sie wissen ja, wie viele Leute hier sind. Es ist nicht so, dass es mich stört, aber anlügen lasse ich mich nicht. Verstehen Sie das?«

»Ja«, sagte Ruth.

»Ich hasse Unehrlichkeit.«

»Ja.«

»Sehen Sie. Sie sagen mir die Wahrheit. Ist doch gar nicht schwer. Ich hatte den grünen Mantel an, als ich heute Morgen aus dem Haus gegangen bin.«

»Und dann haben Sie ihn dort vergessen«, sagte Ruth, »wo Sie sich diesen hier angezogen haben.«

»Hab ich das?« Wieder zupfte sie am Persianer. »Meinen Sie, das habe ich?«

»Ja«, sagte Ruth.

»Sie scheinen sich sehr sicher zu sein.«

»Es ist nun mal so: Wenn Sie vorhin den grünen anhatten, und jetzt tragen Sie den hier, müssen Sie sich irgendwo umgezogen haben.«

»Den einen an- und den anderen ausgezogen, meinen Sie?«

»Ja.«

»Ja. Ich verstehe.«

Die Freundin kam zurück, bereit für eine Auseinandersetzung mit ihr. Die Frau stand auf. Sie kicherte leise, während sie ihre Handschuhe und die Handtasche griff.

»Was bin ich doch für ein Dummchen«, sagte sie. »Das war letzte Woche, als ich den grünen Mantel anhatte. Deshalb dachte ich, ich hätte ihn bei Fortnums vergessen. Warum hast du mir das nicht gesagt?«

Die Freundin errötete; die Röte kroch ihren Hals hinunter, in den Kragen ihrer Kreppbluse. »Das Taxi ist da, Liebes. Ich würde mir an deiner Stelle keine Gedanken mehr über den Mantel machen.«

»Ich möchte nur wissen, warum du es mir nicht gesagt hast.«

Die Freundin sah aus, als würde sie gleich anfangen zu weinen. Sie war in einem klebrigen, unsichtbaren Netz gefangen. Sie schien erstickt zu werden. Was half es, sanftmütig zu sein? Sie bewegte ihre molligen Arme und stampfte zweimal mit den Füßen auf, als wäre ihr kalt oder als würde sie prüfen, ob der Boden tragen würde. »Das Taxi wartet, Bridget«, sagte sie.

Die Frau lächelte Ruth kurz an. »Sehen Sie?«, fragte sie. Sie ging schnell hinaus. Ruth blieb zurück, ihr Lächeln fixiert und bedeutungslos, ein zu spät gesendetes Signal.

Ich war auch so. Das könnte ich wieder sein. Oh, nein, ich werde nie wieder so sein.

Warum nicht? Das alles hier hat nichts wirklich geändert. Das Baby wird entsorgt werden. Angela wird wieder weggehen. Die Kinder werden wieder weggehen. Eines Abends, in ein paar Wochen, wirst du nach Hause fahren. Das Haus wird leer sein. Es wird Winter sein. Du wirst älter sein.

Aber es wird anders sein.

Warum?

Weil ich Angela näher sein werde. Ich habe sie fast eingeholt.

Aber Angela wird nicht da sein. Es ist zu spät. Sie ist weg. Du bist allein.

Aber Julian und Mike – ich liebe sie.

Dafür ist es auch zu spät. Alle sind weg. Es ist nicht dein Kind, weißt du.

Das weiß ich. Das weiß ich.

Tust du nicht. Du bildest dir ein, dass es dein Kind ist. Dass es geboren werden wird. Dass es heranwachsen wird. Dass du mit ihm durch das Common gehen wirst. Du tust so, als würde es für den Rest deines Lebens da sein. Nicht Angela, nicht Julian oder Mike, sondern dieses Kind.

Tue ich nicht. Tue ich nicht.

Es könnte deins sein. Es ist nicht unmöglich. Es könnte fast so sein.

Könnte es nicht. Ich will es nicht. Es wird sterben.

Ja, es wird sterben. Und was wirst du dann tun? Was wirst du tun? Das Haus wird leer sein. Es wird Winter sein. Du wirst älter sein.

Aber es wird anders sein.

Warum?

Weil … Oh, warum kommt sie nicht endlich? Was erzählt sie ihm denn bloß alles?

Sie stand auf und ging quer durch den Raum zum Fenster. Sie zog die Gardinen zurück und schaute raus auf die Straße. Nichts. Sie sah auf die Uhr, dachte darüber nach, ein Taxi zu rufen, war nervös, ob sie es rechtzeitig nach Waterloo schaffen würden. Sie ging wieder ans Fenster. Die langen weißen Vorhänge am Fenster im ersten Stock bewegten sich, wurden von Rex zur Seite geschoben, er schaute auf die Straße hinab, kraulte sein Kinn und strich sich über die Wange. Er sprach mit jemandem, blickte aber auf die Straße, als erwartete er jemand anderes. Er bewegte leicht seinen Kopf und schien sie direkt anzuschauen. Sie hob ihre Hand mit der zögerlichen, fast schüchternen Geste von jemandem, der in seinem Versteck ertappt wurde. Er sah auf die Uhr und ließ den Vorhang fallen.

»Was machst du denn da?«, fragte Angela.

»Wie lange das gedauert hat. Stunden.«

»Eigentlich fünfundzwanzig Minuten. Ich denke, ich habe ihn überzeugt, dass ich verrückt genug bin. Auf jeden Fall hat er gesagt, dass er sich mit Fickstein in Verbindung setzen wird.« Sie sah satt und zufrieden aus, als hätte Worbright ihr eine gute Mahlzeit vorgesetzt.

»Wie war er so?«

»Oh, ein ungepflegter kleiner Mann, aber man kann sehr gut mit ihm reden. Stell dir vor, für so etwas bezahlt zu werden. Ich hab ihm übrigens gesagt, er soll dir die Rechnung schicken, ich hoffe, das ist in Ordnung.«

»Ist in Ordnung«, sagte Ruth.

»Ich frag sie, ob sie uns ein Taxi rufen, ja?«

»Ja, in Ordnung.«

Angela legte ihren Arm um Ruths Schultern. »Tut mir leid, dass du dich gelangweilt hast«, sagte sie und umarmte Ruth, da ihre Freude dringend rausmusste. Und außerdem wollte sie wiedergutmachen, dass sie, als sie ins Wartezimmer zurückgekommen war und Ruth am Fenster hatte stehen sehen wie ein Kind an einem Regentag, gedacht hatte: wie unbedeutend sie aussieht, wie dumm.

36

Großartig, sagten die Jungs, was für ein Spaß, na los, schafft unsere Koffer ran, toll, wie absolut fantastisch. Wie ein paar übereifrige Aktienhändler, dachte Ruth und betrachtete verblüfft ihre Frisuren, ihre riesigen Hände. »Wie ein paar aufgedrehte Spinner«, sagte Angela voll Abscheu. Sie hatte Mike immer lieber gemocht als Julian, weil er kleiner war und sie gern zu haben schien. Jetzt waren sie nicht auseinanderzuhalten, ein einziger grauenhafter Lärm.

»Müsst ihr die *ganze Zeit* schreien?«, fragte sie, verzweifelnd.

»Sie schreien doch gar nicht«, sagte Ruth, schon taub.

»Wir haben so einen tollen Segelgleiter gebaut …«

»Oh, ein furchtbarer Reinfall. Er ist nicht einen Meter gesegelt.«

»Können wir auf die Bootsschau gehen?«

»Sind eure Zeugnisse schon gekommen?«

»Sag mal, Angela ist ganz schön fett geworden, oder?«

»Ich bin im Chor«, sagte Mike bescheiden. »Ich habe ein Solo gesungen.«

»Ja«, sagte Angela. »Das glaube ich.«

Überraschenderweise kam Miss de Beer sehr gut an. Es war schwer nachzuvollziehen, worin ihre Anziehungskraft lag, außer dass sie die Jungs mit einer gewissen Mannhaftigkeit, einem Mangel an Feinsinn beruhigte. Sie empfing sie mit Tee, gehaltvollen Felsenkeksen und Apfelkuchen, zwei Laib Brot und Butter sowie einem fragwürdigen Dosenfleisch, das sie selbst gemacht hatte. Angela ging auf ihr Zimmer, sie sagte, es sei nicht zu ertragen. Zum ersten Mal war Ruth froh über Miss de Beer. Sie saß am Tisch wie Besuch, während der schwarze Tee ausgeschenkt wurde, lächelte nervös und sah zu, wie das Brot verschwand.

»Es ist so schön, Kinder um sich zu haben«, sagte Miss de Beer, während sie energisch abwusch. »Ohne Kinder ist es kein Weihnachten, nicht wahr? Ich hab mir gedacht, dass ich morgen einen Kuchen backe, dann hätte ich am Montag Zeit für die Pasteten. Sie mögen bestimmt Kakao zum Abendbrot, oder?«

»Oh, ja«, sagte Ruth. »Sie lieben Kakao.«

Gerade waren sie mit ihren Fahrrädern draußen im Dunkeln. Sie hatten lauter kleine Teile hervorgeholt, den winzigen Schrank verwüstet, Pingpong gespielt, ein Bild von irgendeinem Bikinimädchen aufgehängt – warum? – und alle Lichter brennen lassen. Das Radio plärrte, und das Haus, dessen Türen alle offen standen bis auf Angelas, sah erschrocken aus, starr vor Schock. Das Telefon klingelte, und Julian flitzte durch die Küche in den Flur: »Ich geh ran!« Ruth wartete auf der Treppe. »Es ist ein Mann«, sagte er. »Für dich.«

Sie ging nach unten und lächelte ihn fröhlich an, während sie den Hörer nahm. Er wartete, lungerte herum, sein Haar ganz feucht.

»Ja?«

»Mrs Whiting?«

Sie erkannte das leise Murmeln sofort. Sie sah Julian an und legte ihre Hand über das Mundstück. »Wo ist Mike?«

Er zuckte mit den Schultern, lehnte sich gegen die Wand und schaute unbestimmt in Richtung Küche. Sie konnte ihm nicht sagen, dass er weggehen sollte. Sie drehte ihm den Rücken zu, als ob das etwas verbergen würde.

»Ja«, sagte sie. »Am Apparat.«

»Doktor Fickstein hier. Ich habe heute Nachmittag von Doktor Worbright gehört und hoffe, dass ich jetzt alles Notwendige in die Wege leiten kann.«

»Ja«, sagte sie. »Wann?«

»Es ist nicht immer leicht, ein Bett zu finden.«

»Nein, aber Sie fahren ja weg …«

»Am Donnerstag.«

»Also«, sie blickte hoffnungslos zu Julian, »müsste es vorher sein?«

»Natürlich. Spätestens am Dienstag. Könnten Sie sie am Dienstag nach London bringen?«

Aber das ist Heiligabend, dachte sie stumpf, wie soll das gehen? »Ja, natürlich. Aber, sehen Sie, es ist etwas schwierig …«

»Natürlich.« Er unterbrach sie, wollte davon nichts wissen. »Es hat länger gedauert, als ich dachte, wegen der Verzögerung am Anfang.«

»Verzögerung?«

»Sie hatten Schwierigkeiten, Ihren Arzt zu kontaktieren, wissen Sie noch?«

»Ja.« Sie übernahm die Verantwortung. »Ich weiß. Es geht nicht anders, ich weiß.«

»Ich hätte gedacht, ich würde Sie noch einmal sehen, um über das Honorar zu sprechen. Ich meine, Sie sagten, das sei geregelt?«

»Ja, ich …«

»Es wird hundertfünfzig Pfund kosten oder etwas in der Höhe. Ich möchte nicht, dass das überraschend kommt.«

»Und der … der Ort?«

»Ich hab noch keinen gefunden«, sagte er steif.

»Nein, ich meine, was wird der kosten?«

»Fünfzehn bis dreißig Pfund, das ist schwer zu sagen.«

»Könnten Sie einen Moment warten?« Sie bedeckte das Mundstück wieder und wandte sich zu Julian. »Kannst du bitte Mike holen«, sagte sie, »und dann mit ihm baden gehen?«

Er schlurfte den Flur hinunter und trödelte dabei. Sie beobachtete, wie er sich um das Treppengeländer schwang und dann unglaublich langsam die Stufen hinaufschlich.

»Tut mir leid«, sagte sie. »Wie lange – wie lange wird sie bleiben müssen?«

»Wenn alles glattläuft«, sagte er, »höchstens ein paar Tage.«

»Und wenn nicht?«

»Wir wollen doch nicht die Pferde scheu machen«, sagte er, vielleicht mit einem Hauch bösartigen Humors. »Ich denke, es wird keine Komplikationen geben. Bitte machen Sie das Mädchen nicht nervös.«

»Nein. Natürlich nicht. Sie geben mir dann Bescheid?«

»Das werde ich.«

Sie blickte verzweifelt aufs Telefon, verzweifelt zur

Treppe. Sie sah einen schwarzen Schuh und ein Bein, das entspannt vom Geländer herabhing.

»Liebling, was *machst* du da?« Es klang nach Frustration, schuldbewusst und nachgiebig, ohne Schneid.

»Warten.« Julian lag bäuchlings auf dem Geländer, wie im Bett.

»Worauf denn?«

»Mike.«

»Aber warum ...?«

Das Telefon klingelte wieder. Sie eilte zurück, als wollte sie das Geräusch eindämmen.

»Das war aber ein verdammt langes Gespräch«, sagte Rex.

»Was meinst du?«

»Bei dir war die letzte Viertelstunde besetzt.«

»Oh. Tut mir leid. Möchtest du ...?«

»Wer war das überhaupt?«

Julian ließ los und landete elegant auf dem Flurboden. Er sah plötzlich bedrückt aus, als würde er etwas vermissen.

»Julian steht hier«, sagte sie. »Möchtest du mit ihm sprechen?« Ohne auf eine Antwort zu warten, hielt sie ihm den Hörer hin und sagte: »Daddy ist dran. Er möchte dich sprechen.« Julian näherte sich eifrig. Er freut sich, dachte Ruth. Er möchte mit Rex sprechen. Mike kam mit vollem Mund aus der Küche.

»Sie macht fantastische Törtchen«, sagte er und lehnte sich gegen Ruth, als wäre sie ein Torpfosten, Füße übereinandergelegt, Wangen gewölbt, Hände in den Taschen. Sie fasste ihn an den Schultern, um sich zu stabilisieren.

»Das weiß ich nicht«, sagte Julian mit seiner höflichen, durchdringenden Stimme. »Irgendein Mann.« Er wandte sich an Ruth. »Wer war das am Telefon, Mum?«

Sie blinzelte. »Niemand«, sagte sie. Sie schob Mike ein bisschen nach vorne. »Lass uns nach oben gehen.«

»Ich will auch mit ihm reden«, sagte Mike, der sich entspannt bei ihr angelehnt hatte. Sie legte ihre Hand auf sein stoppeliges Haar, es war, wie einen Igel zu berühren.

»Oh, wie toll«, sagte Julian, »danke vielmals … kommst du morgen nach Hause? … Ja, richtig gut. Hier, Mike möchte auch mit dir reden …« Er gab Mike den Hörer, der ihn vorsichtig entgegennahm. »Hallo, Daddy? Hier ist Mike. Oh, ja, großartig, danke vielmals …«

Plötzlich, ohne Vorwarnung, füllten sich Ruths Augen mit Tränen. Ihre Augen brannten, als wären die Tränen aus Säure. Sie drehte den Kopf weg und stolperte ins Wohnzimmer. Im Widerschein des Feuers flackerte und glitzerte jeder metallische Gegenstand. Sie stand ganz starr, hielt den Kopf gesenkt und verletzte ihre Hände im Bemühen, jedes Geräusch zu unterdrücken. Sie hörte, wie Mike auflegte, aber sie kamen nicht herein. Sie flüsterten, unsicher, was sie tun, wohin sie gehen sollten. Sie hatte kein Taschentuch und wischte sich das Gesicht am Ärmel ab. Als sie in den Flur hinaustrat, warteten die Jungs auf sie, sahen sie aber nicht an. Sie sahen auch Angela nicht an, die traurig über den Gang näher kam. Sie wirkten sehr unbeholfen, von den beiden Frauen bei ihrem Gemurmel unterbrochen, von ihrer eigenen Welt abgeschnitten.

»Er hat mir ein Luftgewehr besorgt«, nuschelte Julian und zog die Schultern hoch.

»Das ist ja großartig«, sagte Ruth. Sie berührte sie leicht und lenkte sie an Angela vorbei, als ob es da am Rande eine gewisse Gefahr gäbe.

37

»Dienstag?«, fragte Angela. »Aber das ist Heiligabend.«

»Ich weiß. Vielleicht geht es früher. Vielleicht am Montag.« Es folgte eine lange Stille. »Also«, sagte Angela. Sie schaute mit dem hohlen Interesse einer Museumsbesucherin auf Ruths Schminktisch. Dann ging sie langsam zum offenen Schrank, zur Kommode und betrachtete sie. »Was werden wir sagen?«

»Ich denk mir etwas aus. Hast du nicht vielleicht jemanden, ich meine, eine Freundin?«

»Nicht so richtig.« Sie hatte ihr den Rücken zugewandt und untersuchte mit einer Fingerspitze die Spieluhr.

»Nun, uns fällt schon etwas ein.«

»Und das Geld? Wollen sie es nicht … vorher?«

»Das glaube ich nicht. Mach dir jedenfalls keine Sorgen.«

Es folgte eine weitere Stille, dann sagte sie plötzlich: »Also schön, dann gute Nacht.« Ihre Schulhausschuhe schlappten schnell den Flur hinunter, und dann schloss sich ihre Tür.

Am nächsten Morgen sah es aus, als wäre das Common für Publikumsverkehr geöffnet worden. Fahrräder schwebten zur frühen Stunde umher, und der blaue Wintertag klingelte vor Glocken und dünnen Schreien; Bäume zitterten, und die Gärtner suchten Zuflucht in ihren Hütten, während

Stechpalmen- und Tannenzweige abgeschlagen und nach drinnen geschleift wurden. Auf dem toten Adlerfarn wurde wieder herumgetrampelt, und ein roter Drachen tanzte am Himmel wie ein Sturmsignal. Statt geschmeidig aus den Garagen herauszurollen und schnell davonzufahren, glitten die sauberen schwarzen Autos heraus, hielten an, drehten um, hielten wieder und warteten darauf, dass ein Kind fand, was es verloren hatte, dass ihm wieder einfiel, was es vergessen hatte. Die Frauen trugen ein strahlendes, unkonzentriertes Lächeln. Was für ein Spaß, riefen sie, wenn sie aneinander vorbeigingen, ohne anzuhalten für Nachfragen oder Kaffee oder Neues von den ausländischen Haushaltshilfen. Was für ein Spaß, sie wieder zu Hause zu haben, oder nicht? Die Hilfen wurden aufgescheucht, hatten keine Zeit mehr, miteinander zu telefonieren, wurden aufmüpfig und sehnten sich nach zu Hause. Jane Tanner behielt Baby drinnen. Sie saßen in einer Art Belagerungszustand am Feuer, und jedes Mal, wenn sich die Tür öffnete, schreckten sie zusammen. Man sah Rackworths Jaguar durch das Common rasen, einen riesigen Weihnachtsbaum aus dem Kofferraum ragend. Die blassen, angespannten Gesichter der Insassen und ihre dunkle Kleidung ließen es wie eine Flucht aussehen.

Zur Teestunde hatte sich lediglich eine leichte Mattigkeit über alles gelegt. Die meisten Männer, die heute Abend nach Hause kamen, würden für zehn Tage bleiben. Die Frauen rannten aufgeregt herum, wie Nonnen, die zu einem weltlichen Ausflug gezwungen wurden. Zwischen ihren Männern und ihren Kindern wussten sie nicht, wo sie waren. Die Mengen an Essen machten sie, die sie an Frischkäse und

Cracker gewöhnt waren, krank. Die Aussicht, sich erklären zu müssen, so lange in der Öffentlichkeit zu leben, beunruhigte sie. Als die Ankunftszeit näher rückte, telefonierten sie miteinander, atemlos, als wäre es das letzte Mal.

»Wir müssen uns sehen … uns melden … komm auf einen Drink vorbei … ja, meld dich mal … ja, mach ich …«

Die Männer kamen, in raubeiniger Weihnachtsstimmung. Sie traten alle umwerfend hemdsärmelig auf, rieben ihre Hände und schlugen ihren Söhnen auf den Rücken, röhrten »Frohe Weihnachten« und stocherten im Feuer, öffneten den Portwein und ließen Päckchen stehen, die ihre Frauen verstecken sollten. Sie würden es sich gut gehen lassen, bei Gott, sie würden sich entspannen. Der Moment der Desillusionierung klaffte vor ihnen auf. Blind dafür hielten sie die Balance wie Clowns am Rande eines Abgrunds.

»Am zweiten Weihnachtstag schauen wir uns die Jagd an«, sagte Rex. Er hatte ihnen bereits das Märchenspiel versprochen, den Schießstand, Fahrstunden und eine schöne Sechzehn-Kilometer-Wanderung. Sie strahlten vor Freude.

»Toll«, sagten sie, »großartig.« Sie hingen an ihm dran, folgten ihm durch den Raum, feierten ihn wie einen Helden.

»Wir nehmen eure Mutter und eure Schwester auch mit. Wird ihnen guttun. Wir werden ein richtiger Trupp sein, was?«

Die Jungs schauten sich an und nickten gehorsam.

Ruth sagte schnell: »Ach, wir würden euch sicher nur den Spaß verderben.«

Die Jungs sahen fröhlicher aus.

»Das würdet ihr natürlich nicht.« Er baute sich vor

dem Feuer auf und lächelte Angela ermutigend an. »Angela würde sich freuen, wenn ihr auch mitkämt. Wir werden ein richtiger Trupp.«

»Ich fürchte«, sagte Angela, ohne von ihrem Buch aufzublicken, »dass ich ohnehin nicht hier sein werde.«

Die Stille war zu kurz, sie gab Ruth kaum Gelegenheit, Luft zu holen. Rex war starr geworden, versteinert in seiner großzügigen Geste. »Meinst du damit«, sagte er schwerfällig, »dass du vorhast, Weihnachten woanders zu verbringen?«

»Korrekt.« Sie blätterte um. Nur Ruth bemerkte, dass ihre Hand zitterte.

»Und darf ich fragen, wo?«

»Gewiss. Bei einer Freundin. Sie heißt Phyllis Brigson, und sie lebt bei ihrer Großmutter in Lichfield.« Sie blickte auf, wie um sich zu versichern, dass das ausreichend war. »Lichfield«, fügte sie unnötigerweise hinzu, »liegt in Staffordshire, glaube ich.«

Er wandte sich unsicher an Ruth.

»Wusstest du irgendwas davon?«

»Oh, ja«, sagte Ruth zu eifrig. »Ich hab dir schon erzählt, dass ...«

»Da das alles ohne mein Wissen arrangiert wurde«, er lächelte kalt, während er seine Hand auf Mikes Schulter legte, »gibt es dazu ja nichts mehr zu sagen, oder? Wer hat Lust auf eine Runde Pingpong?«

Er hatte es überstanden. Die Jungs bugsierten ihn nach oben wie eine Trophäe. Angela legte ihr Buch beiseite. »Na«, sagte sie, »das lief doch gut.«

»Ja. Wer ist Phyllis Brigson?«

»Die gibt es nicht. Also, ich hab sie erfunden. Sie hat ihm aber offenbar gereicht.« Ein Kindergrinsen huschte über ihr Gesicht.

Es war nicht länger falsch zu lügen. Wie Töten in Kriegszeiten war es nicht nur notwendig geworden, sondern ehrenhaft. Es war absurd, irgendeine Abneigung dagegen zu empfinden.

»Du hast nichts dagegen, oder?«, fragte Angela listig. »Was hätte ich sonst sagen sollen?«

»Nichts.«

»Es war auf jeden Fall ein voller Erfolg. Was glaubst du, warum hat er es so ruhig aufgenommen?«

»Oh, das weiß ich nicht.« Sie fühlte sich erstickt in dem überhitzten Raum. Sie öffnete ein Fenster, ließ es weit offenstehen, den Vorhang ungeschickt zur Seite geschoben. »Wegen der Jungs, nehme ich an.«

»Er mag sie sehr, oder?«

»Natürlich. Natürlich tut er das.«

»Aber mich hat er nie richtig gemocht.«

»Oh, Angela …«

»Nein. Es macht mir nichts aus. Ich frage mich nur, warum.«

»Natürlich mag er dich!«, sagte Ruth heftig. Ihr kam in den Sinn, dass die Unehrlichkeit nie unbewusst gewesen ist, nie einfach passiert; sie war immer absichtlich gewesen, so wie jetzt, die einzige Möglichkeit zu überleben. Die Gelegenheit, die Wahrheit auszusprechen, die Sprache zu benutzen, die dir als Kind beigebracht worden war, hatte sich nie ergeben.

»Ach ja«, sagte Angela, mit den Schultern zuckend, sich wieder ihrem Buch zuwendend, »du weißt, dass das nicht stimmt. Ist egal.«

In dieser Nacht, als alle Lichter gelöscht waren, spürte Ruth, wie sein ganzer schwerer Körper in Unruhe war, sich unbehaglich neben ihr im Bett bewegte. Sie lag ruhig da, aber seltsam matt, unfähig zu schlafen.

»Müde?«, fragte er.

Sie bewegte leicht ihren Kopf. Vor Jahren hätte diese Frage bedeutet, dass sie sich lieben sollten. Es gab nur zwei mögliche Antworten, Ja oder Nein. Für Rex war Unsicherheit dasselbe wie Ablehnung. »Müde?«, hatte er sie aufgefordert, bevor er sie berührte. Jetzt war sie unsicher, was er meinte, und sagte nichts.

»Schade, das mit Angela. Ich verstehe nicht, warum sie Weihnachten woanders sein will.«

»Oh, tja …« Ihre Hand berührte seine. Er bewegte sich nicht.

»Ich hab mich auf Weihnachten gefreut, darauf, die Jungs wieder dazuhaben. Was?«

»Ich hab nichts gesagt. Ich freue mich.«

Sie waren wieder still. Sie hatte sich nicht gerührt, und doch hatte sie das Gefühl, dass ihr Körper sich mehr in seine Nähe bewegt hatte. Ihr Hand lag offen da, ihre Lippen öffneten sich. In dieser Schwäche, diesem Frieden könnte es, wenn schon keinen Akt der Liebe, dann doch eine Geste der Versöhnung geben. Es war wie eine Übersetzung dieser Empfindung in Wasser, in Seegras, in etwas, das ohne Substanz dahintrieb – wenn sie sich jetzt bewegen oder sprechen würde, wäre der Bann gebrochen, dann wäre da nichts. Das Gefühl, eine Sehnsucht, die noch kein Begehren war, war so stark, dass sie, beinahe ängstlich, auf den Moment wartete, an dem es ihn erreichte und erkannt würde.

Er türmte die Bettdecke auf und drehte ihr den Rücken zu, wie ein Gebirge. »Also«, sagte er, »gute Nacht.«

Nach einer Minute sagte sie: »Gute Nacht, Rex«, und drehte sich auf ihre Seite, von ihm weg.

38

»Und wie geht es Ihrer Tochter, Mrs Whiting? Der auf der Vespa?«

Sie drehte sich um und schlug ihm dabei fast den Drink aus der Hand. Unerschütterlich, mit einem Lächeln wie ein Luchs, schaute Herb auf sie herunter.

Es war Sonntag, und Weihnachten hatte begonnen. Sie waren mit ihren Kindern gekommen. Eine Herde kleiner Mädchen wieherte und paradierte mit Schnüren als Zaumzeug auf dem Rasen herum. Im ersten Stock spielten Jungs in Tweedanzügen und gelben Westen schlecht gelaunt Pingpong oder blätterten in alten Ausgaben von *Landleben*. Ein paar Ältere waren auf der Party geblieben, standen im Weg und aßen Chips, ihre Kragen zu eng oder ihre Tweedröcke zu ausgebeult. Auf dem Flügel zitterte ein weiß-silberner Weihnachtsbaum und schüttelte seinen Raureif ab. Jede Oberfläche war mit Weihnachtskarten bedeckt. Die Gäste suchten nach ihren eigenen und waren beleidigt, wenn die Karten anderer Leute sie verdeckten. Alle aus dem Common waren gekommen, und sie tranken Champagner. Ihr Gastgeber war der Literaturagent, für den sich niemand besonders interessierte.

»Oh. Hallo«, erwiderte sie dümmlich. Und dann, noch dümmlicher: »Vespa?«

Er machte eine leichte Ausweichbewegung und entging so einem kleinen Jungen mit einem Tablett Häppchen.

»Sie sind für mich immer die, die einer Vespa hinterherwinkt.«

»Oh.« Sie trat etwas zurück und geriet in zwei Mädchen, die schweigend nebeneinander auf dem Sofa saßen. Sie lächelten knapp, als sie sich entschuldigte. Herb kam hinter ihr her. Er schien außerstande, ein Gespräch über eine Distanz von mehr als zehn Zentimetern hinweg zu führen.

»Und wie geht es Ihrer Freundin«, fragte sie hektisch, der Name war ihr gerade entfallen, »dem Mädchen, mit dem Sie letztes Mal hier waren?«

»Oh, Maxine.« Er nickte. Seine Augen waren wie Münder. »Oh, sie ist nicht mit dabei, meine Liebe. Sie müssen sich keine Sorgen machen.«

»Sorgen machen?«

»Ich bin alleine hier.«

»Aber weswegen sollte ich mir Sorgen machen?«

Als er lächelte, fiel ihr plötzlich ein, was er meinen könnte. Sie waren in eine schreckliche Intimität gezwungen. Er war ihr gefolgt, als sie hinter das Sofa zurückgewichen war, und jetzt waren sie vom Rest der Party abgeschnitten. Was hatte Maxine ihm erzählt? War er derjenige, der Doktor Fickstein für Maxine bezahlt hatte? Warum hat Jane nicht mich Maxine nach einem Arzt fragen lassen? Das Wort Erpressung schoss ihr durch den Kopf. Absurd. Sie kam vorsichtig darauf zurück, bewaffnet mit Ungläubigkeit.

»Sie haben meine Frage nicht beantwortet«, murmelte er, während er sie mit Blicken verschlang.

»Welche Frage? Oh, Sie meinen Angela.«

»Ganz richtig.«

»Es geht ihr gut. Sehr gut.«

»Ist sie hier?«

»Nein. Nein, sie muss arbeiten.«

»Letztes Mal musste sie auch arbeiten.«

»Tatsächlich? Nun, sie arbeitet wirklich viel.«

»Ich glaube, Sie halten sie unter Verschluss. Keine Konkurrenz. Habe ich recht?«

»Jetzt werden Sie nicht albern.«

Er duckte sich grotesk zusammen. »Es tut mir leid. Es war nicht meine Schuld, das wissen Sie, meine Liebe. Ich hab mein Bestes getan. Lassen Sie es nicht an mir aus.«

»Reden wir über Angela? Worüber reden wir?«

»Ach, kommen Sie schon. Es ist so ein schöner Tag, es ist Weihnachten, es gibt jede Menge Champagner. Lassen Sie es gut sein. Wie geht es Ihrem Mann?«

»Er steht da drüben. Warum gehen Sie nicht hin und unterhalten sich mit ihm?« Jane würde ihm gesagt haben, dass Rex von nichts wusste. Sie lehnte sich gegen die Rückseite des Sofas. Die kleinen Mädchen bäumten sich auf und wieherten, ihre Vorderbeine scharrten in der Luft.

»Nein, danke.«

»Warum nicht?«

»Vergessen Sie's«, sagte er. Er zuckte seine schmalen Schultern, ließ sie stehen und schlängelte sich zu Jane durch. Plötzlich tauchte Julian, der in seinen Schulanzug gekleidet war, hinter Ruths Rücken auf.

»Sie wollen, dass wir zum Mittagessen bleiben«, sagte er düster.

»Willst du das denn?«

»Mike will, ich nicht.«

»Dann musst du nicht.«

»Ich glaube, wenn Mike bleibt, muss ich auch.«

»Guck nicht so unglücklich. Was ist los?«

»Ach … nichts.«

Dann war sie wieder allein. Sie drehte sich langsam um und blickte in den Raum. Es war seit Monaten das erste Mal, dass sie sie alle sah. Sie waren anders. Oder war sie es, die anders war? Sie gehörte nicht länger zu ihnen. Aber hatte sie je dazugehört? Richard Tanner lächelte sie zaghaft an und drehte sich dann um. Er hätte sich bemerkbar gemacht, ihr eine Kusshand zugeworfen, sie herangewunken, wenn er sich nicht verändert hätte. Es konnte nicht an der Rackworth-Party liegen. Es war bestimmt, weil sie von Angela wussten. Sie wussten es alle, und sie bedauerten Rex, weil er es als Einziger nicht wusste. Seine eigene Tochter. Der arme Kerl.

Sie ging vorsichtig durch den Raum, streifte von Gruppe zu Gruppe.

»Oh, hallo, Ruth. Na ja, sie musste ohnehin den Schornstein reinigen lassen …«

»Hab dich eine Ewigkeit nicht gesehen, Ruth. Ich hole mir nur noch schnell ein Glas Champagner …«

»Geht es dir wieder besser? Das hoffe ich doch. Jedenfalls, als ich zurückkam, hatte sie noch nicht mal mit dem Abwasch angefangen …«

»Nun, Ruth. Du bist ja fast eine Fremde. Wie geht es der Familie?«

John Phillips mied sie nicht, sondern baute sich feist in

einer scharlachroten Weste vor ihr auf. Sie zog ihren Kopf ein, als käme sie irgendwie um ihn herum.

»Der geht es gut, danke. Ich wollte … ich wollte gerade gehen.«

»Du siehst gut aus.«

»Oh, es geht mir auch gut.«

»Und Angela?« Er hatte seine Stimme gesenkt; er schaute sie nicht an.

»Der geht es auch gut«, sagte sie, langsam und deutlich, als wäre er schwerhörig.

»Alles … in Ordnung?«

»Vollkommen in Ordnung.«

»Du hattest eine schwere Zeit«, murmelte er. »Das tut mir leid.«

Sie zitterte. »Du hättest helfen können. Hast du nicht getan. Du hast nur getratscht, wie alle anderen. Ich sehe nicht, wo dir etwas leidgetan hätte!«

»Du lieber Himmel, Ruth, was hätte *ich* denn tun können? Was hätte *ich* tun können?«

»Du hättest den Mund halten können.«

Er trat einen Schritt zurück, verblüfft. Sie schubste ihn weg. Jemand sagte sehr nah an ihr: »Das ist ekelhaft!«, ein leidenschaftlicher Anwurf. Aber niemand hielt sie auf. Sie zog ihren Mantel an, während sie über den Kies eilte, durch das Tor, raus auf das Common.

Sie ging schnell, ließ das Auto für Rex stehen. Der Untergrund war spröde, dünn, folienfeines Eis auf den Pfützen, Elstern und Eichelhäher steif gefroren auf ihren Galgenbalken. In der Ferne der Lärm von Kirchenglocken, von der blauen Luft gedämpft. Als sie lief, mit kleinen Schritten und behandschuhten Händen, schien sie zu weinen. Da waren keine Tränen. Sie wollte auf etwas einschlagen, die Arme des Adlerfarns ausreißen. Aber sie bewegte sich sittsam, als käme sie aus der Kirche. Sie wollte laut schreien, aber presste die Lippen zusammen … Sie begann zu rennen.

39

Und endlich begann sie zu rennen.

Als Angela sechs Jahre alt war, beschäftigte die Familie im Haus des Literaturagenten eine Gouvernante, eine große, magere Frau, leicht ungepflegt. Daher hatten sie eine kleine Gruppe gebildet, was für eine gute Idee, und die Kinder dort um neun Uhr abgegeben und um halb eins wieder abgeholt. Es waren wohlerzogene, kränkliche Kinder, acht oder neun Jahre alt. Ihre Eltern waren die letzte Generation der ursprünglichen Bewohner des Commons, jetzt waren sie in Wohnungen in Palace Gate gezogen oder verlebten ihren Ruhestand an der See, die Kinder waren verheiratet oder jedenfalls erwachsen.

Ruth war damals vierundzwanzig. Sie stillte einen jammernden, fleckigen Julian, inmitten halbfertiger Zimmer, in denen blanke Stromleitungen wie Kriechpflanzen aus der Decke wuchsen. Auf dem Common fand in diesen Zeiten so etwas wie eine Wiedervereinigung statt; jeder versuchte, so zu leben wie zuvor, einen Club zu reorganisieren, Dinge wieder ins Laufen zu bringen. Sie warfen ihre Zuckerrationen zusammen, um Marmelade zu kochen, und hatten keine Geheimnisse.

»Ich habe geregelt, dass Angela in diese Gruppe kommt. Sie kann Montag anfangen.«

»Aber warum?«

»Um sie zu unterstützen. Die anderen Kinder gehen auch alle hin.«

»Aber die sind viel älter!«

»Sie ist schon sechs, oder nicht? Bring sie Montag hin.«

Sie fuhr mit dem Rad, denn sie hatten kein Auto, Angela im Anhänger. Ließ Julian bei den Leuten, die im Haus der Tanners wohnten. Gewaltige, jetzt nicht mehr nachvollziehbare Probleme mit Zeit und Waschen und Kochen und Putzen und Radfahren, das schlaffe Gewicht hinter ihr in Tränen, ob sie hingingen oder zurückkamen.

»Bring sie bis zur Ecke, und dann soll sie alleine gehen. Es ist ein vollkommen gerader Weg. Grundgütiger, das Kind ist kein Baby mehr.«

Und eines sengend heißen Morgens, Kreuzottern im Gras und der Adlerfarn schrecklich still, waren die Leute im Haus der Tanners nach London gefahren. Sie war bis zur Ecke geradelt und hatte sich dann zu Angelas Höhe herabgebeugt und ihr den Weg gezeigt. Sie hatte den Wald aus Adlerfarn gesehen, kopfhoch. Das Kind war losgegangen, ganz krumm in einem kleinen Karokleid, die Füße in Sandalen durch den Sand schlurfend.

Warum war sie ihr gefolgt? Nur bis zur Wegbiegung, wo der Adlerfarn sie verstecken würde. Leise, in ein paar Metern Abstand, falls sie hinfallen sollte oder sich verlaufen. Falls sie Angst haben sollte?

Das Kind dachte, es wäre allein, und hatte zu weinen angefangen. Zuerst ein leises Seufzen und Stöhnen, dann wuchs es zu einem Sturzbach an Tränen heran. Sie hielt nicht an, sondern trottete wie angetrieben weiter. Ruth hinterher. Es geht ihr gut, sagte sie sich, es wird ihr gut gehen. Aber sie konnte sie nicht zurücklassen. Und sie auch nicht rufen. Sie lief hinterher, nutzlos, Zeugin einer großen Qual. Da. Aber ohne zu zeigen, dass sie da war. Und daher war sie, soweit es Angela betraf, überhaupt nicht da.

Nach kurzer Zeit hob das Kind einen Stock auf. Um sich zu verteidigen? Nein. Um sich durchzukämpfen. Sehr klein, verzweifelt, hatte sie auf den Adlerfarn zu beiden Seiten eingehauen.

»Ich schaff es nie! Ich schaff es nie!«

Sie dachte, dass niemand sie hörte. Sie schlug auf den Farn, stolperte voran.

Und wo ging sie hin? Zur mageren Gouvernante, die sie verachtete; zu den adretten Kindern, die sie hinterlistig kniffen. Zwanzig Meter vor dem Haus, der Schule, wo der Weg gerade zum Eingangstor führte, hielt Ruth an. Sie hätte losrennen und niederknien und das Kind umarmen können, sie trösten, ein Übermaß an Liebe versprechen. Sie hätte sich zumindest entschuldigen können. Aber sie blieb stehen, sah das Kind weitergehen, sah es den Stock fallen lassen und sich nach dem Torriegel strecken. Und für einen Augenblick empfand sie, wie schrecklich, eine Art Stolz.

»Wie bist du zurechtgekommen heute Morgen?«

»Gut.«

»Hat es dir nichts ausgemacht, alleine zu gehen?«

»Nein, hat mir nichts ausgemacht.«

»Gehst du morgen auch alleine?«

»Mach ich.«

Und endlich, befreit von Mitleid, Wut und Scham, begann sie zu rennen. Sie hatte zwölf Jahre gebraucht. Sie hatte ihr ganzes Leben gebraucht. Endlich begann sie zu rennen.

40

Der Zug war leer. Sie waren die einzigen Passagiere. Ein gleichmäßiger Regen fiel auf die Kohle und die Schlacke, schlug gegen die Eisenstreben, prasselte auf das Glasdach des Bahnhofs. Das Gleis war wie ein Pier; der Zug bewegte sich langsam durch ein Land und einen Himmel, die vor Wasser überflossen.

»Es ist kein bisschen weihnachtlich.«

»Nein.«

»Ich bin wirklich froh.«

»Ja. Ich bin auch froh.«

Sie sahen sich nicht an, lächelten nicht.

»Phyllis Brigson hat Wunder gewirkt. Er hat mir sogar ein bisschen Geld mitgegeben.«

»Sei nicht so streng mit ihm.«

»Bin ich nicht.« Sie lächelte schüchtern, blickte verstohlen zu ihrer Mutter. »Er ist eben wie Tony. Sie können nicht anders.«

»Nein. Ich weiß.«

»Ich dachte immer, da wäre noch etwas *mehr* an Tony. Du weißt schon, dass er noch eine unglaubliche Überraschung für mich bereithalten würde. Aber das hat er nicht. Da kam einfach nicht mehr. Ich meine – gar nichts.«

»Du machst dir nicht … du machst dir nicht so viele Gedanken wegen ihm?«

»Nein. Jetzt nicht.«

Der Zug raste mit enormer Geschwindigkeit durch den Regen, Dampf und Rauch ausstoßend. Signalflügel fielen, Weichen wurden gestellt, kleine Bahnhöfe rauschten vorbei, Schluchten leerer Straßen, Luftschlangen in einem strahlend hell erleuchteten Raum.

»Daddy hatte nichts dagegen, dass du mitkommst?«

»Nein. Ich glaube, es hat ihn eher gefreut. Er ist gerne mit den Jungs allein.«

»Ja. Ich weiß. Er ist gerne mit ihnen zusammen.«

»Er fühlt sich … sicher mit ihnen.«

»Ich weiß. Meinst du, ich bin deshalb anders? Ich meine, weil ihr nicht verheiratet wart.«

»Nein. Du bist überhaupt nicht anders. Wir waren anders zu dir, das ist alles.«

»Ja. Natürlich. Das wart ihr wohl.« Sie schaute auf ihre langen, bloßen Hände herunter. »Das wäre ich auch.«

»Lass uns nicht mehr darüber reden.«

»Warum?«

»Weil es jetzt … ich meine, jetzt ist es zu schwierig.«

»In Ordnung.«

»Hast du an deine Zahnbürste gedacht?«

»Ja. Aber ich hab deine Zahnpasta genommen. Die Jungs benutzen dieses scheußliche grüne Zeug.«

Denk nicht darüber nach, ob du das Richtige getan hast. Nichts ist richtig. Das Schlimmste ist, zu viel zu erwarten und nicht zu wissen, nicht erklärt zu bekommen, warum man so wenig kriegt. In Liebe wahrhaftig sein, ist richtig.

»Sei unbesorgt.«

»Ich mach mir keine Sorgen.«

»Doch, tust du. Du kannst mir nicht vorwerfen, dass ich mich ein bisschen aufgeregt habe. Als du es mir gesagt hast.«

»Natürlich nicht.«

»Du hast es ganz richtig gemacht. Hast du wirklich.«

»Dachte ich nicht. Ich meine, ich hatte nicht gedacht, dass ich es dir sagen würde.«

»Ich weiß. Deshalb hast du es ja richtig gemacht. Du hast es getan, um mir zu helfen. Und das hat es auch, denn siehst du …«

»Lass uns nicht jetzt darüber reden. Bitte.«

»Einverstanden.«

Angela wischte ein Guckloch ans Fenster.

»Weißt du, wo es ist? Das Entbindungsheim?«

»Ja, ich glaub schon.«

»Wird Fickstein da sein?«

»Nein. Erst heute Abend.«

»Was werden sie machen?«

»Wann?«

»Ich meine, wie werden sie es machen?«

»Sie … sie werden einfach deine Gebärmutter ausschaben. Das nennt sich Curettage. Ich glaube jedenfalls, dass es so heißt.«

»Tut es weh?«

»Nein. Sie geben dir eine Spritze. Du wirst gar nichts davon merken.«

Angela wurde still. O Gott, betete Ruth, lass es vorbei sein. Nein, lass es nicht vorbei sein. Lass sie nicht fühlen, dass sie allein ist. Lass mich nicht allein. Lass es überhaupt nicht geschehen.

Hinterher, dachte Angela, lass ich mir die Haare schneiden. Vielleicht lasse ich eine Dauerwelle machen. Nur die Spitzen.

»Weißt du noch, dieses Kleid, das du mir zu Weihnachten schenken wolltest?«

»Was?«

»Du hattest gesagt, du schenkst mir vielleicht ein Kleid zu Weihnachten.«

»Ach ja. Ja, richtig.«

»Also, ich hätte nichts dagegen. Ich meine, wenn du noch nichts anderes für mich hast.«

»Das hab ich sogar.« Die gesammelten Werke von Thomas Lovell Beddoes.

»Oh. Dann ist es egal.«

»Aber wir können dir trotzdem das Kleid besorgen, wenn du möchtest.«

»Ja, danke.«

Es passiert nicht. Es ist nicht Heiligabend. Wir gehen ein Kleid kaufen. Bei Harrods ist es so viel einfacher. Teuer, ich weiß, aber ich finde, es lohnt sich immer. Buchen Sie es auf mein Konto: Mrs Rex Whiting. Vielen Dank, Mrs Whiting. Und jetzt trinken wir Tee im Silver Grill; nicht mehr alleine, sondern eine Mutter und ihre Tochter wie andere Mütter und Töchter. Guck dir mal den Hut an, den diese Frau da trägt. Angela sagt: Los, komm, wir kaufen dir jetzt einen neuen Hut. Wir lächeln uns über die Kressesandwiches hinweg an, die Baisers wie Hochzeitstorte …

»Werden sie mich rasieren?«, fragte Angela.

»Ob sie …? Oh. Ja, ich denke schon.«

»Ich wünschte, es wäre schon vorbei.«

»Morgen um diese Zeit ist es das.«

»Ich weiß. Morgen um diese Zeit seid ihr alle in der Kirche.«

»In der Kirche?«

»Er zwingt uns doch immer dazu, in die Kirche zu gehen, oder nicht?«

»Ja. Ich schätze schon. Hab ich … vergessen.«

»Ihr habt kirchlich geheiratet, nicht wahr?«

»Ja.«

»Der Gedanke ist lustig, dass ich dabei war. In gewisser Weise, wenn du verstehst, was ich meine. Hast du Weiß getragen und all das?«

»Nein.«

»Was hattest du an?«

»Ein … so ein gemustertes Seidenkleid. Und einen braunen Hut.«

»Wie deprimierend. Ich nehme an, das lag an mir?«

»Nein, das lag nicht an dir, mein Vater, meine Eltern waren sehr wütend.«

»Das wette ich. Und seitdem hast du sie nicht gesehen.«

»Nein. Sie sind nie aus Irland zurückgekehrt.«

»Ich hab oft über sie nachgedacht. Ich meine, warum sind wir nicht zu ihnen gegangen und dort geblieben? Anderer Leute Großmütter … ich nehme an, deshalb hat Phyllis Brigson eine. Vielleicht ist sie in Wahrheit ich.«

»Wer?«

»Phyllis Brigson. Ich schätze, anders komme ich nicht an eine Großmutter in Lichfield.«

»Das tut mir leid.«

»Oh, das muss es nicht. Es hat mir nur was ausgemacht, als ich noch nichts davon wusste. Wirklich. Aber du möchtest nicht darüber reden, stimmt's?«

»Doch, natürlich, es ist nur so, dass ich noch nie darüber geredet habe, und ausgerechnet jetzt, heute … Sind wir schon an Reading vorbei?«

»Seit Ewigkeiten. Aber du musst doch mit ihm darüber gesprochen haben.«

»Nein.«

»Aber was hat er gedacht? Ich meine, was hat er über mich gedacht?«

»Ich weiß es nicht. Was würde Tony denken?«

»Tony denkt nie irgendwas, außer er will ins Bett oder ist wütend oder glaubt, dass jemand ihn nicht mag.«

»Dann hast du die Antwort.«

»Aber du hattest Julian, und danach hattest du Mike. Ich meine, warum?«

»Julian war nach dem Krieg. Mike war – keine Ahnung, um zu zeigen, dass wir es uns leisten konnten, alle anderen auf dem Common bekamen auch Babys. Er dachte, Mike würde ein Mädchen werden.«

»Das sind keine Gründe. Du wolltest sie. Oder nicht?«

»Ja, natürlich.«

»Du scheinst sie so sehr zu lieben.«

»Das tue ich. Natürlich tue ich das.«

»Waren sie dann keine Wiedergutmachung für – mich und alles andere?«

»Ich wünschte, du würdest aufhören, *ich* oder *für mich* zu sagen. Es lag nicht an *dir*.«

»Aber es fing damit an, dass ich geboren wurde.«

»Er war – das ist schwer zu erklären – eifersüchtig auf sie. Er hat damals zu Hause gelebt. Na ja, daran erinnerst du dich ja noch.«

»Nein.«

»Dann warst du wahrscheinlich in der Schule … schau mal, der Regen hat aufgehört. Wo sind wir?«

»Wie meinst du das, eifersüchtig auf sie?«

»Er dachte, ich würde sie, du weißt schon, verzärteln. Man küsst Jungs nicht, man nimmt sie nicht in den Arm, Jungs dürfen nicht weinen. Es gab immer Streit. Jede Nacht. Am Wochenende. Es ist Jahre her. Ich erinnere mich wirklich nicht mehr.«

»Doch, tust du. Er hat sie also aufs Internat geschickt, damit er dich für sich alleine haben konnte.«

»Nein, nicht für sich selbst. Ich meine, er mag sie sehr, du darfst nicht glauben … Nur mich wollte er nicht dabeihaben. Wenn sie weg waren, war es für ihn leichter. Er hat nicht gedacht, dass ich …«

»Hinter seinem Rücken etwas ausheckst. Lieber mit ihnen zusammen bist als mit ihm. Gott, er ist so ein Idiot.«

»Nein, das ist er nicht. Du darfst ihn nicht hassen …«

»Ich hasse ihn nicht. Ich halte ihn nur für einen Idioten. Er ist mir inzwischen völlig egal.«

»Aber …«

»Ist er wirklich. Ich muss nicht mit ihm zusammenleben. Oder mit Tony, Gott sei Dank. Ich fühle mich, ja, einfach fantastisch.«

»Das freut mich.«

»Oh, ich schätze, das klingt furchtbar. Aber so ist es nun mal. Arme, alte Mum, es muss schrecklich für dich gewesen sein. Wahrscheinlich hättest du besser *mich* abgetrieben. Nicht dass ich nicht froh wäre, dass du es nicht getan hast. Obwohl – wenn man es nicht weiß, ist es wahrscheinlich in Ordnung. Ziemlich deprimierend, wenn man genauer drüber nachdenkt.«

»Ja. Ist es.«

»Jetzt habe ich dich traurig gemacht. Das tut mir leid.«

»Hast du nicht. Ich wünschte nur, es wäre anders.«

»Wenn das alles hier vorbei ist, wird es das sein. Es wird ganz anders sein. Wirklich.«

»Ja … ja, das glaube ich auch.«

»So ist es schon besser.«

»Wir könnten über Ostern wegfahren«, sagte Ruth einen Augenblick später. »Irgendwohin ins Ausland. Ich bin mir sicher, Miss de Beer würde auf die Jungs aufpassen.«

»Oh, sie ist verrückt nach ihnen. Sie mögen sie auch, ich muss gestehen, ich hab keine Ahnung, warum.«

»Sollen wir das dann machen?«

»Na ja … also, das könnten wir. Ich weiß nicht.«

»Wir sind fast da.«

»Wir sind da. Komm.«

Sie stieg mit ihrer Segeltuchtasche aus dem Zug, dann

drehte sie sich um, um Ruth zu helfen. Bin ich eine alte Frau? Ein Weihnachtsbaum ragte über der schlurfenden, Regenmantel tragenden Menge empor. »I'm dreaming«, plärrte der Lautsprecher, »of a white Christmas ...« Der Taxifahrer hatte einen kleinen Mistelzweig über der Rückbank aufgehängt.

»Ich nehme an, bei Fickstein gibt es kein Weihnachten.«

»Nein.«

»Es muss unglaublich albern wirken auf Menschen, bei denen es das nicht gibt.«

»Nicht alberner als Pessach oder so etwas auf uns.«

»Na ja, das ist schon etwas anderes.«

Worüber reden wir? Warum denken wir nicht darüber nach, was demnächst passieren wird? Wir sorgen dafür, dass ein Kind umgebracht wird. Es liegt so still, ganz verborgen. Denk nicht so, das hat keine Bedeutung mehr. Dieses Kind hier wurde leben gelassen. Und sagt, dass es ihr einfach fantastisch geht. Kann ich ihre Hand nehmen? Sie muss wissen, dass ich froh bin.

»Auf jeden Fall«, hob sie mühsam an, »bin ich froh ...«

Angela wirbelte herum, spähte aus dem Rückfenster. »So ein Kleid hätte ich gern, wie das in dem Laden. Du weißt schon, eher schlicht mit tiefem Ausschnitt und Dreiviertelarm. In Malve.«

»Malve?«

»Guck dir mal das an.« Wichtel und Gnome rotierten mit manischer Präzision durch einen Wald eingetopfter Tannen. Der Weihnachtsmann gewaltig wie ein Gott darübergebeugt, lächelnd und ohne Gaben. Engel mit stummen Trompeten. Clowns, die sich vor stummem Lachen schüttelten. Eine Kirche mit großem, prophetischem Kreuz blinkte in Rot, Grün und Lila.

»Hast du einen Baum?«, fragte Angela.

»Ja, er … Daddy besorgt heute einen.«

»Dann schmückst du ihn wahrscheinlich heute Abend.«

»Das tue ich, ja.«

»Ach ja. Es macht mir wirklich nichts aus. Ich hoffe, die Jungs haben Spaß.«

»Das haben sie bestimmt.«

Das Taxi hielt vor einem großen Wohnhaus. Der Regen zerfurchte den Kies, durchnässte die ordentlich beschnittenen Buchsbäume.

»Sind wir da?«

»Ich glaube, ja.«

Ungläubig stiegen sie aus und standen im Regen, während Ruth den Fahrer bezahlte. Es dauerte ein paar Minuten, bevor jemand die Tür öffnete.

»Guten Morgen?«

»Guten Morgen. Ich bin mit meiner … mit Miss Whiting hier.«

»Oh. Ja. Doktor Ficksteins Patientin. Kommen Sie bitte herein.«

Die Eingangshalle war im Tudorstil erbaut und hing voller Papierglocken und Kugeln und Sterne. Ein akkurat geschichtetes, leuchtendes Feuer brannte auf einem verzierten Gitterrost. Es gab ein Gästebuch und einen künstlichen Weihnachtsbaum. Die Krankenschwester ging fort. Es war vollkommen still.

»Ich glaube, es ist ganz leer«, flüsterte Angela. »Oder sie sind alle tot.«

»Es ist eigentlich ganz hübsch hier.«

»Ich dachte, hier wären Bettpfannen und so. Du weißt schon. Desinfektionsmittel.«

Es war unmöglich, in der Stille zu flüstern. Sie lehnten sich auf den bezogenen Stühlen zurück, die man ihnen zugewiesen hatte. Plötzlich beugte Angela sich vor.

»Was ist mit dem Geld?«

»Keine Sorge. Ich habe es.«

»Aber wie? Woher?«

»Ich sollte eigentlich nach Antibes fahren«, sagte Ruth. »Er hat mir zweihundert Pfund gegeben.«

»Aber will er die nicht zurückhaben?«

»Es war ein Geschenk.«

»Wird er nicht danach fragen?«

»Doch.« Ruth lächelte kurz. Beide schienen sie den entfernten Klang von Rex' Schreien zu hören: dünn, bedeutungslos wie das Brüllen eines fremden Kindes. »Aber du weißt ja«, sagte sie, »ich kann einfach nicht mit Geld umgehen. Überhaupt nicht.«

»Oh …«, sagte Angela und lehnte sich zu ihr, voller Mitleid, ein plötzlicher Anflug von Scham. Eine graue Frau mit unsicherem Blick kam die Treppen hinuntergerannt, die Hand ausgestreckt, als würde sie sie zu einer Preisverleihung begrüßen. Angela stand auf.

»Miss Whiting?«, fragte die Frau. »Miss Whiting? Was für ein scheußlicher Tag.«

Sie weiß, weshalb wir hier sind, warnte Ruth, blitzschnell, irrational beschützerisch. Vertrau ihr nicht. Geh nicht mit ihr. Lass uns verschwinden.

Aber Angela, ganz Respekt und gute Manieren, schüttelte ihr die Hand. Sie schien vollkommen entspannt zu sein.

»Ich bin Miss Holliwell. Nehmen Sie bitte Ihre Tasche mit, liebe …«

»Ja, Miss Holliwell.« Sie folgte der Frau die Treppen hinauf. Ruth eilte ihnen hinterher.

Sie kletterten. Sie gingen ins Dachgeschoss. Angela, rief Ruth lautlos. Komm zurück.

»Manchmal«, keuchte Miss Holliwell, »wenn ich diese Treppen zur Entbindungsstation hinauflaufen muss, glaube ich, dass ich nie dort ankommen werde. Leider kann man hier keinen Aufzug einbauen, wegen der Konstruktion des …« Sie gab auf. Sie trotteten im Gänsemarsch weiter. Der Regen trommelte auf ein Dachfenster.

»Hier wäre dann Ihr Zimmer, meine Liebe. Hübsch und nah am Operationssaal. Ich denke, Sie werden sich hier wohlfühlen.«

Ein dunkler Schrank, das gesprungene Zimmerfenster blickte auf eine Ziegelmauer. Ein eisernes Bettgestell. Abblätternde Farbe. Braune Flecken im Waschbecken. *Nein*, heulte Ruth.

»Gefällt mir«, sagte Angela. »Vielen Dank.«

»Ich sollte jetzt schlafen gehen. Die Schwester wird Ihnen um halb eins das Mittagessen bringen.«

»Diese ganzen Treppen hinauf?«, fragte Ruth ungestüm.

Angela und Miss Holliwell sahen sie an.

»Selbstverständlich«, sagte Miss Holliwell.

»Gibt es eine Klingel? Hat sie eine Klingel?«

»Die ist kaputt. Die Elektriker kümmern sich drum.«

»Aber was ist, wenn sie etwas braucht?«

»Es ist immer eine Schwester im Dienst.«

»Hier oben? Die ganze Zeit?«

»Also wirklich, Mummy«, sagte Angela. »Ich komme schon zurecht.«

»Gibt es ein Telefon?«

Angela seufzte trübselig.

»Nein«, sagte Miss Holliwell. »Ich fürchte, nicht. Dieser Raum wird normalerweise nicht genutzt, aber da wir ziemlich belegt sind und Doktor Fickstein sagte, dass es dringend sei …«

»Ja«, sagte Ruth. »Ich verstehe.« Sie setzte sich auf die Bettkante. Die Sprungfedern jammerten.

»Doktor Fickstein wird gegen neun hier sein.« Miss Holliwell sprach Angela direkt an. »Sie können es heute also ruhig angehen lassen. Ich hoffe, Sie haben viel zu lesen dabei.«

»So spät?«, fragte Ruth, mit wenig Hoffnung.

»Der Operationssaal ist den ganzen Tag belegt. Wir haben drei Mütter, die eine nach der anderen drankommen. Wir müssen warten, bis sie alle versorgt sind. Es ist eine Frage des Vorrangs.«

Sie meinen, die Entbindungsstation wird zum Operationssaal. Alles zusammengeworfen in denselben …

Sie blickte verzweifelt zu Angela auf. Die öffnete gerade ihre Tasche.

»Also dann«, sagte Miss Holliwell. »Ich muss zurück

zu meinen Babys. Ich sehe Sie dann heute Abend, meine Liebe.«

»Ja, Miss Holliwell.«

In der Stille packte Angela ihre Waschtasche und ihre Pantoffeln aus. Ich helfe ihr nicht, dachte Ruth. Ich hab das schon so oft getan. Du stehst auf und du sagst munter: Nun, Liebling, wir werden dich wiedersehen, bevor wir uns auch nur umgedreht haben. Du sagst: Also, dann gehe ich mal lieber. Und du guckst, als müsstest du irgendwohin. Du wirst nicht weinen oder klammern oder sagen: Komm mit. Bleib nicht hier. Du stehst auf – genau so – und lächelst – genau so – und beseitigst den Schmerz in deiner Kehle mit einem albernen, nervösen Husten.

»Also, Liebling … dann mache ich mich mal lieber auf den Weg.«

»Ja.«

»Ich ruf dich heute Abend an und frag, wie es dir geht.«

»Ach, das wird nicht nötig sein.«

»Und wir sehen dich dann am Freitag.«

»Ja.«

»Hast du alles, was du brauchst?«

»Ja, danke.«

»Ja dann …«

»Du verstehst das nicht«, sagte Angela sanft. »Ich *will* das hier. Ich bin froh. Denk nur daran, morgen werde ich aufwachen, und alles wird vorbei sein. Ich kann es kaum erwarten. Ich bin *froh*. Verstehst du?«

»Ja«, sagte Ruth. »Also dann, auf Wiedersehen.«

Sie streckte sich nach oben. Das Kind ließ sie klein erscheinen. Als Nächstes eilte sie die Treppen hinab, eilte die nasse Straße entlang, bog um Ecken, bog in andere Straßen, der Regen peitschte ihr ins Gesicht, die Straßen führten irgendwohin, sie mussten irgendwohin führen.

Was habe ich getan? Was habe ich getan? Nicht was werde ich tun, sondern, o Gott, was habe ich getan?

41

»Tja«, sagte der Fahrkartenkontrolleur, »das hätten wir an Weihnachten gut gebrauchen können.«

Hinter der Bahnhofstür wirbelte ein weicher, harmloser Schneesturm.

»Ja«, sagte Ruth, ihren Handschuh hinhaltend, »ja, das hätten wir.«

»Sind die jungen Herrschaften gut losgekommen?«

»Ja, das sind sie.«

»Sind jetzt bestimmt fünf Jahre, dass ich sehe, wie sie wieder wegfahren. Sie werden so schnell groß, oder?«

»Ja, das werden sie.«

»Ist erst mal seltsam ohne sie, nehme ich an.«

»Ja, das ist es.«

Sie brachte ihre Päckchen ins Gleichgewicht und ging in Richtung Bahnhofstür. Für einen Augenblick zögerte sie angesichts des Schnees, blieb am Rande stehen.

»Sie werden doch nicht bei diesem Wetter fahren, Mrs Whiting?«

Sie blickte auf. Ein Päckchen rutschte ab, und sie fing es unbeholfen wieder auf. Rackworth sah aus wie ein abgemagerter Trapper. Er schien ernsthaft besorgt, als hätte er sie durch die Arktis taumelnd vorgefunden.

»Oh, doch. Es ist eigentlich gar nicht so schlimm.«

»Ich bringe nur ein paar Freunde zum Zug. Ich kann Sie

gerne mitnehmen, wenn es Ihnen nichts ausmacht, ein paar Minuten zu warten.«

»Nein, vielen Dank. Ich komme schon zurecht, wirklich.«

»Angela ist wieder zurück in Oxford, nehme ich an?«

»Ja, sie ist gestern gefahren.«

»Sie ist ein sehr kluges Mädchen.« Er lächelte sanft zwischen dem Pelzkragen und dem spitzen Hut. »Wir haben es sehr genossen, sie in den beiden Wochen um uns zu haben.«

»Ich hoffe«, kaum hörbar, hektisch, während sie ein herabfallendes Päckchen festkrallte, »ich hoffe, sie ist Ihnen nicht zur Last gefallen.«

»Sie meinen, Sie hoffen, dass sie nichts kaputt gemacht und nicht auf den Teppich gepinkelt hat?« Er lachte traurig, sah sie an, als wäre sie ein Fehler. »Nein, hat sie nicht. Sie ist ein sehr kluges Mädchen. Wir hatten sie gerne da.«

Es gab nichts mehr zu sagen. Die Pendler strömten vorbei, Hüte runtergezogen, Krägen aufgestellt, Schultern an den Ohren im letzten Stadium des Rückzugs.

»Also«, sagte Ruth, »ich muss …«

»Sie hat mir erzählt, sie würde sich in den nächsten Ferien einen Job suchen. Falls sie es doch nicht tut, ist sie jederzeit herzlich bei uns willkommen.«

»Vielen Dank, aber ich denke«, sie hörte das erste Mal davon, »ich denke, sie wird sich einen Job suchen. Auf Wiedersehen, Mr Rackworth.«

Das Auto stand zugefroren und unförmig auf dem leeren Parkplatz. Sie kratzte mit beiden Händen den Schnee von den Fenstern. Als sie im Auto saß, pustete sie auf ihre Hände, rubbelte sie, versuchte, sie an ihrem Mantel abzutrocknen. Als sie das Auto wendete, vorsichtig wegen seiner Ladung Schnee, schnurrte der Jaguar leise davon, wurde zu einem kleinen roten Leuchtfeuer und verschwand.

Anfangs nahmen die Dunkelheit und der Schnee ihre ganze Aufmerksamkeit in Anspruch. Sie saß angespannt da und starrte durch einen Halbkreis aus Glas in eine nicht auszumachende Zukunft; sie drehte das fest umklammerte Lenkrad mal hierhin, mal dahin und folgte so der Straße, wie sie sich an deren Verlauf erinnerte. Später, als sie das Licht anschaltete und begann, die enge Straße durch den Wald hinaufzuklettern, rutschte sie ein bisschen in ihrem Sitz nach unten und pustete wieder auf ihre Hände. Die heiße, feuchte Luft aus der Heizung ließ ihre Haut schmelzen. Die Scheibenwischer wummerten, hypnotisch wie Metronome.

Du wirst nach Hause fahren. Es wird Winter sein. Du wirst älter sein.

Es ist vorbei, sagte sie sich. Sie sind alle fort. Du fährst nach Hause, es ist Winter, und du bist älter.

Wie lange hatte sie geglaubt, es würde anders sein? Eine Woche? Während sie das Flitterband aufwickelte, das Geschenkpapier zusammenfaltete, in der Kirche sang, Mikes klarer Sopran und der heilige Schimmer in seinen Augen: Das Kind war tot, aber Angela lebte. Sie war wieder zurück auf Anfang, und Angela war ihrs. Endlich liebe *ich* sie, und sie vertraut mir, und ich bin gerechtfertigt. Sie hielt ihren Kopf hoch und sang mit ihrer kleinen, dünnen Stimme. Als Rex sie ansah, lächelte sie, was ihn dazu brachte, noch einmal hinzuschauen, um herauszufinden, wer sie war unter dem Kirchgangshut.

Eine Woche? Nicht mal. Es hatte Weihnachtsgeschenke für Angela gegeben, als sie nach Hause gekommen war; einen eigenen Weihnachtsbaum, weil sie es verpasst hatte. Die Kinder, sogar Rex, hatten sich von der Freude anstecken lassen, dem Bedürfnis nach einem gewaltigen Willkommen. Sie nahmen sie von Phyllis Brigson und Lichfield zurück in Empfang, als hätte sie einen außergewöhnlichen Preis gewonnen. Sie sah auch aus, als hätte sie einen Preis gewonnen: blass, müde, aber strahlend. Angela war manchmal fröhlich, aber sie war niemals strahlend gewesen. Rex vermutete, es sei die Luft. Er schaute sie immer wieder an, und als sie es bemerkte, lächelte sie. Er vermutete, als er noch mal darüber nachdachte, dass sie verliebt sei.

Sie ist erleichtert, sagte sich Ruth. Natürlich ist sie das. Sonst ist da nichts. Sie wartete darauf, dass Angela mit ihr redete; sie wartete darauf, Pläne zu machen. Sie wartete, aber die Tage rauschten vorbei, sie waren kaum je allein. Wenn sie es waren, besprachen sie Angelas neue Kleider, Angelas Frisur – und dann, leicht, schnell, fast anmutig, war sie weg. Sie hatte ganze Tage mit Julian und Mike außer Haus verbracht.

»Wo seid ihr gewesen?«

»Auf dem Traktor.«

»Welchem Traktor?«

»Dem von Bankside. Das ist einer von Ralphs Höfen.«

»Und was hat Angela gemacht?«

»Oh, sie ist zu Ralph zum Mittagessen gefahren.«

»Ihr seid nicht mitgegangen?«

»Nein, sie haben uns etwas von ihren Sandwiches abgegeben. Sag mal, wusstest du, dass er sie den Jaguar fahren ließ?«

»Wen? *Angela?*«

Sie ging Ruth nicht direkt aus dem Weg, aber sie war immer auf dem Sprung irgendwohin; berührte sie, lächelte, wenn sie an ihr vorbeiging, aber immer auf dem Sprung. Sie geht mir nicht direkt aus dem Weg, dachte Ruth. Es ist, als würde sie mich nicht mehr bemerken. Sie geht durch mich hindurch, nicht um mich herum. Als ob ich – was natürlich nicht stimmt – für sie nicht mehr existierte.

Aber ich habe doch gerade erst begonnen, zu existieren.

Als ob sie – was natürlich absurd ist – erwachsen geworden wäre.

Aber sie hat doch gerade erst begonnen, ein Kind zu sein.

Dann ging Angela fort. Nichts war passiert. Es hatte keinen Vorfall gegeben, keine plötzliche Offenbarung. Es war Zeit für sie gewesen, zurückzukehren, und sie ging, wurde abgeholt von einem jungen Mann in einem Morris Minor, auf dessen Motorhaube »Betsy II« geschrieben stand; ein schlichter, stiller junger Mann mit randloser Brille namens Jack.

Aber zum ersten Mal hatte sie Gepäck. Alles war aus ihrem Zimmer ausgeräumt, Bilder, Dekoration, Kissen, selbst der Papierkorb war verschwunden. Sie hatte all ihre Kleidung mitgenommen und nur den Pullover des Medizinstudenten zurückgelassen und den Rock mit der Sicherheitsnadel, unlösbar in den abgewetzten Tweed verhakt.

Sie war tatsächlich ausgezogen. Sie war so still und absichtsvoll gegangen, als hätte sie ein Hotel verlassen, in dem sie eine lange Nacht der Kindheit verbracht hatte.

Erst als sie gegangen war, hatte Ruth das wirklich begriffen. Ihre Hand war immer noch erhoben, obwohl die beiden nicht gewinkt hatten; auf ihren Lippen lag immer noch ein »Auf Wiedersehen«, obwohl die beiden nach vorne schauten und bereits vergessen hatten. Dieses Mal würde Angela nicht zurückkommen.

Da war nichts, worauf man eine verspätete Liebe richten konnte, eine kleine, schmerzhaft errungene Menschlichkeit. Eine umständliche kleine Frau mit zu vielen Päckchen, sie fuhr vorschriftsmäßig und umsichtig nach Hause, in eine leere Welt, bremste an Kreuzungen ab, blinkte penibel links und rechts für die Dunkelheit vor und hinter ihr. Was blieb?

Rex. Rex blieb. Selbst Miss de Beer war fort, vier Haarnadeln auf dem Ankleidetisch und einen religiösen Kalender zurücklassend. Aber Rex war immer noch da.

Er hatte eine schlimme Erkältung. Er dachte, er würde sterben.

Die Welt war leer. Aber es wurde, ganz klein, eine wütende Miniatur sichtbar, die Gestalt von Rex, dem einzigen Überlebenden. Rex, wie er nieste, mit gewaltiger, winziger Wucht. Rex, wie er gurgelte, um seinen Hals zu schützen. Rex, wie er sich schnäuzte. Rex, wie er Fieber maß und seinen Puls nahm. Rex, wie er litt.

Sie versuchte, sich darum zu freuen, dass Rex da sein würde. Sie versuchte, sich darum Sorgen zu machen, ob es ihm schlechter ging oder besser, ob ihm warm genug war, er ausreichend mit Taschentüchern versorgt war. In den nächsten Minuten musste sie eine enorme Distanz überwinden, von sich selbst zu Rex: von ihrer eigenen Verlassenheit zu seiner Kälte.

Sie musste sich irgendwie darauf vorbereiten, sich irgendwie verteidigen. Sie konnte ihm so nicht begegnen, nüchtern, ohne jede List, mit nichts im Sinn als der Wahrheit.

Gibt es kein Spiel, das ich spielen könnte? So tun, als wäre ich …

Nein, gibt es nicht.

Soll ich zu den Tanners gehen? Über Roberts Scheidung sprechen und Babys Backenzähne und das Gerücht, dass Meg Wilmington-Smith endlich schwanger sein soll …

Nein. Das alles ist vorbei. Du kannst nicht zurück. Du kannst nur weitergehen bis zum Ende, und das ist dieses Tor, dieser weiße Rasen, auf dem die Schneemänner von gestern im Dunkeln stehen.

Ja. Das stimmt wohl. Das stimmt wohl. Und doch …

Sie fuhr das Auto in die Garage und schaltete den Motor aus. Die Scheinwerfer strahlten die gegen die Mauer gelehnten Fahrräder an. Der Schnee fiel und legte sich sanft aufs Dach der Garage.

Und doch, warum? Warum muss ich zurückkommen?

Du verwechselst es schon wieder.

Ich bin frei. Ich muss nicht aus diesem Auto aussteigen. Ich muss nicht zurückkommen.

Du verwechselst dich schon wieder mit Angela. Angela ist frei. Sie ist niemandem etwas schuldig.

Ich auch nicht.

Dann beweise es. Du musst nur den Schlüssel umdrehen.

Aber wo soll ich hin?

In einen anderen Traum, ein anderes Versteck.

Aber die Träume sind alle weg. Die Verstecke nicht mehr da.

Dann musst du ohne sie leben.

Und bezahlen? Für alles bezahlen?

Endlich. Von Herzen, für alles.

Sie sank auf das Lenkrad, den Kopf auf den Armen. Sie war weder adlig noch mutig. Unzulänglich, gewöhnlich, nicht mehr jung, das Gewicht der Konsequenz wog zu schwer. Es erdrückte sie.

Bitte lass mich ausruhen. Lass mich für immer hierbleiben. Lass mich ausruhen.

Es war die letzte Ausflucht, ein unbeantwortetes, unbeantwortbares Gebet. Der Schnee kam ins Rutschen und fiel herab. Die Schneemänner wankten, glitten leise zu Boden.

Schließlich setzte sie sich auf. Sie ordnete ihr Haar. Sie sammelte ihre Päckchen Stück für Stück zusammen, ihren Hut und ihre Handschuhe, ihre lächerliche Rüstung. Den achtlos zurückgelassenen Fahrrädern ausweichend, den Gummistiefeln, ging sie ins Haus.

Zur Autorin und zu ihrer Übersetzerin

Penelope Mortimer, geboren 1918 im walisischen Rhyl, studierte in London und arbeitete als Kummerkastentante für die *Daily Mail*. Ihre Kurzgeschichten erschienen regelmäßig im *New Yorker* und in der *Sunday Times*, ihr Debütroman *Johanna* wurde 1947 veröffentlicht. Es folgten u. a. *Daddy's Gone A-Hunting* (1958) und *The Pumpkin Eater* (1962), der 1964 erfolgreich verfilmt wurde. Daneben schrieb sie Drehbücher, eine Biografie der Queen Mother und erhielt für ihre Autobiografie *About Time* 1979 den Whitbread Prize. Sie war zweimal verheiratet, zuletzt mit dem Schriftsteller John Mortimer, und hatte sechs Kinder. Penelope Mortimer starb 1999 in London.

Kristine Kress studierte Germanistik, Malaiologie und Philosophie in Köln und Prag. Sie lebt als freie Lektorin, Dozentin und Übersetzerin in Berlin.

Zum Buch

Ruth Whiting, 37, müsste eigentlich glücklich sein. Sie lebt im idyllischen Londoner Umland, hat drei gesunde Kinder, und ihr Zahnarztgatte kommt an den meisten Wochenenden heim.

In Wahrheit langweilt sie sich zu Tode, ihr Leben ist eine unendliche Aneinanderreihung von Verabredungen mit anderen Vorortfrauen, und bei Kuchen, Sherry und geistlosen Gesprächen verrinnt ihre Zeit. Als ihre 18-jährige Tochter ungewollt schwanger wird, erinnert sich Ruth daran, wie sie jung Mutter wurde, bevor sie überhaupt wusste, wer sie war. Jetzt will sie alles dafür tun, ihrer Tochter eine freie Entscheidung zu ermöglichen.

In ihrem 1958 erstmals veröffentlichten Roman seziert Penelope Mortimer mit sarkastischem Humor die Abgründe eines unfreien Frauenlebens und zeigt zugleich den Schmerz ungewollter Mutterschaft. Ein aktuelles Thema, zeitlos brillant erzählt.

Dieses Buch wurde klimaneutral gedruckt.

Der Dörlemann Verlag wird vom Bundesamt für Kultur für die Jahre 2021–2024 unterstützt.